AU BAL DES ROMBIÈRES

DU MÊME AUTEUR

A compter de 2003, les San-Antonio seront numérotés par ordre chronologique d'écriture de Frédéric Dard, qui est aussi l'ordre originel des parutions. Cette décision entraîne un changement de numérotation des S-A nº 1 à 107. Par contre, la numérotation des S-A nº 108 à 175 reste inchangée. (Voir à la fin de ce volume le tableau de correspondance entre l'ancienne numérotation et celle indiquée ci-dessous.)

1 *Réglez-lui son compte !*
2 *Laissez tomber la fille*
3 *Les souris ont la peau tendre*
4 *Mes hommages à la donzelle*
5 *Du plomb dans les tripes*
6 *Des dragées sans baptême*
7 *Des clientes pour la morgue*
8 *Descendez-le à la prochaine*
9 *Passez-moi la Joconde*
10 *Sérénade pour une souris défunte*
11 *Rue des Macchabées*
12 *Bas les pattes !*
13 *Deuil express*
14 *J'ai bien l'honneur de vous buter*
15 *C'est mort et ça ne sait pas !*
16 *Messieurs les hommes*
17 *Du mouron à se faire*
18 *Le fil à couper le beurre*
19 *Fais gaffe à tes os*
20 *A tue... et à toi*
21 *Ça tourne au vinaigre*
22 *Les doigts dans le nez*
23 *Au suivant de ces messieurs*
24 *Des gueules d'enterrement*
25 *Les anges se font plumer*
26 *La tombola des voyous*
27 *J'ai peur des mouches*
28 *Le secret de polichinelle*
29 *Du poulet au menu*
30 *Tu vas trinquer, San-Antonio*
31 *En long, en large et en travers*
32 *La vérité en salade*
33 *Prenez-en de la graine*
34 *On t'enverra du monde*
35 *San-Antonio met le paquet*
36 *Entre la vie et la morgue*
37 *Tout le plaisir est pour moi*
38 *Du sirop pour les guêpes*
39 *Du brut pour les brutes*
40 *J'suis comme ça*
41 *San-Antonio renvoie la balle*
42 *Berceuse pour Bérurier*
43 *Ne mangez pas la consigne*
44 *La fin des haricots*
45 *Y a bon, San-Antonio*
46 *De « A » jusqu'à « Z »*
47 *San-Antonio chez les Mac*
48 *Fleur de nave vinaigrette*
49 *Ménage tes méninges*
50 *Le loup habillé en grand-mère*
51 *San-Antonio chez les « gones »*
52 *San-Antonio polka*
53 *En peignant la girafe*
54 *Le coup du père François*
55 *Le gala des emplumés*
56 *Votez Bérurier*
57 *Bérurier au sérail*
58 *La rate au court-bouillon*
59 *Vas-y Béru !*
60 *Tango chinetoque*
61 *Salut, mon pope !*
62 *Mange et tais-toi*
63 *Faut être logique*
64 *Y a de l'action !*
65 *Béru contre San-Antonio*
66 *L'archipel des Malotrus*
67 *Zéro pour la question*
68 *Bravo, docteur Béru*
69 *Viva Bertaga*
70 *Un éléphant, ça trompe*
71 *Faut-il vous l'envelopper ?*
72 *En avant la moujik*
73 *Ma langue au chah*
74 *Ça mange pas de pain*
75 *N'en jetez plus !*

76 *Moi, vous me connaissez ?*
77 *Emballage cadeau*
78 *Appelez-moi chérie*
79 *T'es beau, tu sais !*
80 *Ça ne s'invente pas*
81 *J'ai essayé : on peut !*
82 *Un os dans la noce*
83 *Les prédictions de Nostrabérus*
84 *Mets ton doigt où j'ai mon doigt*
85 *Si, signore*
86 *Maman, les petits bateaux*
87 *La vie privée de Walter Klozett*
88 *Dis bonjour à la dame*
89 *Certaines l'aiment chauve*
90 *Concerto pour porte-jarretelles*
91 *Sucette boulevard*
92 *Remets ton slip, gondolier*
93 *Chérie, passe-moi tes microbes !*
94 *Une banane dans l'oreille*
95 *Hue, dada !*
96 *Vol au-dessus d'un lit de cocu*
97 *Si ma tante en avait*
98 *Fais-moi des choses*
99 *Viens avec ton cierge*
100 *Mon culte sur la commode*
101 *Tire-m'en deux, c'est pour offrir*
102 *A prendre ou à lécher*
103 *Baise-ball à La Baule*
104 *Meurs pas, on a du monde*
105 *Tarte à la crème story*
106 *On liquide et on s'en va*
107 *Champagne pour tout le monde !*
108 *La pute enchantée*
109 *Bouge ton pied que je voie la mer*
110 *L'année de la moule*
111 *Du bois dont on fait les pipes*
112 *Va donc m'attendre chez Plumeau*
113 *Morpions circus*
114 *Remouille-moi la compresse*
115 *Si maman me voyait !*
116 *Des gonzesses comme s'il en pleuvait*
117 *Les deux oreilles et la queue*
118 *Pleins feux sur le tutu*
119 *Laissez pousser les asperges*
120 *Poison d'avril ou la vie sexuelle de Lili Pute*
121 *Bacchanale chez la mère Tatzi*
122 *Dégustez, gourmandes !*
123 *Plein les moustaches*
124 *Après vous s'il en reste, monsieur le Président*
125 *Chauds, les lapins !*
126 *Alice au pays des merguez*
127 *Fais pas dans le porno*
128 *La fête des paires*
129 *Le casse de l'oncle Tom*
130 *Bons baisers où tu sais*
131 *Le trouillomètre à zéro*
132 *Circulez ! y a rien à voir*
133 *Galantine de volaille pour dames frivoles*
134 *Les morues se dessalent*
135 *Ça baigne dans le béton*
136 *Baisse la pression, tu me les gonfles !*
137 *Renifle, c'est de la vraie*
138 *Le cri du morpion*
139 *Papa, achète-moi une pute*
140 *Ma cavale au Canada*
141 *Valsez, pouffiasses*
142 *Tarte aux poils sur commande*
143 *Cocottes-minute*
144 *Princesse patte-en-l'air*
145 *Au bal des rombières*
146 *Buffalo Bide*
147 *Bosphore et fais reluire*
148 *Les cochons sont lâchés*
149 *Le hareng perd ses plumes*
150 *Têtes et sacs de nœuds*
151 *Le silence des homards*
152 *Y en avait dans les pâtes*
153 *Al capote*
154 *Faites chauffer la colle*
155 *La matrone des sleepinges*
156 *Foiridon à Morbac City*
157 *Allez donc faire ça plus loin*
158 *Aux frais de la princesse*
159 *Sauce tomate sur canapé*

160 *Mesdames, vous aimez ça*
161 *Maman, la dame fait rien qu'à me faire des choses*
162 *Les huîtres me font bâiller*
163 *Turlute gratos les jours fériés*
164 *Les eunuques ne sont jamais chauves*
165 *Le pétomane ne répond plus*
166 *T'assieds pas sur le compte-gouttes*
167 *De l'antigel dans le calbute*
168 *La queue en trompette*
169 *Grimpe-la en danseuse*
170 *Ne soldez pas grand-mère, elle brosse encore*
171 *Du sable dans la vaseline*
172 *Ceci est bien une pipe*
173 *Trempe ton pain dans la soupe*
174 *Lâche-le, il tiendra tout seul*
175 *Céréales killer*

Hors série :

Histoire de France.
Le standinge.
Béru et ces dames.
Les vacances de Bérurier.
Béru-Béru.
La sexualité.
Les Con.
Les mots en épingle de Françoise Dard.
Queue-d'âne.
Les confessions de l'Ange noir.
Y a-t-il un Français dans la salle ?
Les clés du pouvoir sont dans la boîte à gants.
Les aventures galantes de Bérurier.
Faut-il tuer les petits garçons qui ont les mains sur les hanches ?
La vieille qui marchait dans la mer.
San-Antoniaiseries.
Le mari de Léon.
Les soupers du prince.
Dictionnaire San-Antonio.
Ces dames du Palais Rizzi.
La nurse anglaise.
Le dragon de Cracovie.
Napoléon Pommier.

Œuvres complètes :

Vingt-neuf tomes parus.

Morceaux choisis :

1. *Réflexions énamourées sur les femmes*
2. *Réflexions pointées sur le sexe*
3. *Réflexions poivrées sur la jactance*
4. *Réflexions appuyées sur la connerie*
5. *Réflexions sur les gens de chez nous et d'ailleurs*
6. *Réflexions passionnées sur l'amour*
7. *Réflexions branlantes sur la philosophie*
8. *Réflexions croustillantes sur nos semblables*
9. *Réflexions définitives sur l'au-delà*
10. *Réflexions jubilatoires sur l'existence*

Mes délirades

SAN-ANTONIO

AU BAL DES ROMBIÈRES

Fleuve Noir

ISBN 2-265-07848-4
ISSN 0768-1658

AU BAL
DES ROMBIÈRES

Livre de chevet

Au bal des rombières
c’est leur pognon qui valse.

(Proverbe du seizième arrondissement.)

Il faut toujours raconter ce qu'on fera quand on sera grand.
Même quand on a soixante-quinze ans !

EAU – GAZ – ÉLECTRICITÉ

Elle dit :

— A présent, vous changez de côté et vous pédalez avec la jambe droite.

Alors, bon, ils changent de jambe et pédalent comme des cons.

C'en sont.

Et Dalida !

Quatre vieillards fossilisés.

Le tableau !

En maillot et bonnet de bain. Ça fait quatre décharnances blafardes déguisées en têtes de nœuds. Plus maigre qu'eux, y aurait qu'un squelette à jeun. Les os saillent, les ultimes muscles tressaillent, la peau chair-depoulise et bleuit, à macérer dans l'eau.

Ils sont queue leu leu (et queues pendantes) dans une petite piscine cernée d'une main courante à laquelle les quatre ganaches se cramponnent afin de maintenir leur équilibre. Ces gueules ! Des momies ! Le regard creux et désert, la bouche effeuillée et ouverte en grand ; le menton pendant. Quelques tifs blancs s'échappent des bonnets de bain. La flotte et les efforts qu'ils y produisent leur allument de longues morves. Ils sont vermoulus à bloc, essorés complet ; trop vieux pour exister.

Qu'espèrent-ils de ces séances de thalassothérapie,

ces mousquetaires du caveau de famille ? Une jouvencerie qui leur assurerait un peu de rab de rab ? Ils s'imaginent en grande fringance au sortir du bain ? Requinqués ? Capables de minoucher une épongeuse de vieux crabes ?

Toujours est-il qu'ils suivent avec docilité les indications de la « physio », une grosse femme qui déblonde de la racine et dont on distingue le slip noir à travers sa blouse blanche. Elle fait un peu de couperose, Mme Vaugirard. Son regard indifférent suit sans passion les ébats des quatre gâtochards. Elle virgule ses directives avec la voix des guides d'autocars :

— Plus droit, le buste, m'sieur Vigouret ! L'interpellé secoue la tête en produisant une onomatopée exprimant l'impuissance.

— Et vous, m'sieur Dubois-Douillet, on lève plus haut le genou !

— J'ai de l'arthrite ! bavoche l'apprenti centenaire.

— C'est pour la combattre que vous devez produire des efforts, m'sieur Dubois-Douillet ! Allons, allons ! On *me* lève ce genou. Je veux que *ma* rotule monte au niveau de *ma* hanche, m'sieur Dubois-Douillet !

La ganache, vexée d'être apostrophée devant ses petits camarades, tire son pif en bec de mainate et lâche des vents de noroît qui viennent éclater à la surface de l'eau. Ces gaz font rigoler les autres. Quatre petits garçons qui tous ont vu bâtir la tour Eiffel !

Et puis voilà qu'une nana du genre fouine à lunettes avec des traces de crayon-bille aux mains entrouvre la porte.

— Solange ! Téléphone !

Mme Vaugirard est pas joyce car, à l'institut, on « déconseille » aux employés les communications téléphoniques personnelles ; surtout pendant les heures de prestations.

La grosse qui déblondit dit à ses podagres :

— Continuez ! Je reviens tout de suite.

Elle sort précipitamment. Tu parles que les ancêtres en profitent pour s'offrir un petit coup de relâche. Les gens sont pas logiques. Ils casquent des fortunes pour se payer des séances de ceci-cela et ne perdent pas une occase de tirer au flanc.

Mais voilà une arrivée intempestive. Un homme en bleu de travail, avec une veste de cuir, malgré la chaleur suffocante qui règne dans l'établissement, et un bonnet de laine. Bronzé, grosse moustache, lunettes. Il tient un câble qu'il déroule en marchant et dont une extrémité est restée à l'extérieur. Il va jusqu'au bassin où barbotent les quatre vieux canards déplumés, et lance dans la flotte ce qui reste du rouleau. Qu'à peine il a exécuté ce geste, le voilà reparti. Dans la piscaille, les quatre anciens héros de la quatorze-dix-huit contorsionnent comme des perdus, foudroyés par la décharge de 240 volts. Ils sont nazés complet lorsque Mme Vaugirard radine, moins de cinq minutes plus tard.

— Oh ! mon Dieu ! elle égosille.

Terre-neuvate dans l'âme, elle se lance en blouse dans la sauce pour tenter de sauver ce qui est sauvable, et déguste sa part de frissons.

Elle était mère de deux enfants, mariée à l'adjoint au maire du pays, et la maîtresse de M. Bourladon, le chef de la comptabilité de l'établissement.

Une perte !

A BOUE DE SOUFFLE

Il a changé, Alexis, depuis l'époque héroïque où il était le plus grand des talonneurs français dans l'équipe de rugby de Mont-Tanlair. Vingt-huit sélections en « formation tricolore ! » Deux grands schelems dans le Tournoi des Saintes Nations ! L'idole ! Trapu, râblé, peu de cou, le crin taillé brosse, une arcade souricière à impériale, le regard lavande, une intelligence peu démonstrative mais réelle. Il préparait sa médecine, mais l'entraînement intensif qu'il suivait avait carbonisé ses études. Il s'était plus modestement reconverti dans la physiothérapie et avait ouvert un cabinet dans les Landes.

Et puis un jour, juste à la fin de sa carrière de rugbyman, il avait rencontré une fille à papa bourrée d'osier et l'avait épousée d'urgence. Le beau-dabe qui nourrissait des ambitions pour le couple avait financé un institut de thalassothérapie à Riquebon-sur-Mer, dans le Finistère. Bien géré, l'établissement avait rapidement connu le succès et s'était développé au point de devenir le plus important de France.

Oui, il a changé, Alexis. Quinze piges que je ne l'ai vu, le malmeneur de ballon ovale. Il s'est affiné. C'est plus la grosse brute sympa de naguère, mais un quadragénaire élégant. Il a fait réparer son arcade pétée. Il porte des lunettes cerclées d'or, sent bon « New York » de Patricia de Nicolaï, et son costar prince-de-galles sort de chez Cerruti. Il occupe un vaste bureau ultramoderne aux murs agrémentés de quelques bonnes toiles.

— Tu es formidable d'avoir si vite répondu à mon appel, Antoine !

— Je m'offrais quelques jours de vacances après une rude équipée à Singapour, réponds-je[1].

— Et je te casse la cabane ?

— Penses-tu : j'avais justement envie de langoustes. Je suppose que tu fais appel à moi rapport à tes électrocutés ?

— Evidemment. Tu es au courant ?

— Au courant est le mot, ricané-je. J'ai appris ce gag par les médias.

— Drôle de gag !

Il pousse une frite désastreuse, Alexis. Pour lui, c'est Calamitas au programme ! Une grosse partie de la clientèle a pris le large, et les réservations se déréservent à tout-va ! Il court à la ruine. L'ancien talonneur est talonné à son tour par la scoumoune !

— Tes confrères d'ici sont des zéros-en-chiffre, soupire-t-il. M'ont foutu la merde par leurs déclarations, la panique. Ils clament tout azimut qu'un détraqué rôde dans l'institut, un maniaque, et sont incapables de mettre la main dessus ! Ma saison est foutue et je ne réponds pas des prochaines. J'ai eu beau engager des

1. Si tu ne veux pas avoir l'air d'un con toute ta vie, lis d'urgence *Princesse Patte-en-l'air*, mon petit précédent. Bouquin délimité de qualité supérieure par les viticulteurs de Juliénas.

San-A.

vigiles en uniforme, la clientèle a les foies, mets-toi à leur place.

— C'est ce que je vais faire, décidé-je.

Il débonde ses vasistas.

— Tu vas te faire passer pour un client ?

— C'est la meilleure façon de tout observer sans attirer l'attention. File-moi une bonne chambre et organise-moi un service de soins traditionnels.

Il y a de l'admiration plein son œil droit et de la reconnaissance dans le gauche.

— Tu es vraiment un frère, Antoine !

— J'ai de la mémoire, c'est tout.

Et c'est vrai que je n'ai pas oublié le temps déjà loin où, m'étant craqué deux vertèbres, cézigue m'avait réparé à force d'obstination, par des soins efficaces. Il avait la main d'or, Alex. Une énergie qu'il savait communiquer. Deux mois entre ses grosses pattounes. La manière qu'il me triturait le dossard, Clabote ! Je me rappelle ses deux gros pouces inspirés, détectant le point crucial comme par magie. Un courant bénéfique se dégageait de ses mains énormes. Tiens, elles paraissent plus petites à présent qu'il ne travaille plus directo et qu'il les fait manucurer par les gonzesses de son Service « Beauté ».

Au bout de mon séjour chez lui, il n'avait pas voulu que je le règle. « On est devenu trop copains, c'est plus possible de mêler l'argent à l'amitié ! » Pour me « reconnaître », je lui avais offert un stylo en or. Il l'a toujours, je le vois sur son beau sous-main de cuir.

— Viens, je vais te présenter à ma femme, décide Alexis.

— Non. Plus tard. Je suis un client, te dis-je. Un simple quidam venu se faire asperger dans ta pissotière grand luxe.

Ma piaule est vaste, hyperconfortable. Dans les tons caramel, avec des meubles blonds. Toute la partie donnant sur l'océan est vitrée. Des mouettes d'un blanc cendré se laissent rouler par le vent, comme des papiers déchirés lancés dans l'espace. L'eau et le ciel ont la même couleur, le même moutonnement ourlé d'écume. Par instants, une rafale de pluie cingle la baie, produisant un bref crépitement de friture.

Allongé sur mon plumard, vêtu seulement d'un ample peignoir de bain saumon, je compulse les coupures des journaux régionaux relatives à « la dramatique électrocution collective » survenue à Riquebon-sur-Mer. J'essaie de constituer, non pas un portrait, mais une silhouette de l'assassin. Dur dur ! Le « bassin fatal » se situe dans une partie en retrait de l'établissement. Tout au fond d'un couloir, lequel comporte une issue donnant sur le parc de l'institut. Outre le bassin en question, d'autres petites salles de traitement destinées à des soins divers : boue marine, poulie-thérapie, etc., se succèdent, avec des cabines intercalaires réservées au décarpillage des clients.

La police suppose que le meurtrier avait laissé des vêtements dans l'une de ces dernières afin de se déguiser en ouvrier le moment venu. Onc ne l'a vu à l'intérieur de l'établissement ; seul, un jardinier l'aurait aperçu lorsqu'il est sorti par la petite porte de service. Il ne lui a pas prêté spécialement attention. En stimulant sa mémoire, il croit se rappeler que l'individu était de taille moyenne, qu'il portait un bonnet de laine, une veste de cuir, des lunettes. Il aurait récupéré une mobylette appuyée au mur, dont le porte-bagages supportait une caisse à outils métallique, et serait parti paisiblement.

Le rouleau de câble qui a véhiculé le courant mesurait douze mètres. Il s'agit d'un fil de cuivre gainé d'une matière isolante. Il était pourvu d'une prise à l'une de ses extrémités et dénudé sur quelques centimètres à l'autre bout. L'enfance de l'art ! Le tueur de vieux crabes n'a eu qu'à brancher la fiche et à développer le rouleau jusqu'à la petite piscine. La reconstitution a démontré qu'entre le moment où l'homme est sorti de la cabine où il s'est habillé jusqu'à celui où il a quitté l'institut il a dû s'écouler entre trente et quarante secondes, pas davantage. Crime express ! Crime parfait. Le mec l'a eue belle pour tailler la route sur sa mob et se fondre dans le paysage.

« Bien me dis-je en aparté, voilà pour le meurtre dans son accomplissement ; examine maintenant les circonstances, Tonio. Le criminel a agi seul, mais il avait besoin d'un complice, en l'occurrence, la personne qui a demandé la monitrice au téléphone pour l'obliger à quitter le bassin de rééducation. »

Dès lors, je potasse de rechef (de gare) mes baveux et trouve la rubrique qui m'intéresse.

C'est une voix de femme qui a réclamé Solange Vaugirard. La secrétaire a objecté que Solange était « en soins » et ne pouvait venir au téléphone ; mais la correspondante a déclaré qu'il s'agissait d'une chose « extrêmement grave » et qu'elle devait absolument parler à Mme Vaugirard. La secrétaire est donc allée quérir la « physio ». Elle a assisté à la communication entre les deux femmes, du moins unilatéralement puisqu'elle n'entendait pas la correspondante. Reconstitué, le dialogue aurait été à peu près celui-ci :

« — Voilà, c'est Solange. Qui est à l'appareil ? »

« — … »

« — Mais pourquoi ? »

« — … »

« — Pardon ? »

(Tirade de la correspondante. La mère Vaugirard

poussait une physionomie qui allait se dégradant. Celle-ci exprimait tour à tour la stupeur, l'indignation, la peur.)

« — Mais où avez-vous pris ça ! Mais ! Mais ! »

« — … »

« — C'est honteux ! »

« — … »

« — Vous êtes folle ! Où est-ce que je les prendrais ? Vous savez ce que je gagne ! »

« — … »

« — Il n'est guère plus riche que moi ! (Là, elle aurait sangloté en disant le reste :) Mais pourquoi vous en prendre à moi ? J'ai deux enfants, je… »

« — … »

Et l'interlocutrice aurait raccroché.

« Chantage, me dis-je. La Solange devait se faire tirer en loucedé et les meurtriers le savaient. La chose fournissait un bon prétexte pour mobiliser la "physio" le temps nécessaire à l'accomplissement de "l'exécution". » Aux dires de la secrétaire interloquée, la Vaugirard serait repartie sans un mot, en secouant la tête misérablement.

Donc, c'est un couple qui a agi. Le coup était minutieusement préparé puisqu'on connaissait la vie privée de la monitrice, l'heure du traitement des quatre vieillards, l'emplacement de la prise électrique par rapport au bassin.

Maintenant, la grosse question qui permet de gagner un téléviseur et une vidéo : quel est le mobile de ce quintuple assassinat (que l'on ne voulait que quadruple, puisqu'on ne pouvait prévoir le courage spontané de cette connasse de Solange) ? Visait-on l'un des quatre chenus en particulier, comme on fait exploser un jet pour tuer un seul des passagers ? Ou bien souhaitait-on nuire à l'institut ?

Je décroche mon téléphone de chevet et sonne le numéro d'Alexis.

— Dis voir, talonneur, as-tu des ennemis ?

— Les vrais ennemis sont ceux que l'on ignore, rétorque mon pote.

Comme quoi, les gnons qu'il a morflés sur la calebasse au cours de sa prestigieuse carrière n'ont pas altéré ses facultés. Il ajoute :

— Excepté Johnny Gillary, un pilier de l'équipe de Galles à qui j'ai arraché une oreille et fracturé la mâchoire à l'*Arm's Park* de Cardiff, il y a seize ans, je ne connais personne qui me haïsse. Et même le gus en question, depuis qu'on lui a arrangé une portugaise en plastique, sa rancune a dû s'émousser.

— Donc, il est difficilement pensable que ce coup fourré ait pour seul but de ruiner ton entreprise ?

Il est toujours bourré de bon sens, Clabote.

— Ecoute, soupire-t-il. D'abord, elle n'est, Dieu merci, pas encore coulée, ma boutique. Ensuite, avoue que ça serait payer cher ce discrédit. On ne sacrifie pas quatre personnes uniquement pour faire chier un mec !

— Tout existe, répliqué-je, lui montrer que, moi aussi, je sais penser dans les conforts philosophiques.

— Il y a des limites !

— Non, Alex, C'EST SANS LIMITES. Songe, par exemple, que des transsexuels se font faire l'ablation de leur sexe et de leurs testicules. On prélève ensuite un bout de leur intestin afin de leur confectionner un faux vagin, et tu as des dépravés qui baisent « ça » ! Quelque part, c'est encore plus difficile à admettre que la perpétration de quatre meurtres pour carboniser une affaire.

— Tu n'as pas changé, me dit-il ; toujours le sens des images choc !

— Tout pour convaincre ! je lui fais. Comme disait Jeanne d'Arc en grimpant au bûcher : « L'essentiel, c'est d'être cru. » Dis-moi, tu as un dossier sur chacun de tes clients, je suppose ?

— Naturellement.

— Tu peux me faire tenir ceux des quatre vieillards électrocutés ?

— Tout de suite !

Je raccroche. Une brusque ondée océane crible la vitre de ma baie, affolant les mouettes tournoyantes. Depuis mon pieu, j'aperçois la ligne sombre d'une île, au large, avec la grosse quille blanche d'un phare planté sur un promontoire rocheux. C'est beau, la Bretagne ; beau et triste.

Je reviens à la lecture des baveux. Leur opinion, aux médias, c'est que ces cinq meurtres sont l'œuvre d'un déséquilibré. Le vampire de Riquebon-sur-Mer ! Au lieu d'égorger ou d'étrangler, il branche ses victimes sur la force !

Toc, toc !

Une gerce qui m'apporte une grande enveloppe jaune de la part de M. Clabote. Une blonde boulotte dont la blouse blanche craque de partout comme la coque d'un haricot mûr.

Je lui souris d'un air bienvenant ; elle, d'un air bienvenu. Elle s'approche de mon lit pour me remettre l'enveloppe.

— Vous êtes la secrétaire de M. Clabote, ou bien l'une de ses physiothérapeutes ?

— Sa secrétaire.

— Dommage, j'eusse aimé être massé par vous…

C'est de la gonzesse pas bégueule. Volontiers partante pour un coup de rapière quand elle a affaire à un homme sympa.

Or, je lui suis sympa.

Je la regarde « d'une certaine manière ». La bonne. Légère roseur de la dame.

— Vous possédez la première des qualités que doit avoir une femme, lui dis-je : vous êtes appétissante.

— Merci.

— Vous en voulez une preuve ?

— Comment cela ?

Moi, je suis un gusman dans le genre de Maupassant. Le cher grand Troyat nous rapporte que, certaines fois, pour épater la galerie, l'auteur de *Bel-Ami* se mettait face à un mur, les deux mains appuyées contre. Au bout d'un instant, il se retournait avec un braque gros commak. La bandaison par la volonté ! Faut pouvoir.

Moi, j'ai le puissant secours de cette pulpeuse présence. Je pense que la secrétaire dodue a une belle moulasse bien renflée avec un joli bigorneau rose au creux de l'écrin, et qu'elle doit mordre le tranchant de sa main pour pas gueuler lorsque tu la verges en force.

— Les chants désespérés sont les chants les plus beaux, annoncé-je en écartant les pans de mon peignoir.

Mister Popaul, franchement coopératif, est là qui dodeline au-dessus de sa paire de roustons. Il a la démarche un peu harassée de Frankenstein qui se lève de la table d'opération où il vient d'être fabriqué, avec pas encore l'expérience de la position verticale mais déjà une énergie indomptable.

Ma visiteuse admire loyalement.

— C'est moi qui vous fais cet effet ?

— En doutez-vous ?

Je lui ouvre les bras et elle largue ses godasses pour grimper sur mon plumard.

J'adore les petites troussées improvisées qui se présentent sans crier gare. T'étais là, innocent, une minute plus tôt, peinardos dans ta viande indifférente, et puis un fion s'la radine et c'est l'embarquement immédiat pour Cythère. La divine surprise ; le cadeau du ciel.

Elle prend appui sur un genou pour que je la débarrasse de son slip, puis sur l'autre. Et voilà qui est fait. C'était pas une culotte ; à peine une petite formalité. Dis, il s'annonce bien, mon séjour à Riquebon-sur-Mer. Elle est péremptoire dans ses décisions, la secrétaire. M'est avis qu'il doit la régaler d'abondance, mon talonneur. Lui, c'est un rapide du braque, kif l'Antonio. Tout ce qui bronche avec du poil autour, il se porte volontaire, que ça bêle ou que ça parle !

Faut voir avec quelle détermination elle m'empare la membrane, Ninette. Se frotte le casque sur la partie malade pour préalabler celle-ci. Lui faut pas cent ans pour lubrifier, cette chérie. Que, très vite, la voilà qui m'engouffre du balancier. Lentement mais sûrement, avec des précautions pour dédolorer son frifri de l'intrusion. Deux ou trois essais de mise en place, plus redouter la surchauffe, et ça part au galop à travers la lande bretonne, parmi les genêts et les ajoncs.

A cru ! Régime sans selle ! Foin d'étriers ! Radada, radada ! A crier sioux pour marquer l'ivresse de la chevauchée. Heureusement, la literie est neuve, donc silencieuse. Pour une boulotte, elle est rudement souple, cette dame. Elle possède l'intrépidité du dargif. C'est une conquérante de zobs ! Une effrénée du chipolata ! Si je m'attendais à une énergie pareille. Elle y va à une allure folle ! Je redoute pour ses appas inférieurs. Un démenage de cette envergure, elle aura la chatte égueulée comme les flancs d'un cratère après la violente éruption !

Et mon téléphone qui en profite pour carillonner, ce con ! Bien le moment. J'hésite à débonder avant de répondre. Ce serait vache pour ma partenaire. Elle se trouverait en rideau d'extase, à s'éponger la case trésor pendant que je discuterais au bigophe.

— Pardon ! je râloche.

Puis je biche le combiné. C'est Alexis. Il a une voix comme tu peux pas te douter, décomposée, blanche.

— Descends tout de suite, Antoine !

La secrétaire a ralenti, mais sans stopper tout à fait. C'est comme une locomotive haut le pied qui piaffe sur une voie de garage. Le minou qui bouillonne, halète. Elle me pistonne à vide.

— Que se passe-t-il ? je demande à mon pote.

— Viens !

Il raccroche.

Question douloureuse : on arrête les frais ou on se finit en trombe ?

J'opte pour la seconde soluce. J'opère une renversée, manière à prendre l'initiative. La blonde est dessous et je me lance à bite perdue dans la pente. Mes assauts sont si violents et si rapides qu'elle est subjuguée, dévastée, roulée, embarquée dans le siphon du typhon, ainsi font font font les soudards pressés.

En moins de jouge, la jolie médème annonce son entrée dans la rade des félicités. Trois coups de sirène éperdus. « Vouhüü, vouhiiiii, vouhiuüüii ! » Je lui signe une décharge. Elle me râle un merci. Un petit débarbouillage express au gamin pour lui refaire une tenue décente et, sans me rhabiller, je fonce au bureau d'Alexis.

Ce qu'il y a de bien dans ce genre de taule, c'est que tu peux t'y balader en peignoir ou robe de chambre sans attirer l'attention.

Il m'attend devant l'ascenseur, Alex. Ses enjambées me rappellent la belle époque, quand il montait à l'essai, sa pastèque de cuir sous le bras en guise de bagage, mettant les adversaires dans le vent, feintant admirablement en de fausses passes diaboliques, revenant en arrière pour repérer une trouée, puis montant en force dans les derniers mètres, avec trois balèzes accrochés à ses basques, à ses bras, et à ses couilles, sanglier fou assailli par la meute, et écrasant enfin la balle, entre les poteaux le plus souvent.

Il a toujours ses épaules compactes. De loin, on pourrait croire qu'il se charrie un compteur à gaz, l'artiste ! Son cou de taureau, ses étiquettes de boxeur.

— Oh ! putain, il me fait, avec toujours son accent du Sud-Ouest ; qu'est-ce que j'ai fait au bon Dieu, nom de Dieu !

Puis, tout de go :

— Tu as tiré Marinette, bien sûr ?

— Qui ça ?

— Ma secrétaire qui t'a apporté les dossiers. C'est une salope. Quand je l'ai vue partir, presque à loilpé sous sa blouse blanche, j'ai tout de suite pensé que tu allais la sabrer !

— Fallait pas. C'est chasse gardée ?

— Penses-tu, elle est là pour ça ! Tu sais ce qui m'arrive ?

— Je t'écoute.

— Un de plus ! Viens !

On dédale à travers son immense crémerie. Il ne parle plus. On franchit des portes, on embranche des couloirs. Qu'à la fin nous voici dans un petit bâtiment en rez-de-chaussée, éclairé par une verrière et divisé en compartiments. Un grand zig roux aussi sympa qu'un furoncle à maturité est debout devant une porte numérotée. Blouse verte, calotte, chaussons de cuir blanc à semelles de bois. Il garde les bras croisés, façon gladiateur toisant ses futurs adversaires.

— C'est Hector, me jette Alexis.

Ce dernier renifle en guise de salut, et ouvre la lourde qu'il était en train de garder.

Alexis et lui me laissent pénétrer. De fait c'est un local exigu, une minuscule cabine où sont rassemblés un portemanteau, un bat-flanc matelassé, une douche.

— Cabine pour les applications de boue marine, m'explique brièvement Clabote.

J'avise un volume blanc et vert sur la couche. M'approche avec un peu d'appréhension. Il y a là, dans un grand suaire blanc, le corps d'une grosse vieillarde enduit d'algues écœurantes, comme ces dégueulis infernaux qui s'échappent des enfants démoniaques dans les films d'épouvante. La vieille en a été recouverte complètement. Il s'en trouve une masse importante sur sa figure. Sa bouche béante en est emplie et elle est morte étouffée par la matière visqueuse.

Je me tourne vers les deux hommes.

— Racontez au commissaire, Hector.

Tiens ! J'ai déjà cessé d'être un client anonyme de l'établissement afin de réintégrer mon grade et ma fonction !

Le rouquemoute chéribibesque retentit. Il a une voix caverneuse. Ce mec puise sa raison d'être dans des boissons fermentées.

— Elle vient tous les deux jours pour son enveloppement de boue marine, fait-il. Ses rhumatismes !

Il désigne deux cannes accrochées au portemanteau par-dessus un peignoir.

— Tout à l'heure, je lui ai fait son traitement habituel et, comme j'avais vingt minutes de battement, je suis allé boire un café.

— Arrosé pomme ? jeté-je.

Il sourcille.

— Hein ?

— Je vous fais cette remarque parce que vous n'avez pas l'haleine du pingouin. Et alors ?

Il ne sait plus où il en est. Cueilli à froid devant le dirloque, il me filerait volontiers un coup de boule dans l'armoire à croque. Néanmoins, il reprend le fil :

— Je suis revenu pour la débarrasser de sa boue. A ce moment-là, je m'aperçois qu'elle en a tout un tas sur la figure.

— Vous ne lui en mettiez pas sur le visage ?

— Ben, cette connerie ! Evidemment que non ! L'enveloppement part du cou jusqu'aux pieds. En voyant ça, je me précipite pour dégager la bouche, mais elle en avait au moins jusqu'à la trachée-artère. Et puis elle était morte, de toute évidence. Alors je me suis lavé les mains et je suis allé prévenir M. Clabote.

— Personne d'autre que nous trois n'est au courant ?

— Non.

Alexis qui s'est approché avec crainte, murmure :

— C'est Mme Morituri, la mère du fameux constructeur de voitures italien ! Ça va faire un de ces patacaisses ! Oh ! putain ! Putain de Dieu !

— Elle est toute seule, ici ?

— Elle a une gouvernante.

Moi, je phosphore à une allure vertigineuse.

— Où est cette gouvernante ?

— Elle attend à la piscine ; Mme Morituri doit l'y prendre après son bain de boue.

Ma décision surgit, impétueuse :

— Alexis, tu vas aller trouver la gouvernante et lui dire que sa patronne a eu un malaise pendant son enveloppement. Vous, Hector, nettoyez le corps complètement, y compris la bouche, et transportez-le à l'infirmerie, car vous devez bien en avoir une ici, je suppose ?

— Bien sûr, confirme mon pote.

— Avant d'aller chercher la gouvernante, préviens un des médecins de ta boîte, sans lui dire la vérité. On garde la version d'une crise d'étouffement, ce qui, dans le fond…

— Oh ! putain ! psalmodie Alexis en s'en allant. Oh ! putain !

Déjà sur les terrains, c'était son cri de ralliement.

Hector déroule son jet.

— Vous devriez sortir si vous ne voulez pas être complètement trempé, fait-il.

Je me plante devant lui.

— Vous tenez votre langue, n'est-ce pas ? C'est votre intérêt !

— Comptez sur moi.

Il est temps que je lui laisse le champ libre et, cependant, une force mystérieuse me retient dans cette cabine.

Je murmure :

— Quelqu'un est entré quand vous avez eu le dos tourné. Quelqu'un qui savait que vous alliez biberonner et que vous ne reviendriez pas tout de suite. Le criminel devait avoir une blouse verte pour ne pas attirer l'attention et aussi parce qu'il allait se tacher en manipulant cette merde.

J'écarte le drap recouvrant la partie inférieure du corps.

— Il a pris la boue crépissant le ventre, poursuis-je en montrant l'abdomen dégradé de la vioque, l'a rassemblée de manière à obtenir un volume de l'importance d'un melon et il l'a plaquée sur le visage de la victime en la pétrissant pour que la boue d'algues pénètre bien par les orifices : le nez, la bouche. Comme la pauvre femme suffoquait, c'était facile de lui en bourrer la clape ! Il lui a suffi de maintenir mémé sur son bat-flanc avec sa hanche et de conserver ses deux mains appuyées sur son pauvre visage. En quelques instants tout a été dit.

Un temps. Hector s'impatiente, son jet déjà en batterie, n'attendant que mon départ pour actionner le robico.

— Dans le secteur, ce ne sont que des cabines de boue ?

— Il y en a quatre.

— Toutes fonctionnaient au moment où vous avez traité madame ?

— Oui, toutes.

— Et ce mec a déambulé au nez et à la barbe de vos confrères qui gravitent dans ce secteur !

— Ben, j'sais pas ! répond avec pertinence l'homme à la voix caverneuse.

Il écarte complètement le drap afin d'avoir le corps enduit à dispose. D'ordinaire, le patient quitte sa couche pour aller dans le compartiment de la douche se faire asperger, mais là, il vaut mieux nettoyer la *signora* Morituri à l'horizontale, ça évite une macabre et malcommode manipulation.

Je sors. Juste en fermant la porte, j'ai la clé du mystère. Il m'a suffi d'un regard machinal. J'aurais pu ne pas voir. Et puis si, j'ai aperçu.

Je ferme.

Il y a un vieux crémeux, chenu et bavocheur, assis à côté de la lourde.

— Vous avez terminé, il me demande ? Hector est en retard.

Il s'agit du client suivant.

— Votre séance est annulée pour aujourd'hui, fais-je, il y a une fuite d'eau dans la cabine.

Et de lui désigner la flotte qui filtre sous la lourde.

Le père Lacerise rouscaille comme un Français ! Parce qu'il est français…

S'en reva en débitant des imprécations, présages, malédictions. Furax de cette journée sans merde ! Il y va de sa santé ! Il paie, lui, il a le droit d'avoir le droit ! La France branle au manche.

MORITURI TE SALUTANT

Dans la grande piscaille, ça batifole mollo. Ils ont plus de soixante-dix balais, les tritons ! Quatre-vingts et des, le plus grand nombre. Le crawl, la brasse coulée, ils les exécutent au ralenti rhumatismal. C'est le ballet nautique des arthritiques ! Les Jeux olympiques de la pataugette ! Ça craque comme quand on marche en automne à travers des halliers. On dirait qu'ils ont du mal, tous, à garder leurs tronches casse-noix au-dessus de la flotte tant les mecs sont osseux, les gonzesses avalancheuses. Ça saille ou ça pendouille. Les dames, elles, ressemblent à des armatures habillées de triperie jaunasse. Z'ont les arpions qui se montent dessus. Doigts de pieds en bottes de radis. Les cuisses comme un lit défait. Des ventres bas, veinés de bleu, dégueulasses très beaucoup. Les nichemards comme deux bonnets sur un fil d'étendage. L'apologie du flasque ! La tremblotte, nous voilà !

Tout ce trèpe amphibie se meut à la va-comme-je-crève. Appliqué, tenace. Ils moribondent en couronne. Nous n'irons plus au bois, les lauriers sont coupés (ils trempent dans des verres d'eau bénite sur leur table de chevet). C'est salement mélanco, ces croûtons qui font trempette. Vieux silures sans mémoire qui court-bouillonnent, les dentiers serrés, puisant dans une énergie suprême les gestes augustes du nageur.

J'avise mon pote Alexis en converse au bord de l'eau avec une femme ruisselante. La gouvernante ? Plutôt pas mal, la dame ! Quarante carats, grande, silhouette agréable. Elle est brune de peau, ses cheveux sombres descendent jusqu'à ses épaules. Ils doivent friser un peu quand ils sont secs.

Bien que me trouvant à une certaine distance, je crois pouvoir affirmer qu'elle a les yeux verts. Dame de compagnie, de bonne compagnie, comme tu le vois. La *signora* Morituri ne se faisait pas faire la lecture et découper ses entrecôtes par une gorgone, duègne ou carabosse.

Alexis parle à mi-voix. Sa terlocuteuse l'écoute en hochant le chef. Et puis tous deux se cassent par un couloir. Ma pomme, désœuvré, je fais le tour de la piscaille, regardant attentivement le sol. Mais je n'aperçois pas ce que j'espérais. Alors, bon, très bien, je regagne la cabine du meurtre.

Elle est ruisselante d'eau et vide, le gars Hector ayant évacué mémère comme il fut dit. Ma pomme, je pose mes godasses à semelle de bois, qui donnent une démarche si harmonieuse à ceux qui les chaussent, et grimpe sur la table d'enveloppement. Cette manœuvre toute simple me permet d'accéder à la tabatière qui fournit l'aération du local. On peut en soulever le châssis à l'aide d'une tringle graduée. Pour l'heure celui-ci est complètement rabattu. Je le remonte au maximum et le renverse contre la pente du toit. Ma tronche hors de la tabatière, j'examine la verrière.

Faut que je vais te révéler une chose. Naguère, en ressortant, mon regard a accroché un élément suspect, à savoir un peu de boue verte « sur » le verre extérieur. Alors moi, sans avoir besoin d'être flic émérite, j'en ai conclu spontanément que l'assassin de la vieille dame est ressorti par là. Entré, peut-être pas, car mémé aurait gueulé aux petits pois en voyant surgir quelqu'un par la tabatière, fût-ce un employé de l'institut ; mais sorti, ça, recta !

Je me hisse à mon tour. S'agit de me mouvoir prudemment pour ne pas passer une guibolle par une vitre. Note que ces dernières sont épaisses, il s'agit presque de briques transparentes et seul le verre de la tabatière est normal. Les traces de boue verte souillent le toit jusqu'à l'aplomb d'une courette où s'exhalent les bouches d'aération de différents appareils servant à la climatisation intérieure. Nulle fenêtre. Juste une ouverture, en l'occurrence une porte de fer.

Je suis le périple du meurtrier et saute dans la cour cimentée, ce qui ne constitue pas un exploit puisque le bord du toit la surplombe d'à peine trois mètres. La porte de fer est pourvue d'une manette fixe, en acier, surmontée d'une serrure. Je tire et ça s'ouvre.

Me voici dans une chaufferie carrelée, avec plein d'autoclaves écumants. Ça ronronne, ça fumaille, ça trépide… Il y règne une température de sauna. J'avise plusieurs grandes mannes d'osier emplies de linges sales. Sur l'une d'elles se trouve une blouse verte maculée de boue marine. L'assassin avait préparé sa fuite. En passant par cette chaufferie-buanderie, il s'est débarrassé de sa blouse « de travail ».

Je quitte le local par un couloir desservant d'autres lieux fonctionnels. J'avise une dame lingère en train de chanter le grand air de *Carmen*, comme quoi l'amour est enfant de bohème qui n'a jamais jamais connu de loi ; que si tu ne m'aimes pas, je t'aime, mais si je t'aime prend gardatoi !

Elle a largement doublé le cap de la cinquantaine et vogue en direction de la retraite qui lui permettra d'aller planter des hortensias dans la petite maison de Goménolé qu'elle a héritée de sa chère maman dont l'époux a péri en mer, comme un con, une nuit de gros temps.

— Vous possédez une très belle voix, la complimenté-je-t-il. Vous avez fait le Conservatoire ?

Elle n'a fait que la Conserverie de Quiberon, là qu'on trouve les meilleurs maquereaux au vin blanc de tout le Morbihan.

— Vous cherchez quelqu'un ou bien vous vous êtes perdu ? s'inquiète la cantatrice chauvine. Ici, c'est réservé au service.

— Je cherche quelqu'un, résolutionné-je. Quelqu'un qui est venu ici il y a quarante minutes environ. Vous avez sûrement dû l'apercevoir ?

— En dehors d'Emile, j'ai vu personne.

— Qui est Emile ?

— Le garçon de peine. Il s'occupe de charrier de linge.

Que, sur ces entrefesses, voilà un petit Breton brun au regard clair et con, front bas, buté, juste vêtu d'un jean et d'un T-shirt blanc à manches courtes, avec une exquise goélette tatouée sur l'avant-bras droit et un cœur saignant sur le gauche.

— Quand on cause du loup (de mer) on voit son ombre, dit l'interprète de *Carmen*.

Le survenant coltine, à dos, un énorme sac de linge. Il me file une œillée teignarde. L'air de se demander qui je suis et ce que je fous en ces lieux.

— Mande pardon, monsieur Emile, l'abordé-je avec beaucoup de civilité, avez-vous rencontré tout à l'heure dans la buanderie quelqu'un d'étranger au service ?

— Non ! il répond.

Et il va se débâter dans le local d'où je sors.

Moi, ça ne fait pas mon beurre (breton). Je tiens une piste et je voudrais lui faire un brin de conduite.

— Pas bavard, votre collègue, dis-je à la diva.

— Parlez-moi z'en pas. Pour lui arracher dix paroles, à çui-là ! C'est un vieux garçon.

Un vieux garçon, certes, mais un meurtrier ? Moi, franchement, je l'imagine pas ainsi, le trucideur de signoras. Qu'il défonce la frite d'un mataf dans un estaminet, un soir où le calva a soufflé en rafales dans son gosier, Emile, j'admets volontiers. Mais tout ce circus me semble hors de ses possibilités. C'est un fruste, un cabochard ; pas du tout le genre de gars à qui tu proposes un « contrat » pareil !

Pas découragé, je retourne sur mes pas. Il est en train de vider son sac dans une manne (qui n'a rien de céleste).

— Cette porte, fais-je, en lui montrant la lourde de fer, elle reste ouverte en permanence ?

Il grommelle :

— Faut bien : depuis deux jours, la clé a disparu…

— Où peut-elle être ?

Il hausse les épaules.

Je lui montre la blouse qui couronne le chargement d'une des corbeilles d'osier.

— Vous l'avez apportée cet après-midi, cette blouse ?

Là, il tique.

— Non. Ici on ne traite pas le linge du personnel.

— Car c'est une blouse appartenant au personnel ?

— Le personnel, c'est vert ou blanc, les clients c'est orangé, comme vous !

— En ce cas, comment a-t-elle échoué ici ?

— Je sais pas.

— Vous êtes bien certain de n'avoir rencontré personne dans ce secteur.

— Puisque je vous le dis !

Son regard se fait chafouin. De toute évidence, il supporte mal qu'on mette ses paroles en doute.

— Votre collègue, à côté, prétend qu'elle n'a vu personne, elle non plus, en dehors de vous.

Il a un ricanement torve.

— La Gabot, ce qu'elle dit ou rien !

— Ben, elle voit bien les gens qui circulent ?

— Elle voit mes fesses ! Toujours à lire ses conneries dans son cagibi. En voilà une, elle est chère payée pour le travail qu'elle fait.

Il a fini de vider son sac (au sale comme au figuré). Il le roule, le glisse sous son aisselle et repart.

Je le suis. Au bout du couloir, on débouche sur une fourche. A la droite, se trouve le grand vestiaire où l'on distribue les peignoirs aux clients ; à gauche, c'est une voie qui traverse la piscine et continue en direction du restaurant de diététique.

Je glandouille un instant et regagne ma chambre. Mon lit est défait et il y a du foutre sur le couvre-lit. Elle aurait pu faire un peu de ménage avant de s'en aller, la secrétaire !

J'attrape l'enveloppe jaune et vais m'asseoir près de la baie pour prendre connaissance de son contenu. La pluie a cessé, y a projet de soleil entre les nuages gonflés du large. Un chat papelard arpente mon bout de terrasse, puis saute sur le muret qui la sépare de la loggia voisine. J'éventre l'enveloppe d'un coup d'ongle.

— Tu as transféré ta ligne dans une fête foraine ? je demande à Jérémie Blanc.

— Non, pourquoi ?

— J'ai l'impression de parler à quelqu'un qui tient le manège des auto-tamponneuses à *Luna Park*.

Il rit.

— Nous avons une fête de famille, explique le

Noirpiot. Nous célébrons le gouli-goula de Chicorée-Leroux, ma fille aînée.

— Et c'est quoi, le gouli-goula ?

— Elle vient d'être grande fille.

— Et vous organisez une kermesse pour marquer l'achat de sa première boîte de Tampax ?

— Pas une kermesse, mais un repas de réjouissances auquel participent la famille et les amis. Ramadé, ma chère épouse, nous a confectionné un foutou-c'est-goût de première ! On avait justement reçu du piment de feu et du manioc de chez nous !

— Il va durer longtemps, ce banquet ? Jusqu'à la ménopause de Chicorée-Leroux ?

— La journée seulement, me rassure le grand primate des Gaules.

— Oserais-je, nonobstant, te charger d'un travail urgent ?

— S'il peut attendre demain, oui.

— Ce qui est urgent ne peut attendre, sentencié-je. Je vais donc le confier à Béru.

Un cri :

— Non !

Tout mais pas cela ! Leur farouche antagonisme fondé sur une jalousie incoercible et que j'alimente voluptueusement, a raison du gouli-goula.

— Je quitterai la fête, assure M. Blanc.

— Alors je vais te communiquer les noms et adresses de quatre messieurs récemment et tragiquement décédés à l'institut de thalassothérapie de Riquebon. J'ai besoin de savoir un maximum de choses à leur propos : situation de famille et de fortune, profession qu'ils exerçaient, identité de leurs héritiers, tu vois le topo ?

— Je vois, soupire Jérémie, attends, je prends de quoi écrire.

En fond sonore un tam-tam retentit tandis que des voix unissonnent pour chanter cette douce mélopée : « Chicorée, chicorée… Chicorée-L'roux. Chicorée, chicorée… Chicorée-L'roux. Chicorée, chicorée… Chicorée-L'roux », (reprise ad libitum). On pressent que c'est parti pour plusieurs heures.

— Je t'écoute ! avertit M. Blanc.

— Petite question, au préalable, Jérémie : pourquoi avez-vous appelé votre fille « Chicorée-Leroux ? »

— Maman souffrait du cœur et ne pouvait pas boire de café, alors elle prenait de la chicorée Leroux, m'explique mon sombre ami.

— Il est heureux pour votre grande fille qu'elle n'ait pas utilisé le papier cul Latorche, commenté-je.

Comme je raccroche, Alexis Clabote me rend visite. Il est d'une pâleur de banane écrasée. Un regard d'agonisant ! Ses mains tremblent !

Il fait deux pas dans ma chambre, va pour parler, mais se ravise et fonce à la salle de bains où il se met à dégueuler à s'en estomaquer. Je respecte son intimité. Lorsqu'il réapparaît avec des yeux comme deux cataphotes de bicyclette, larmoyant à souhait, il se laisse dégouliner dans un fauteuil.

— Pardon, balbutie-t-il, mais je craque ; trop c'est trop !

Je lui mets la main sur l'épaule.

— On me cherche, non ? me demande l'ancien talonneur.

J'élude :

— Tu as pu te dépatouiller, pour la vieille *signora* ?

— Non sans mal, ce con de Malfésan, l'un de nos toubibs, regimbait. Un garçon qui serait au chômedu sans moi ! « C'est irrégulier, il protestait. Le serment d'Hippocrate, que j'ai prêté, nous fait une obligation de… » Je lui ai répondu que je l'avais au cul, son Hippocrate. Et profond. Que j'allais devoir fermer ma taule et le rendre à ses chères études. Ce qui a fini par le décider, c'est quand je lui ai donné ma parole que la police couvrait ce mensonge. Car tu me couvres, n'est-ce pas, Antoine ?

— Je fais mieux : je t'emmitoufle ! réponds-je.

— Merci. Tu n'as pas répondu à ma question : on me cherche, hein ?

— On te cherche peut-être, mais ce sont tes clients qu'on trouve, ricané-je. Les quatre vieux crabes ! La *signora* Morituri, on va à l'hécatombe, mon grand.

— Un dingue, tu crois ?

— Je ne sais pas.

— Cette boîte à laquelle je me suis donné corps et âme ! On fait concurrence à celle de Bobet, si je te disais…

Et bon, il pleure. Pauvre Alex ! Faut que ça sorte, quand c'est plus par la bouche, lui, c'est par les yeux !

— Ne t'inquiète pas trop, Alexis, je vais te décortiquer ça en moins de deux. Tu ne m'as pas encore jamais vu monter à l'essai, moi ?

Je lui redonne des couleurs.

— Tu vas m'arracher à ce cauchemar, Antoine ?

— Et ça ne va pas traîner, vantardé-je.

Que Dieu m'entende et me prête assistance !

— L'assassin est dans mon institut, cette fois c'est prouvé, hein ? gémit Alex.

— Tout porte à le croire. Et tant mieux, ainsi se trouve-t-il à portée de main.

— Je n'ai pas dit la vérité à Lucette, ma femme, à propos de la vieille. Elle paniquerait trop. C'est un être fragile, une plante de serre. Je veux que tu la connaisses, Antoine. Tu peux très bien être client et qu'on se soit connus ; il m'arrive d'accueillir ici des relations anciennes qui ont eu vent du renom de mon établissement et viennent l'expérimenter.

— O.K., je présenterai mes devoirs à ta merveilleuse, souris-je.

Il essuie ses larmes comme, jadis, il torchait sa sueur sur le terrain.

— Merveilleuse est le mot, assure-t-il fièrement.

Il tire son porte-cartes, l'ouvre et me le présente, tel un passeport. Une photo est insérée dans un compartiment transparent. Je mate et n'arrive plus à déglutir. Le portrait d'une femme me sourit nostalgiquement. Visage unique ! Visage d'une autre époque ! Le sujet est d'un blond infiniment pâle. Cheveux flous, mousseux. Visage au modèle romantique. Perfection ! Lèvres charnues qui sourient sans joie. Regard lointain, triste, probablement gris-vert (le cliché est en noir et blanc). Beauté, grâce et mélancolie. Le genre de femme qui t'émeut d'emblée et que tu voudrais bercer dans tes bras des nuits complètes.

Comment cet être d'infinie délicatesse a-t-il pu s'unir à un rugbyman, sans doute intelligent et sympathique, mais qui lui correspond si peu ? Lucette Clabote, c'est la douceur capiteuse, le rêve incertain. Elle est nimbée, lointaine, improbable, et dégage un charme mystérieux. Elle était destinée au siècle dernier. Cette photographie qui m'est tendue semble sortie d'un album à couverture de velours parme et fermoir d'argent.

— Alors ? exulte Alexis, si fier de son épouse qu'il en oublie passagèrement ses graves tracasseries.

— Royale ! admets-je.

Voilà que je ne le perçois plus de la même manière, brusquement. Il cesse d'être le bon pote chaleureux pour me devenir mystérieux. Il est comme ennobli par son épouse exceptionnelle. Je lui en veux de posséder un tel trésor. La jalousie me mord âme et burnes. On est fumiers, si tu savais, les hommes. Mesquins, minables, cancrelateux ! On convoite la bonne fortune des copains : leur situasse, leur pognon, leur gonzesse, leur gueule quand elle est belle. On les désaime de réussir. Leur bonheur nous fait chier. C'est la tendre haine doucereuse.

— Ce soir, après le dîner, viens prendre le café à notre appartement, propose Alexis. Nous habitons dans l'aile gauche, le dernier escalier, au dernier étage.

— Volontiers !

Tu parles ! Moi, l'occase de visionner en direct une mousmé de ce calibre, je la rate jamais.

— La gouvernante de la *signora* a pris comment le décès de sa patronne ?

— A l'italienne, soupire mon ami : théâtrale, chagrin et colère, les deux outranciers. Elle a déclaré que le fils Morituri réclamerait une enquête. Qu'il nous assignerait en dommages et intérêts pour avoir fait subir à sa maman un traitement trop fort pour son état de santé. Et puis elle s'est calmée. Elle est convenue que la dame avait quatre-vingts balais et qu'elle prenait de la digitaline depuis dix ans. A la fin, il n'est plus resté qu'une peine qui m'a paru sincère, et des soucis pratiques comme : prévenir la famille, habiller la défunte, etc.

— Tu peux me faire placer près d'elle, tout à l'heure, au restaurant ?

— Je ne sais pas si elle descendra bouffer, elle va vouloir veiller le corps.

— Occupe-toi d'elle ; persuade-la qu'elle doit s'alimenter et envoie quelqu'un la suppléer. Le corps de la *mamma* est dans sa chambre ?

— Oui.

— Vous ne disposez pas d'une espèce de morgue,

dans ta crèche ? A en juger aux nombreux croulants qui la fréquentent, tu dois enregistrer des forfaits brutaux, non ?

— On a un local réfrigéré, jouxtant l'infirmerie.

— Alors fais-y transporter mémère, et ainsi la dame de compagnie sera libre.

— Je voulais, elle s'y est opposée, alléguant que le *signor* Morituri prendrait mal la chose. Mais je vais aller la voir et lui dépêcher une garde.

Requinqué par sa visite, Alexis se remporte. Il est temps de me faire bioutifoul pour aller à la clape et ensuite faire la connaissance de Lucette Clabote.

Ambiance feutrée. Elégante et discrète. Eclairages tamisés, service empressé et silencieux. C'est pas bandant, la diététique. Faut mater la frime des convives pour le comprendre. Ils se font la gueule. En veulent à la terre entière de s'infliger ce ramadan alors qu'il y a des ris de veau braisés et des poulardes à la crème plein les restaurants ! Le régime basses calories, ça leur naufrage le mental. Si tu bannis la tortore de ta vie, il te reste quoi, à cet âge ? La nique, faut plus y compter. Alors, bon : y a la santé. Ils requinquent, question tonus. A force de se faire masser, au jet et à la main, de se laisser enduire de boue merdique, de barboter dans l'eau salée, de suer, régimer, respirer l'air marin, ils acquièrent un semblant de forme, les gueux. S'écoutent maigrir, se palpent les muscles, se caressent la cellulite.

Dans leurs piaules, au matin, en grimpant sur leur balance, ils ronronnent de satisfaction ; mais là, dans la salle-à-rien-manger, c'est le moment critique. Le muet désespoir devant l'assiette de carottes à l'eau, salées à l'ersatz. La détresse organique. Le bide qui fait sa révolution de palais ! L'estom' qui renaude d'être pris pour un con et de devoir se contenter de fromage sans calories et de blanc de poulaga. La jaffe a beau être insipide, ils la trouvent saumâtre ! Ce sont les forçats de la faim que cause l'*Internationale*.

Un maître d'hôtel affable me conduit à ma table, près d'une plante verte trop pimpante pour être réelle. Une diététicienne à poils longs se précipite, le menu à la main. Elle m'annonce que j'ai le choix, comme entrée, entre une salade sans assaisonnement et un demi-pamplemousse. Question plat de résistance, c'est le filet de sole ou le médaillon de veau. Ensuite, frometon maigre ou compote de pommes. Byzance !

Je lui laisse carte blanche. Demain, j'irai me massacrer une langouste et un filet de bœuf à l'*Auberge du Chapon Fin*, pour compenser.

J'opère un panoramique sur les birbasses déconfits, le nez pendant sur leurs assiettes de torture. Ils se sont habillés pour venir croquer une branche de céleri et boire une demi-Evian ! La morosité flotte sur la salle comme une grève de la S.N.C.F. sur la gare Saint-Lazare. Y a comme du deuil dans l'air.

A ce propos, faut que je te dise : Alex a eu gain de cause car voilà la dame de compagnie de la *signora* qui s'annonce. Saboulée sombre et sobre : tailleur noir, chemisier blanc, avec un simple collier de perles pour bijou. Elle vient se poser à la table en face de la mienne. On est en prise directe. Jolie femme. Pas loin de la quarantaine : l'âge clé chez les gonzesses ! Plutôt grande, des cheveux noirs mêlés de fils d'argent. Un regard vif. Maquillage léger : touche de rose aux pommettes, rouge à lèvres assorti.

Nos regards se croisent. Elle me découvre, m'enregistre. « Tiens : un nouveau ! » Je lui souris. Elle détourne les châsses. Pas bégueule ni guindée, seulement discrète. La poitrine n'est pas mal. Menue, mais comme la silhouette est harmonieuse, une fois à loilpé, les frères Karamazov[1] tiennent bien leur place.

On nous sert. Je clape distraitement l'ombre de boustifaille qui m'est dévolue. On devait mieux tortorer sur le radeau de la *Méduse*...

Ayant expédié la compote de pommes, j'enhardis et quitte ma table pour m'approcher de celle de la gouvernante. Culot, non ?

Je rassemble mon italien de cérémonie :

— Pardonnez-moi, mademoiselle, me trouvant sur place j'ai assisté aux derniers instants de Mme Morituri et je me permets de vous exprimer ma sympathie.

Bien formulé. Bravo, Tonio ! Mine grave, ton moite, regard frémissant de compassion. Mon intervention est bien accueillie.

— Merci, monsieur, murmure-t-elle.

Sourire léger et triste.

— Vous étiez sur place, dites-vous ? demande-t-elle.

— Disons, dans la cabine voisine. Les cris du masseur m'ont alerté et je me suis précipité.

— Vous avez assisté à la mort de la *signora* ?

Du moment qu'il y a conversation, je me crois autorisé à m'asseoir à sa table. Je le fais élégamment, en accompagnant mon dépôt de cul sur chaise cannée d'un négligent : « Vous permettez. »

— Morte, reprends-je, elle l'était déjà. L'infirmier était occupé à l'ébouer. Il m'a demandé d'aller préve-

1. Il est stupide d'appeler des seins « les frères Karamazov » puisque les frères Karamazov étaient trois. Désormais, je les surnommerai « les frères Goncourt ».

San-A.

nir le directeur et le médecin. Mme Morituri souffrait du cœur ?

— Plus ou moins. Je réprouvais ces enveloppements de boue chaude ; mais elle y tenait.

— Vous êtes sa dame de compagnie ?

— En quelque sorte, oui.

— Depuis longtemps ?

— Quelques années.

— Le corps est à la morgue ?

— Oh ! non. Aldo Morituri, son fils, est en route pour venir ici, il serait très choqué de trouver sa maman abandonnée dans un endroit aussi sinistre. J'ai transformé sa chambre en chapelle ardente.

— Et vous allez la veiller ?

— Naturellement.

— Vous ne voulez pas qu'on vous assiste ?

— Inutile.

Je me lève, m'incline en murmurant n'importe quoi, mais sur le ton qui convient, et vais rejoindre les Clabote.

VEILLÉE AUX CHANDELLES

Une connerie douloureuse se lit sur son visage ingrat. Fille de pêcheur péri en mer. La Bretagne en compte beaucoup, de ces héros anonymes partis à la conquête de notre morue quotidienne dans les embruns et les mauvais vents, et qui ont disparu « dans une mer sans fond, par une nuit sans lune », comme le disait si bien Victor Hugo qui assurait le reportage. Happés par une vague ténébreuse, ils sont allés rejoindre les poissons qu'ils convoitaient ; « dure et triste fortune » ! Alors elle, fille de noyé, elle travaille bonniche chez mon pote Alexis, dont elle fourbit les meubles et brise la verrerie.

Elle s'appelle, tu t'en doutes bien, Marie-Jeanne. Elle a, tu le devines, des taches de rousseur, des cheveux couleur de maïs, des yeux de Delft et un petit sablé breton à la place du cerveau, les mains rougies par les vaisselles non ajaxées, les jambes fines comme deux poteaux télégraphiques qui se seraient rejoints pour bavarder un peu de la pluie et du bottin.

On lui a dit que j'allais venir car elle demande, en me découvrant sur le paillasson monogrammé :

— C'est vous ?

— Oui, lui réponds-je résolument ; c'est vraiment moi ; moi complètement ; moi à en éclater d'orgueil.

Alors, libérée de ce doute qui la taraudait, rassurée sur mon sort, ravie par mon sourire franc et massif, elle va à la porte du living et, protocolaire en diable, annonce, à la cantonade : « C'est lui. »

Je m'avance, déplorant qu'un roulement de tambour ne ponctuât point mes pas.

Et je LA vois.

La photo du porte-cartes ?

Je te dis tout ? Gnognote !

La réalité dépasse de cent dix kilomètres trois cents le cliché ! Qui était le sombre enculé qui l'a pris ? Où se terre-t-il, cet abject ? Ce dénatureur de chef-d'œuvre ? Ce torve sanieux ? En quelle contrée désertique cache-t-il sa honte ?

Lucette ? Pas une femme : un choc !

Tu l'aperçois et t'as les jambes qui se dérobent comme des stripteaseuses. Tu redoutes de mourir tout de suite. Tu voudrais te prolonger d'au moins cinq minutes pour avoir le temps d'en profiter un peu.

Qu'elle est belle ! Jolie ! Gracieuse ! Superbissime ! Mais il n'a pas le droit, Alexis, de m'avoir épousé une créature comme celle-ci. C'est une vacherie qu'il a faite à tous les mâles ! Un sacrilège qu'il a perpétré à l'encontre du genre humain ! Un gros pet à la gueule de la nature ! Un tel chef-d'œuvre vivant, on n'y touche pas ! On le place dans un musée avec plein de spots autour, et on le contemple. Mona Lisa ? Une pute borgne. L'infante de Vélasquez ? Une petite salope pompeuse de bites en pissotières de casernes turques ! Lucette est inouïsement belle ! Paroxystique dans l'émotion qu'elle déclenche.

Je reste coit.

Je coasse.

Je coïte (par la pensée, hélas).

Je crois.

Je crois.

Je croix. Je brasencroise ! Amorce mon agonie. Vous n'auriez pas un cercueil à une place sous la main ? Pas la peine de l'emballer, c'est pour mourir tout de suite !

En plus, je vais te dire, Lucette : y a du divin en elle, parole ! C'est du sujet de vitrail, ça, mon petit cœur ! Du modèle de madone (j'ai pas dit Madonna !). Je l'aurais à baiser, j'y arriverais pas. Trop impressionné je serais. Ou alors faudrait me titiller le dessous des burnes à la plume d'autruche ! Me projeter un film « X » plus hard que les autres. Et même… T'es minéralisé par un être aussi somptueux ! Tu te rappelles plus que ça existe, le coup du sifflet dans la tirelire. T'as plus l'impression que coquette est capable d'autre chose que de lancequiner ! Tu la classes peau morte !

Elle ne va pas s'avancer jusque z'à moi, dis ! Me shooter à l'infarctus ! Je pourrais pas supporter le choc ! De trop près, ce sera plus tenable. Je volerais en éclats.

Et pourtant la voilà, fabuleuse et altière dans sa robe d'intérieur de velours noir à encolure grecque dorée. Manches kimono, je te prie ! Elle me tend la main, je plonge jusqu'à son aisselle. Je distingue la naissance du sein. Elle a le dessous de bras rasé comme toutes les dames civilisées qui ne sont pas portugaises ou yougoslaves. Un sourire dont je frissonne. Son regard ! Mais qu'est-ce que je m'échine à vouloir te la raconter ! Elle est irracontable, indescriptible ! Si blonde, si joliment colorée, si tout, si si impératrice ! Deux yeux, deux lèvres, deux oreilles, un nez ! Sept raisons pour moi de boire Contrex pour avaler mon aspirine.

Je prends sa main, je presse sa main, je garde sa

main. Je voudrais la glisser dans ma braguette et me sauver avec ! Au voleur ! Au voleur ! Voleur de main de Lucette, Antoine ! Casier judicieux ! Blâme ! La main de Lucette dans la culotte de ce drôle de zouave ! Scandale ! Marchais ! Aux puces ! Lucette, je t'adore ! Lucette, ton époux que j'aime cependant beaucoup n'est pour toi qu'une furonculose ! Une éruption d'herpès ! Un vieux tampon surmené ! Un rien entaché de pas grand-chose ! Conspue-le, chasse-le ! Veux-tu que nous le déféquions ensemble, ô mon aimante ? O ma divine ! ô toi sans qui j'ai osé exister pendant plusieurs décades ?

Je lâche sa main.

A regret. Comme on rompt ! C'est un largage d'amarres. Le sectionnement d'une corde de pendu mort. Ploum ! Cinq doigts repartent vivre leur vie après avoir stoppé la mienne !

Mon trouble est infini. Capiteux. Faut que je réactionne (dirait Béru), sinon mon ami va s'apercevoir que je vasouille. Se gaffer que sa dame me perturbe du haut en bas.

Sourire niaiseux de l'Antonio.

— Ravi, chère madame.

— Il paraît que vous êtes un bon ami d'Alexis ?

— A la vie à la mort, débité-je, sans réaliser la connotation macabre qui, en l'occurrence, se dégage de la formule.

Salon. Banal. Confortable. Luxe P.-D.G. au petit pied. Quelques belles pièces d'argenterie (de provenance familiale, Lucette étant d'une famille riche).

— Café ?

— Non, merci, jamais le soir quand j'ai la possibilité de passer une bonne nuit.

Alex s'exclame :

— Je sais ! Du rouge ! Tu te souviens, Tonio ? On

éclusait du bordeaux, le soir à la chandelle. Chacun sa bouteille. Ça nous aidait à refaire le monde.

Il se lève.

— Je descends à la cave. Un gros négociant de la Gironde, ravi par sa cure chez moi, m'a envoyé douze bouteilles de Cheval Blanc. On va s'en cogner une à la mémoire d'Henri IV !

Et, fougueux, détendu par ma présence, il se casse. Je demeure en tête-à-tête avec sa merveilleuse, sa ravissante, son inouïe. Me voilà épouvanté comme un collégien qui vient de grimper avec sa première conquête, et ne sait plus par quel bout l'attraper.

Elle murmure :

— Vous êtes le commissaire San-Antonio, n'est-ce pas ?

Acquiescement muet.

Elle ajoute :

— Mon grand benêt d'Alexis m'a tu votre véritable identité, mais j'étais derrière la porte, le jour où il vous a appelé à la rescousse par téléphone.

— Vous êtes très belle, réponds-je.

Elle ne réagit pas. Au lieu de s'attarder sur le compliment, elle demande :

— Que pensez-vous de ces meurtres ? Sont-ils dirigés contre nous ?

— Non ! catégoriqué-je. Mon sentiment est qu'on en a tué davantage qu'il n'était « nécessaire » afin de supprimer une personne déterminée.

Là, je m'avance à la légère, car le meurtre de la *signora* Morituri, aujourd'hui, s'inscrit en faux contre mon argument de base. Mais je tiens à rassurer cette somptueuse.

— Belle à couper le souffle ! reprends-je.

Elle me regarde alors, d'un œil calme, avec des

pétillements ironiques. Visiblement, elle me situe bellâtre, baratineur de choc !

— Tous les hommes sont des chiens, fais-je, mais ce qui sauve certains, c'est leur sincérité ; la qualité du sentiment qu'ils ressentent. Me croiriez-vous si je vous jurais que j'ai l'impression de n'avoir vécu que pour vous rencontrer ?

Elle hausse les épaules.

— Je ne vous croirais pas et j'aurais raison. Les coups de foudre sont presque toujours sans lendemain, commissaire. En vous éveillant, demain matin, vous serez surpris de ne plus retrouver mon image. Vous aurez beau faire des efforts de mémoire, elle sera brouillée comme celle d'une télé défectueuse.

— Comment resterait-elle intacte, Lucette ? Vous êtes si… si réussie, que mes sens imparfaits ont du mal à vous « constater » et plus encore, donc, à vous « conserver ».

Tu vois : tout de suite dans le gras !

Ce con d'Alexis revient déjà avec sa boutanche de Cheval Blanc et je me mets à le haïr éperdument, avec une espèce d'indicible ferveur.

Dire que tout à l'heure, ce veau de talonneur sera dans un lit au côté de MA merveille, avec son bide naissant, sa tête rentrée dans les épaules, ses oreilles un tantisoit chou-fleur. Il la prendra dans ses bras velus, l'horrible primate. Elle, si arachnéenne, si douce, avec ses seins qui redressent, son ventre si plat, ses cheveux d'or pâle. Il lui fera une mouillette, tu paries ? avant de la grimper ! T'imagines son gros cul velu, Alex, dandinant la gigue entre les merveilleuses jambes de MON amour ? Idée intolérable. Je voudrais lui remplir la gueule de sa boue verdâtre. Oh ! comme tu deviens vite Caïn quand une créature de rêve traverse ton espace vital !

— Tu parais songeur, Antoine ? remarque le bœuf gros sel.

— Je le suis.

Il me virgule un clin d'œil malin (croit-il) :

— Ça marche, l'import-export ?

Enfoiré ! Il se ridiculise aux yeux de sa bergère puisqu'elle sait la vérité. Bon à prendre. Le ridicule tue. S'il pouvait ne pas s'en remettre.

— A mort, réponds-je : j'ai vendu, pas plus tard que la semaine dernière, douze contre-torpilleurs, cinq cents mixers, mille tonnes de haricots secs, un Rembrandt à l'huile d'olive et la moitié du Puy-de-Dôme à des Japonais.

Là, il s'arrête de déboucher son saint-émilion de gala pour me regarder avec stupéfaction. Il pige pas ce qu'il m'arrive. Pourquoi cette brusque déconne sur ce ton hargneux ? Je perds la tronche ou quoi ?

Et moi, féroce :

— A dix pour cent de commission, tu juges ?

Je me retire très vite, ayant éclusé un verre à peine de son nectar. J'ai honte de moi et, cependant, je ne parviens pas à me ressaisir. J'ai été biché de plein fouet par Lucette. Il ne m'était encore jamais arrivé pareille mésaventure. C'est pathologique, non ? Faudrait que je consulte un psy, bien lui raconter l'impétuosité de ce que je ressens, si brutalement, si brusquement. Te dire : en prenant congé de la belle, j'ai des larmes plein les châsses. Mais je suis donc fumier à ce point ? Je lui convoite sa souris au bon Alex. La veux d'urgence, toute crue ! Elle me dirait : « Je viens », aussi sec je l'enquillerais dans ma chignole et boliderais vers d'autres horizons. Où ça ? Je l'ignore.

Ailleurs, simplement. Plus loin, quoi ! Hors d'atteinte. Ça me tourmente de penser à ma Mercedes

500 SL qui somnole dans le parking de l'institut[1]. J'ai envie d'y installer Lucette. Je bouclerais moi-même sa ceinture, lui réglerais son siège. Et ce serait la décarrade de nuit, dans le crachin breton.

Ces larmes qui scintillaient dans mes lotos, j'ai pu les dérober à Alexis, mais pas à sa bergère. Là, elle a accusé le coup. S'est dit que je devais être bougrement comédien, ou alors sincère, pour en arriver là.

Une fois dehors, je décide de marcher un peu dans l'humidité en suivant la ligne basse des lampadaires cernant l'établissement. L'immense navire commence déjà à roupiller. Le vent secoue les arbrisseaux. Je me chantonne du Trenet. Chaque fois que j'ai le « blouse », il me vient des airs du Génial : *Douce France*, *L'Ame des poètes*, *Que reste-t-il de nos amours*, bien d'autres. Source purificatrice à laquelle il faut boire sans hésiter. Ça te nettoie l'âme. Trenet lave plus blanc. C'est le « Monsieur Propre » du cœur.

Au bout de quelques minutes, je sens que ça s'arrange quelque peu dans « mes » esprits. Me reste juste une mélanco teintée de désabusance. Alors je regagne l'hôtel. En réclamant ma clé au concierge de nuit, je m'informe du numéro de chambre de la *signora* Morituri. Le mec n'est pas surpris. Il me répond qu'elle est au 202.

Le même étage que ma pomme. A vrai dire, elle gît à trois chambres de la mienne, cette pauvre vieille Ritale si bassement trucidée.

Ce qui me pousse à toquer léger à sa lourde ?

1. J'ai largué ma Maserati. Mais ma 500 est blanche, elle aussi. Je suis nuptial avec mes tires.

San-A.

L'instinct, bien sûr. Ce qui peut arriver de mieux aux hommes, c'est d'agir sans réfléchir. S'ils réfléchissent, ils sont prisonniers d'eux-mêmes ; sous dépendance de leur propre volonté ; se tiennent par la barbichette. Quand, au contraire, ils agissent sans réfléchir, c'est « l'autre » qui les assume, celui qui n'a pas de nom parce qu'il croule sous les pseudonymes.

La lourde s'entrouvre à peine. Un quart de la dame de compagnie (dans le sens de la longueur) s'inscrit. Elle porte une robe de chambre de conception transalpine molletonnée, dans les rose bonbon, à revers et parements pourpres.

— Oui ? fait-elle, surprise.

— Puis-je entrer un instant ?

Elle s'écarte pour me laisser pénétrer dans la pièce. Alors là, pas joyce ! Insolite ! Fellini a jamais songé à tourner une scène de ce style.

Un grand lit, tu vois ? Dedans, la *signora* Morituri, cireuse, concentrée par le trépas, le nez et le menton casse-noisette. Elle porte une robe noire à col de dentelle blanche. Ses mains sont croisées sur le drap qui la recouvre plus haut que les hanches. Le regard clos est bombé comme deux noix dans deux trous. Sur chacune des tables de nuit encadrant le lit, une bougie brûle, fichée dans un verre d'eau. Un chapelet à gros grains est entortillé à ses doigts.

L'éclairage de la pièce est réduit (outre les deux chandelles) à une lampe posée sur une table basse. La dame de compagnie a tendu un drap devant la vaste glace décorant l'un des murs. Tu mords la qualité de l'ambiance ? Vachetement funèbre ! Tu te crois au bon vieux Grand-Guignol d'autrefois où ruisselait l'hémoglobine et où des squelettes chutaient des placards lorsque tu les ouvrais.

Elle est debout dans la pièce, la brune, bras croisés,

attendant mes explications à propos de cette visite tardive.

— Pardonnez-moi, lui dis-je, mais la perspective que vous dussiez passer la nuit seule avec une morte m'est intolérable. Je sais bien que la tradition l'exige encore en Italie, cependant elle est inhumaine et, si vous vouliez bien me le permettre, je vous tiendrais volontiers compagnie. Nous deviserions et, ensuite, vous pourriez aller prendre un peu de repos dans votre chambre pendant que je veillerais.

Elle est passablement décontenancée par ma propose si bien formulée que j'en suis impressionné moi-même.

— Mais, monsieur, murmure-t-elle, nous ne nous connaissons pas.

— Nous lierions connaissance par la force des choses, dis-je avec cette pertinence qui, autant que mon impertinence, contribue tant à mon charme.

— Ce ne serait pas correct ! s'obstine-t-elle.

Elle parle à voix feutrée, because la défunte, comme si un ton normal pouvait déranger celle-ci !

Mon beau visage mâle exprime l'amabilité la plus complète. Je dois ressembler au démarcheur d'assurances vie baratinant une nonagénaire.

— Veiller un mort à deux est incorrect ? m'esclamé-je à voix basse, ce qui n'est pas donné à tout le monde.

Elle hésite.

— Vous êtes jeune, ajouté-je, et la nuit est longue.

C'est tout. Ça ne veut strictement rien dire, mais ça fait sérieux, moi je trouve. Le genre de remarque qui pousse à la réflexion.

Elle hausse les épaules.

Je me hâte de considérer la chose comme un

acquiescement et amène deux fauteuils près de la lampe basse, le plus loin possible du lit mortuaire.

— Asseyons-nous, mademoiselle. Mon nom est San-Antonio, avec un tiret ; mon prénom : Antoine. Mais, contrairement à ce qu'on pourrait en conclure, je ne suis pas d'origine ibérique. Dans ma famille, nous sommes français de père en fils depuis que votre grand César a flanqué la pâtée à notre sympathique Vercingétorix. Puis-je connaître votre petit nom ?

— Ellena.

— Mon Dieu, c'est inespéré. J'ai toujours eu un faible pour le prénom d'Hélène. Il est encore plus beau en italien. Ah ! l'Italie ! L'Italie ! La chère Italie !

Et j'y vais à fond la caisse dans le lyrisme touristique. Qu'en plus, elle est de Sienne ! Alors, tu parles, Sienne et sa place fabuleuse ! J'en remets. Puis la fais se raconter.

Ellena, fille d'un viticulteur. Mère morte tôt. Papa remarié avec marâtre. Départ de la maison avant la fin des études. Bourlingage. U.S.A. Fille au pair. Serveuse dans un restau de la Petite Italie à New York. Retour à Roma. Formation d'infirmière. Fait la connaissance de la *signora* Morituri au cours d'une hospitalisation de cette dernière. La mère du constructeur, impressionnée par la qualité de ses soins, lui propose de la prendre comme dame de compagnie. Ellena accepte. Point à la ligne.

Elle a la voix douce, le regard velouté. Du charme.

Je lui propose de boire quelque chose. Elle n'ose pas commander des boissons, compte tenu de la situation. Casse-la-tienne (comme dit Béru), je vais piller le bar de ma chambre et j'en ramène des boissons fermentées. Je confectionne des cocktails assez véhéments bien qu'ils fussent doux.

Elle aime assez picoler : ça se voit à la manière

qu'elle enquille mes breuvages sans rechigner. Le ton ne monte pas pour autant, on continue de parler bas, mais on rapproche nos fauteuils (moi, du moins, je pousse le mien vers le sien, ce qui revient au même). On est bien, on oublie la vieille morte qui a la discrétion de ne pas encore sentir. Elle ne sait pas ce qu'elle va faire, désormais, Ellena, sa patronne étant cannée. Le milieu hospitalier, c'est pas le pied. Peut-être se fera-t-elle assistante médicale. Moi, je lui dis que jolie à son point, elle n'aura aucun mal à se caser. Rien n'a changé en ce bas monde : il vaut toujours mieux être belle avec un beau cul que malade et ressembler à Krazucki. Et puis peut-être que le *signor* Aldo Morituri l'aidera à se recycler, en reconnaissance des soins éclairés dont elle a entouré sa maman ?

Tout en devisant, je continue de penser à la femme d'Alexis. La manière fulgurante qu'elle m'a ensorcelé, la divine bougresse.

« Sana, mon grand, m'exhorté-je, tu dois réagir coûte que coûte. Ne pas te laisser glisser dans les songeries merdancoliques dont parle le Gros. Le coup de cœur, c'est fort, c'est bon, ça survolte, mais ça ne doit pas se prolonger. »

Ayant examiné la chambre, je note qu'elle ne comporte pas de porte de communication avec une autre pièce. J'en fais la remarque à Ellena.

— Votre chambre n'est point attenante à celle de Mme Morituri ?

— La mienne est à l'étage au-dessous.

— Voilà qui est curieux, généralement une dame de compagnie ne se sépare pas de sa patronne, sinon elle n'est plus « de compagnie ».

Ellena a un sourire désenchanté.

— Les chambres du premier coûtent moins cher.

Ah ! bon. Compris. La vioque était rapia. J'ai la discrétion de ne pas engager la converse sur ce terrain délicat. On ne va pas dauber sur une morte que l'on veille !

— Ellena, gazouillé-je de mon ton caressant le plus surchoix, comment se fait-il que vous ne soyez pas mariée ? Une personne aussi ravissante et accomplie que vous !

Chouette, hein ? « Accomplie », faut savoir le déballer. Un peu suranné, mais foutralement classe, non ? T'en trouveras, toi, des auteurs de polars qui te sortent un « accompli » à la fortune du pot ? Ça devient aussi chiadé que du Mauriac, les Toniaiseries. Régence ! Stricte ! Le jour où je me balaie les scories, gros mots, balourdises, facilités de langage, graveleuseries, dégueulasseries, je fais un malheur ! Les Gallimouille, Grasset, Seuil et consœurs me sucent pour m'avoir, me font feuille de (laurier) rose, supercontrats à l'encre indélébile, doigt de velours dans l'oigne, tirages numérotés sur Japon Impérial, Vélin Lafuma (Lafuma, c'est du belge !). L'édulcoration me magnifie ! Je tourne « incontestable ! »

La môme a rougi de ma question, je le vois bien, malgré la chiche lumière. Dis, j'ai soudain des craintes : elle goûterait pas à l'ail, la *signorina* ? Jouerait pas de la gimbarde à poils ? Du gode à pile ? Si elle prend son fade avec Mazda, je l'ai dans le sac tyrolien, mon drôle !

— J'ai fait, aux Etats-Unis, une expérience malheureuse, révèle-t-elle. Un officier de marine américain, père de deux enfants. Il se prétendait veuf, et puis…

Bon, j'ai déjà donné. Entendu ce genre d'historiette des chiées de fois.

Elle soupire. C'est le moment de lui saisir la main. De murmurer du très suave, du compassieux. Je susurre :

— Pardon de vous rappeler un mauvais souvenir, Ellena.

Je me retiens d'ajouter que si elle en veut un bon, il est déjà dans ma culotte, en batterie, prêt à intervenir.

Elle m'abandonne sa main, comme on dit puis dans la vraie littérature littéreuse à injection. Tu parles que je la porte à mes lèvres pour un chaste baiser au bout de ses doigts fuselés. Doucement, retiens l'attelage, Antoine ! Laisse pas la bride à ton quadrige, sinon c'est toi qui seras piqué. Faut le manœuvrer avec un soin extrême, ce petit sujet rital. Se frayer un chemin dans les pudeurs.

Je continue de tenir sa dextre, mais la pose sur l'accoudoir de nos fauteuils. En travers. Mon guignol est si tendu qu'il se trouve à pas dix centimètres d'elle. Pas terrible, la distance, hein ? Me suffirait de lui abaisser lentement les doigts pour les amener au contact. Seulement, si elle rebiffe, l'extase vole en éclats et, en deux coups de cuiller à appeau, le commissaire joli se retrouve dans le couloir avec sa grosse bitoune hagarde sous le bras !

— Il est des instants qui font de la musique, chuchoté-je.

Le nombre de fois que je l'aurai balancée, celle-là ! Et toujours elle remplit son office. Ta compagne déglutit à glotte feutrée, sa poitrine se soulève et elle s'aventure dans les mouillances incoercibles.

Un temps. Son souffle s'accélère. A l'entresol, Mister Braque voudrait faire un rétablissement, crever mon bénoche et passer sa tronche de lard par la lucarne. Faut dire que c'est une forte-tête, Messire ! Un sanguin !

Et alors, le miracle inescompté a lieu. Les doigts de la dame de compagnie s'abaissent négligemment et rentrent en rapport affectueux avec le corps du délit (voire le délit du corps). Dans un premier temps, ils jonctionnent seulement. Période indécise. Puis ils reptent en reconnaissance, identifient à coup sûr. Ensuite, ils établissent une tête de pont, s'écartent pour s'arrondir et coiffer l'objet. Ah ! la prodigieuse lenteur du mouvement entrepris. Caresse fabuleuse ! Va-et-vient à peine marqué, mais irrésistible.

Tu sais que je vais éclater de la membrane, bordel ! Démâter en pleine tornade. Traverser l'Atlantique à la godille, le pouce dans l'oigne en agitant la main perpendiculairement ! Elle me fait le coup du poivrier de bois, la perverse ! Un coup à droite, un coup à gauche ! *The* panard ! J'exulte du bigoudi chauffant ! Elle va pas m'expédier à dame dans mes guenilles ! Faut que je libère le bestiau avant le séisme ! Dans cette culminance prodigieuse, il est pas fastoche à driver, le bougre ! Le décolleté zipeur suffit pas, je dois dégrafer le haut pour m'écosser complet.

Elle émet un gloussement de je-ne-sais-quoi en découvrant le personnage au garde-à-vous que, franc, tu dirais un S.S. peint en rose ! Elle demeure coite, interdite, intimidée par cette apparition comme par la statue du Commandeur. Elle fixe le survenant, les yeux dans l'œil, mâchoires bloquées, lèvres entrouvertes. La balle est dans son camp. Pas à moi de bicher l'initiative. Elle a commencé les attouchements, à elle d'orienter le jeu. Elle s'en fait une trompette d'*Aida* ou un osso-bucco, selon ? J'attends. Mister Mandroche vibre sur sa base. La façon dont il fait le beau, l'apôtre ! Je pourrais me mettre dresseur de pafs au cirque de Pékin.

A gestes somnambulatoires, elle se lève, trousse, se déslipe. La voilà en Y (je dis bien i grec). S'avance pour chevaucher, m'engouffrer, mais ces salopards de fauteuils ont les accoudoirs trop enveloppants pour autoriser une telle fantaisie. Alors je m'arrache et la saisis par la taille. Hop ! Elle m'enserre de ses cuisses sublimes. Ma tête chercheuse part en guerre. Pas commode. Je soulève Ellena. Un point d'appui ! Atlas, à moi ! Le lit ! Je l'y coltine, l'y dépose en travers. Le michier offert. Et vraoum ! C'est l'enfourchement épique. On se jette à corps perdu dans l'étreinte, comme l'a écrit avec sa fougue coutumière la comtesse de Paris. La fornique funèbre auprès de mamie Morituri qui n'en peut mais. Pet à son âme chastifiée par les ans.

Note qu'on lui prend le moins de place possible, la pauvre chérie ; juste cinquante centimètres carrés pour maintenir le cul d'Ellena. Elle m'enserre de ses bras et de ses jambes, me tire une menteuse de caméléon dans la clape en poussant des cris, de ce fait, inarticulés. Heureusement, la literie est de premier ordre à l'institut de t'es salaud t'es rapide. Le sommier résiste vaillamment à la harde sauvage. Il joint parfois un léger gémissement à ceux, tonitruants, de la belle Ritale. Musique douce, plainte langoureuse des ressorts amis de la gigue ; complicité musicale propre à stimuler les ardeurs si besoin en était ; mais besoin n'en est pas. La brave maman du constructeur est animée d'un suprême mouvement. Comme dans Cyrano, elle a *l'odeur du festin et l'ombre de l'amour*. Si elle nous contemple de là-haut, elle doit être heureuse de cette partie de luth.

Ellena, y a longtemps qu'elle faisait ceinture. Je reconnais illico les femmes en manque de chibre. Cette voracité désespérée, ce fantastique élan des reins pour t'essorer les tréfonds. Je pique des deux ! On ne forme qu'un écheveau de viande en délire. La dame de compagnie me la fausse au détour de la tringlée. Elle apothéose avec brusquerie que trop fort c'est trop fort, elle peut plus se contenir. Un cri sauvage, elle me délangue, fait une somptueuse grimace d'indicible plaisir et s'abat, comme la reine du même nom.

Je dépourve un peu d'être ainsi largué, mais je suis un homme galant qui connaît de la vie tout ce qu'en ignore la reine Fabiola. Alors je cours un peu sur mon aire pour la rejoindre sur la plage languissante de la félicité.

Charogne ! L'ai-je bien descendu ! J'en ai des paillettes d'or dans la vue. Alors je me récupère à la cuiller, me dresse sur un coude.

Et que vois-je-t-il, debout dans l'encadrement de la porte ? Alexis et Lucette, sa miraculeuse épouse. Elle a passé un manteau par-dessus sa robe d'intérieur. Lui, il est en veston et tient à la main un grand verre d'eau dans lequel trempe un rameau de buis.

La honte de mon existence ! Le comble du désespoir. Etre pris en train de limer au côté d'une défunte, le bénouse sur les godasses, le panais encore virulent de l'assaut qu'il vient de livrer ! Où me dissoudre ? Où me cacher ? Où m'immoler par le feu après m'être aspergé d'essence ? La confusion me flanque une crise d'angine de poitrine. Je reste debout, le paf en soubresauts agoniques, les yeux ronds.

— Tu pourrais cacher ta bite, au moins ! s'indigne Alex.

Oui, c'est vrai, il a raison. Ma bite ! Où est-elle ? Ah ! oui, je l'aperçois en bas qui me fait des gestes affectueux. Mon slip ! J'avais bien un slip, bordel à cul ! Je ne le vois plus ! Si ! Lové au creux de mon futal tire-bouchonné ! Me baisse, le remonte. Voilà, dodo Popaul. Avant de se laisser engouffrer, il dit adieu à Ellena et bonjour à Lucette. Mutin, si tu savais.

A présent, c'est mon grimpant que je réajuste. La

dame de compagnie trottine jusqu'à la salle de bains pour y planquer sa gêne et y rafraîchir sa chatte.

— Eh bien, oui, m'enhardis-je. La vie est un long coït effréné, mon pauvre Alex. C'est toujours elle qui gagne ! J'étais passé réconforter Mlle Ellena, et puis…

Mon pote se remet lentement de sa stupeur outragée.

— Tu as toujours su réconforter les dames, ricane-t-il.

Il s'avance jusqu'au chevet de la trépassée.

— Lucette et moi étions également venus pour réconforter, mais nous pensions nous y prendre autrement, je l'avoue. Nous avions même apporté de l'eau bénite, chose dont les défunts italiens sont particulièrement friands.

Il dépose son verre à côté d'une bougie.

Machinalement, il se saisit de la branchette de buis et balance un signe de croix express sur la *signora*.

Lucette s'avance à son tour et imite son époux. Elle ne me regarde pas. M'est avis que je n'occupe même plus un strapontin dans son estime. Celle-là, je la lui copierai ! Je lui fais une déclaration enflammée pendant la brève absence de son époux et elle me trouve, une paire d'heures plus tard, en train de tirer une gouvernante sur le lit de mort de sa patronne ! Où ça va, ça ?

— C'est un goupillon de fortune, murmure le ci-devant talonneur, en remettant le rameau de buis dans le verre. Que veux-tu : chacun le sien !

Les époux font comme la mer à marée basse : ils se retirent[1].

1. Çui-là, je l'ai fait souvent, mais c'est comme le Bonaparte manchot : on ne s'en fatigue pas !

San-A.

JE SUIS DIABOLIQUE

Et voilà ! Plus d'espoir ! En nourrissais-je vraiment ? Envisageais-je-t-il de me faire l'épouse surnaturellement belle de mon ami ? Oui, je l'avoue. Au fond de mes testicules cupides, ce sournois projet fomentait des préparatifs machiavéliques. Mais maintenant, ces turpides convoitises sont à Volvo (comme dit Béru pour vau-l'eau). Ah ! comme il est dur, le renoncement ! Comment la persuader que je suis plein d'elle et que c'est précisément pour essayer de l'oublier un instant que j'ai embourbé l'Italoche ? Baratin de bas niveau ! Arguments de garçon de bain !

Ellena tarde à revenir. Des bruits cataracteux proviennent de la salle d'eau. C'est le grand fourbissage ! A présent, j'ai une monstre envie de me rapatrier dans ma turne, mais, gentleman jusqu'au bout, j'attends le retour de la gonzesse pour lui prendre congé.

Drôle de fougueuse ! Note que je l'avais mise en condition. Cette ambiance funèbre a joué un rôle prédominant. A côtoyer la mort, tu te raccroches à la vie. Ton corps de vivant n'est pas assez chaud pour te guérir du corps glacé jeté sur le lit. L'éclairage confidentiel, mes effluves de mâle, ma voix prenante, mes… Qu'est-ce que tu dis ? J'en remets ? J'ai intérêt à faire sobre ? Sinon je sombre dans le mauvais goût ? Ouais, t'as raison. Bon, disons très simplement que le climat y était et qu'on a piqué, poussés par un désir incontrôlable.

Pauvre chère *signora* ! Si son constructeur de fils apprenait nos galipettes !

Ellena réapparaît, les cheveux mouillés, fleurant bon l'eau de toilette.

— Je n'ai pas pu résister à l'envie de prendre une douche, dit-elle. Le directeur et sa femme sont partis ? Seigneur, que n'avions-nous mis le verrou ! Vous croyez qu'ils relateront notre conduite au *signor* Morituri ?

— Non. Clabote est un ami de longue date et il est discret.

— J'ai honte, soupire-t-elle en se laissant tomber dans le fauteuil qui me fait face.

— A quoi bon ? soupiré-je.

— En tout cas, c'était divin.

Bien que je me fasse une autre idée du « divin », j'opine. La friponne considère cela comme une absolution et avance son pied nu jusqu'à ma braguette. Insatiable ! S'imagine-t-elle que je vais faire rebelote ? Faut pas pousser, d'autant que j'avais déjà donné dans l'après-midi, souviens-toi du jambonnage éclair avec Marinette, la secrétaire ! Du bout de ses orteils carminés, elle me farfouille la batterie de cuisine. M'attise les ardeurs, souffle sur mes brandons.

Plus agacé qu'excité, je saisis sa pattounette. Sois pas butor, Sana, je te conjure. Pense à la France ! Au lieu de lui refouler le panard, je le porte à mes lèvres pour quelques petits bisous d'amitié. Dans dix secondes, je le poserai à terre et me lèverai. O.K. ? On fait comme ça ! Banco !

Mimi fougueux sur le gros norteil mignon, mfffou ! Un autre sur le tout petit mignardet qui devrait déjà être couché, mfffoui. Voilà, ça suffit. Si j'en distribue encore, ça va lui survolter le sensoriel. Une fois démarrées, ces Ritales, ça ne s'arrête plus. Faut les ligoter aux montants du plumard pour pouvoir se tailler !

Je vais pour lui lâcher le peton mais je ravise. Un détail me retient. Gros comme une tête d'épingle. Alors, je poursuis mes bisouillanches à la gomme, mfffoui, mffffoua, mfffoué. Ça la cour-jute, misère ! La voilà-t-il pas qui met son autre guibolle sur un accoudoir, histoire de béer un brin, et qui s'entreprend un petit solo de banjo !

Oh ! ça y est, on est repartis pour un tour. Je me dresse.

— Ellena, ce ne serait pas prudent que je m'éternise maintenant (en réalité, c'est la *signora* Morituri qu'est en train de s'éterniser).

Trop tard, la voilà relancée.

— Ne me laisse pas ! Ne me laisse pas ! Prends ! Prends ! elle éructe.

Oh ! merde ! Faut pas que ça tourne corvée. Bon, je vais lui confectionner une petite tyrolienne de broussailles pour la calmer !

Je l'abandonne, morte de plaisir. Epuisée mais ravie, comme dit Charles. Les bras en rames abandonnées de part et d'autre de son fauteuil, les yeux clos, la respiration brève. J'éteins la lampe et m'approche du lit. Avant de sortir, je file ma giclette d'eau bénite à la vieille en lui demandant pardon, via le Seigneur, d'avoir un peu chahuté sa dépouille. Le courant d'air de la porte ouverte courbe la flamme des deux bougies. Tiens : elles ont vachement diminué, ça m'étonnerait qu'elles passent la nuit !

Une fois dans ma piaule, je m'installe au bureau et prends du papier à lettres de l'institut dans le tiroir. J'écris :

Ellena, mon amour.

Je viens de vous quitter, mais nos folles et merveilleuses étreintes continuent de secouer mon corps. Des traits de feu fulgurent en moi. Ma bouche conserve le goût divin de votre sexe délectable…

J'exagère pas ? C'est pas un peu trop lyrique ? Faut dire qu'elle est italienne et qu'on peut lâcher les rennes aux superlatifs, images ardentes et sentiments excessifs. Alors, bon…

Je ne puis résister au besoin de vous écrire mon enchantement suprême. Ces instants d'ineffable folie viennent de bouleverser mon existence à jamais…

Je lui en mets deux pages avec eau courante. Un chef-d'œuvre de haute niaiserie roucoulante. Ça mouille comme une culotte de jouvencelle à un film porno.

Le poulet achevé, je le glisse dans une enveloppe d'abord, et ensuite je coule ladite dans ma vague.

Coup de turlu au concierge de nuit pour savoir le numéro de chambre de la dame de compagnie de la *signora* Morituri. Le 107. Merci et pardon de vous avoir dérangé.

Je chope mon sésame dans une poche à soufflet de ma valdingue et en route, mauvaise troupe !

Deux minutes quinze secondes plus tard, je pénètre chez Ellena. Mon premier soin c'est de déposer ma babille charmeuse en évidence sur l'oreiller de ma partenaire. Mon deuxième soin c'est d'explorer les tiroirs de sa commode. Lingeries affriolantes, onguents et crèmes de beauté.

Je dégauchis ce qui m'intéresse le plus : son passeport. J'y lis qu'elle se nomme Ellena Maria Mencini.

Née à Sienne, le 16 mars 1952. Profession : secrétaire. Je feuillette le document. Il est constellé de tampons, timbres, visas. De toute évidence, Miss Ellena est du genre plutôt nomade. Je commence par la fin et rebrousse chemin. Jusqu'au mois dernier, elle séjournait aux States où elle a passé près d'une année. Les tampons d'entrée et de sortie indiquent New York. Auparavant, elle se trouvait à Tokyo (six mois). Avant Tokyo, ce fut l'Arabie Saoudite (deux mois), et avant l'Arabie Saoudite, Sydney en Australie (deux mois), et plus avant encore, l'Egypte (deux ans). Le passeport a été établi à Rome, il y a quatre ans, pour succéder à un autre qui se trouvait périmé, je suppose. Une vraie vagabonde, ma frénétique ! Arpenteuse de continents.

Je griffonne rapidement ces données sur mon fameux calepin aux feuillets jaunis, dont la couverture de moleskine fleure le moisi. Ensuite, je remets le passeport à la place qu'il occupait dans le tiroir du haut. Je possède une excellente mémoire photographique.

Bref examen de la garde-robe qui est du genre classique, élégance relativement modeste, conforme à sa situation. La valise, posée sur le porte-bagages à claire-voie, ne contient qu'un peu de linge sale et des mocassins de caoutchouc extra-souple. Pas de double fond, les soufflets latéraux ne recèlent qu'un poudrier cassé et un plan du métro de New York qui a dû pas mal servir si j'en juge l'état haillonneux dans lequel il se trouve.

O.K., casse-toi, l'Antoine. Je mate le couloir : *nobody*.

Alors je reprends ma bafouille sur le plumard, sors, referme la porte et glisse la lettre dessous.

Comme tu es un tout petit peu moins con que ton voisin de palier, explique-lui que cette bafouille me servait d'argument pour le cas où la belle Ellena m'aurait trouvé dans sa chambre. J'étais venu déposer mon message sur son dodo après avoir ouvert la lourde avec mon passe. Dans la vie faut toujours se ménager un alibi. Mon flagrant délit ayant été évité, je me contente de faire ce qui est logique en pareil cas, à savoir de couler ma lettre par l'interstice.

Cette fois, il m'est temps d'aller roupiller.

Maintenant, si tu tiens vraiment à connaître la raison de mon attitude surprenante, sache qu'en bisouillant le panard de la môme, naguère, le petit indice que j'ai découvert sous son ongle, pas plus gros t'ai-je dit qu'une tête d'épingle, c'est une infime particule de boue marine…

Mais que ça ne t'empêche pas de dormir, surtout !

A NOUS, COMTE, DEUX MOTS

La tempête a fait rage toute la nuit, troublant mon sommeil. Par instants, le vent hurlait si fort que je me suis levé pour écarter le rideau masquant ma baie vitrée. Dans une lumière lunaire livide, l'océan devenait montagnes mouvantes. La cordillère des Andes vue d'avion ! A l'infini, des sommets gris, ourlés de blanche écume, s'agitaient comme un vieux film d'autrefois dans un appareil de patronage.

Sur le morninge, les éléments se sont quelque peu assagis et j'ai pu enfin m'endormir.

Au fond de ma roupille, j'ai confusément conscience qu'il est tard et que je paresse au plumard. Je me dis vaguement que « merdaprétout ». Juste ça : « merdaprétout » ! Certes, je ne suis pas en vacances, mais pas « en » enquête non plus. C'est une position indéfinie, malléable, vague. Disons que je me trouve ici comme « observateur ».

Alors, « merdaprétout », je me chiendefusille au creux des draps, les couvrantes remontées au ras des naseaux, l'oreiller en écran pour me masquer la lumière forçant les rideaux.

Au bout de peu, je conçois un sentiment de malaise, comme si je n'étais pas seul dans ma chambre. Je dis « sentiment de malaise », non »sentiment de danger ».

C'est plutôt comme une importunance. La salope de mouche qui s'obstine à venir te butiner le tarin.

Je bâille, grommeluche et me dresse.

Et qu'aperçois-je ? Ces messieurs de la famille !

Le gag !

Ils sont assis sagement, à proximité de ma couche, à me contempler.

Jérémie constate ma lucidité et assure :

— C'est beau, un sexe symbole endormi !

Pinaud rit doucement ; ça fait songer à une pintade triste qui criaille. Il est fumant, l'Ancêtre, dans sa pelisse doublée vison. Un chapeau à bord roulé coiffe son genou droit passé par-dessus le gauche. Chemise bleu ciel, cravate marine, complet bleu sombre. Des tatanes croco complètent sa mise. Brummell ! Il en crache, le vioque ! Fait la pige à l'autre, à Achille. Sa moustache habituellement roussie par la flamme géante de son briquet est bien taillée. Il ressemble à Antoine Pinay enfant !

Comparativement, Jérémie fait un peu relâché avec son blouson de daim, son futal de velours et son pull à col roulé de la couleur de son derme.

De trouver ces deux lascars à mon lever, sentant bon le frais, me plonge dans un bonheur délectable.

— On peut pas dire que tu te défonces, reprend M. Blanc. Tu sais qu'il est onze heures moins dix !

— Je n'avais pas fermé l'œil de la nuit because la tempête, plaidé-je. A propos de tempête : quel bon vent vous amène ?

— On t'apporte les renseignements que tu souhaitais à propos des quatre vieillards, déclare César.

— Nous nous sommes partagé le travail, raconte Jérémie.

— Hier soir, tout était terminé. J'ai proposé à Jérémie

de venir te rejoindre. Nous sommes partis aux aurores avec ma Rolls. Il la pilote très bien.

— Je crois qu'il rêve d'un chauffeur nègre ! ricane mon Noirpiot.

— Si je voulais en installer, je ne me serais pas assis près de toi, à l'avant ! objecte la Pine.

— Vous prendrez bien le café avec moi, messieurs ? je leur demande.

— Nous le prendrons volontiers, mais après le déjeuner, avertit M. Blanc, car j'ai une faim de… cannibale.

Il me regarde.

— Ça ne te fait pas rire ?

— Tu me l'as déjà faite.

— Tu as les traits tirés, observe Pinaud, déjà inquiet pour ma santé.

— Parce que j'ai beaucoup baisé dans la journée d'hier, le rassuré-je. Comment va Béru ?

— Il file le parfait amour avec une contractuelle. Elle voulait le verbaliser pour défaut de stationnement, il lui a montré sa carte et ils sont devenus tout de suite amis, voire amants.

— Elle est belle ?

M. Blanc pouffe :

— Tu connais le donjon de Vincennes ? Lui ! En uniforme ! J'ai vu à Londres des horse-guards qui paraissaient chétifs, comparés à cette donzelle.

Je commande un caoua sérieux et passe dans ma salle de bains.

— Venez au rapport pendant que je me douche, les gars !

— En ce cas, je dois poser ma pelisse, sinon je crèverai de chaud, dit Pinuche.

Ils me laissent pisser un coup et, quand le chant

glorieux de la chasse les informe de l'accomplissement de ma miction de confiance, viennent me rejoindre.

A loilpé sous le pommeau, je confie mon corps tant apprécié des dames à l'onde chaude de la résurrection.

— Eh bien ! je vous écoute, mes zélés !

Pinaud sort du papier de ses fringues neuves. Le défroisse, chausse ses lunettes demi-lune et attaque :

— Pétrus Dubois-Douillet, quatre-vingt-deux ans, veuf. Demeurant à Passy, rue du Général-Bartois. Retiré des affaires. Self-made man. A créé jadis une manufacture d'accessoires automobiles après s'être fait un nom de coureur de rallyes. Il y a une dizaine d'années, il a cédé son entreprise à son fils unique, Bertrand, lequel lui sert une pension substantielle. Une grande tendresse semblait lier le père et le fils. Le vieil homme était choyé par sa bru et ses petits-enfants. Donc à première vue, il est incompréhensible qu'on ait voulu le supprimer.

« Je passe maintenant à mon second client : Armand Morduche, quatre-vingt-cinq ans. Marié. Son épouse et lui habitaient Bois-Colombes, rue des Pâquerettes. Ils étaient dans la charcuterie et sont en retraite depuis une vingtaine d'années. Gentille aisance. Ils n'ont pas d'enfant. Là encore, on voit mal à qui profite son trépas. Sa veuve est hospitalisée à la suite du choc que lui a causé la mort tragique de son mari. »

Pépère se tait.

Les jets impétueux cinglent ma viande. Je m'oins de mousse. En filigrane de mes pensées, il y a l'image émouvante de Lucette Clabote. Lucette choquée, Lucette déçue. Son regard désenchanté tandis qu'elle me regardait calcer Ellena.

— Bon, à moi ! fait Jérémie. Je me suis occupé de Séraphin Vigouret et de Paul-Léon Semballe.

« Pour le premier, son cas est simple : célibataire sans famille. Il habitait boulevard Haussmann et tenait jadis une librairie de luxe : éditions rares ou originales, autographes, documents, dans le quartier de l'Opéra. C'est l'Etat qui hérite ses biens. Le crime ne profite qu'au Trésor ; j'ignore s'il avait des ennemis ; son existence méticuleuse de rat de bibliothèque n'incite pas à le penser.

« Pour Paul-Léon Semballe, il en va autrement. Lui, c'était le patriarche de province. Il habitait la Nièvre où il possédait toutes sortes d'exploitations agricoles et d'industries. Grosse fortune ! Sa femme vit depuis plusieurs années dans un asile psychiatrique. Il a un fils chirurgien, établi à Bordeaux, où il dirige une polyclinique prospère, et une fille fixée aux Etats-Unis. Cette dernière a épousé un G.I. qu'elle a rencontré en Allemagne. Son service terminé, Stanley Cain a emmené Eloïse Semballe avec lui à Boston. Ils se sont mariés et il a créé là-bas une chaîne de restaurants à prix modiques qui marchent le feu de Dieu. Il ne semble donc pas qu'il attende le décès de son beau-père pour connaître une vie luxueuse. »

Je stoppe la douche. La paroi de plexiglas opaque est embuée et je fume comme une merde neuve en hiver.

— En somme, fais-je en quittant la cabine, on a l'impression que le décès de ces quatre vieillards était attendu sans impatience notoire. Il paraîtrait en tout cas que le meurtre ne serait pas le motif de leur curieuse mise à mort.

Mon café m'attend dans la chambre. Je noue une serviette de bain à ma taille et vais le boire.

— Il s'est produit un sixième assassinat à l'institut, pas plus tard qu'hier, leur révélé-je.

Et de leur raconter succinctement la fin pénible de la

signora Morituri. Je narre sans rien omettre en mentionnant jusqu'au coup de rapière rutilant administré à la dame de (bonne) compagnie. Je fais le récit de ma visite chez Ellena, post-coït. Leur parle de passeport ; bref, c'est un rapport solide, preste, élégant, pratique pour la poche intérieure ou le porte-documents extra-plat.

Mes deux compères me prêtent deux (voire même quatre) oreilles attentives. Pinaud remarque, lorsque je me tais :

— Cette personne prétend être au service de sa patronne depuis plusieurs années alors qu'elle est fraîchement rentrée d'un long séjour aux Etats-Unis.

— Oui. Donc, mensonge, soupiré-je.

— Tu as décelé une molécule de boue marine sous un de ses ongles de pied ?

— Sans conteste.

— Ce qui revient à dire que tu la soupçonnes du meurtre de la vieille dame ?

— J'envisage cette possibilité.

Baderne-Baderne se gratte la joue creuse. Il sort un paquet de Boyard papier maïs de sa poche, s'en vrille une dans la clape et allume le cylindre de tabac (comme disent les romanciers honnêtes, soucieux d'éviter les répétitions) à l'aide d'un briquet Cartier en or plus ciselé que la coupe du roi de Thulé.

— As-tu visité la salle de bains de la dame Morituri ?

— Non. Pourquoi ?

— La jeune femme s'y est rendue pour ses ablutions d'après l'amour, mais ce n'était pas sa salle de bains à elle. Or, la *signora* qui subissait quotidiennement des enveloppements d'algues se nettoyait complètement dans sa salle d'eau, non ? Elle y a fatalement laissé des traces infimes de cette matière, le ménage n'étant pas toujours fait très à fond. Il est très possible que ta conquête ait hérité cette particule de boue en se servant de la salle de bains de sa patronne.

Il tire une goulée voluptueuse et se sépare momentanément de nous en s'enveloppant d'un nuage bleuté.

Je lui virgule un long regard admiratif. Il en a dans le chou, César. Sa vieille cervelle poussive ne fait pas encore des grumeaux.

M. Blanc qui ne s'est pas manifesté déclare :

— Toujours est-il que le cas de la demoiselle n'est pas net. Ces séjours souvent prolongés aux quatre coins du monde ne correspondent pas au curriculum qu'elle a fourni à Antoine. Pourquoi lui a-t-elle menti ?

Le biniou grelotte. C'est Alexis, le directeur-talonneur.

— Bien remis de tes prouesses amoureuses autant que macabres ? demande mon pote.

— Je suis vachement navré, dis-je. Ton épouse a dû être outragée ?

— Plutôt. Comme ta petite séance m'avait allumé le sang, j'ai voulu lui faire une fleur en rentrant, mais elle m'a envoyé au diable !

Un sentiment de joie m'inonde. C'est mesquin, peu charitable, mais ça me réjouit qu'Alex ait fait ballon.

— J'espère ne pas avoir déclenché chez elle un rejet de l'étreinte, sinon tu vas devoir te contenter de la grosse Marinette !

Il soupire.

— En confidence, Lucette n'est pas l'affaire du siècle, au plumard ; on joue à papa-maman, notre vie sexuelle manque de fantaisie ; c'est une nature frigide. Elle est belle mais insipide en amour, comme ces fleurs merveilleuses qui ne sentent rien, tu vois ?

— Je vois, fais-je tristement.

Seigneur, la triste nouvelle ! Dès lors, me voilà chagriné pour Alexis que je cesse illico d'envier.

— Mais ce n'est pas pour te parler de ça que je t'appelle : le fils de la mère Morituri vient d'arriver. Un teigneux ! Il fait tout un suif et parle d'attaquer mon établissement en dommages et intérêts pour avoir prodigué à sa maman des soins que son état de santé ne lui permettait pas de supporter. Je crains que nous ayons évité un scandale pour tomber dans un autre !

— Calme-toi, Alex, c'est la fougue ritale qui s'exprime ; ça va se tasser. J'aimerais bien connaître ce fameux constructeur, ses bagnoles sont sympas si lui ne l'est pas.

Il lui vient une idée, Alex.

— Viens nous rejoindre, je te ferai passer pour le médecin qui a fait les constatations, l'autre est si chiasseux qu'il pourrait bien craquer devant l'énergumène italien.

— Tu oublies la dame de compagnie, hé, glandu ! Elle le sait bien, elle, que je ne suis pas toubib.

— Merde, c'est vrai !

— Cela dit, je vais t'amener le docteur Pinaud.

— Qui ça ? éberlue le talonné.

— Tu vas voir : une sommité médicale ! L'orgueil de la Faculté de Paris.

Aldo Morituri, à première vue, c'est pas un cadeau ! Une armoire d'un mètre quatre-vingt-dix, un ventre énorme, trois mentons en ordre de marche. Un tarbouif gros comme un museau de chameau. Les cheveux grisonnants, dégarnis sur le dessus. La bouche lippeuse, mouillée, luisante, faite pour lécher des petites chattes jouvencelles. Le regard sur coussins de graisse, intraitable. La voix enrouée. Costar avec gilet de grande coupe, dans les gris anthracite. Chemise blanche amidonnée, cravate noire piquée d'une épingle représentant une petite main d'or tenant une perle rare. Boutons de manchettes or et brillants. C'est un personnage important, fumier tout plein, qui doit mochement faire suer le burnous.

Il se tient agenouillé devant le cadavre de sa maman, ses énormes mains croisées devant son paquet de couilles. Il récite des prières en pleurant à injection. Ellena, de sombre vêtue, se tient à l'écart, recueillie. Clabote entre le premier, le docteur Pinaud sur ses talons et ma pomme fermant la marche. Cortège grave, solennel même. On se met en formation derrière le pleureur, attendant qu'il émerge de ses dévotions filiales. Je glisse une langourée éperdue à Ellena. Elle y répond d'une autre, puis incline le chef. Je pense à son joli cul, bien ferme pour sa quarantaine rugissante. C'est beau, la nature, et ça ne coûte pas cher.

La mère Morituri, sur sa couche funèbre, ressemble à un dessin de Sempé. C'est plus qu'un pif de toucan (là, on se rend compte que son fils lui ressemble) et des cheveux teints étalés en flaque sur l'oreiller. La *mamma* douairière, avec des arrière-allures de cartomancienne à la retraite !

On attend que le constructeur ait terminé ses ablutions de l'âme. Enfin, il dégenouille. Ça craque un peu dans son entrepont. Il a du poil sur les pommettes. Ça fait gorille qui vous salue bien… Il nous regarde, plus exactement, nous toise. L'orgueil statufié ! Mon ami Alexis bredouille :

— Si vous voulez me permettre de vous présenter le docteur Pinaud qui a constaté le décès de madame votre mère.

Alors, aussi sec, il rexplose, Morituri. Flumine de partout comme quoi on lui avait dit monts et merveilles de Riquebon-sur-Mer. Il y envoyait sa chère maman pour y retrouver la forme, non pour y mourir.

On l'a assassinée (il trouve les mots justes) avec cette merde de boue, sans doute trop chaude…

Là, César Pinaud intervient avec autorité. Faut l'entendre, ce brin d'homme, assener sa science, rompre les lances pour l'institut, pis que le con de Rosbif qui creva le lampion de Henri II !

Il est génial, l'Ancien ! Sa grande trouvaille, tu sais quoi ? Il donne du « monsieur le comte » au fabricant de tires. Faut du génie pour risquer une pareille vanne. Il a pris la mesure de son interlocuteur illico, a flairé la vanité existentielle du mec. Alors, d'entrée de jeu, il y est allé sur l'huile d'amande douce, Césaroche :

— Permettez, monsieur le comte, notre boue marine est appliquée à la température du corps, soit 37 degrés. En aucun cas elle ne saurait être suspectée d'avoir entraîné le décès de Mme la comtesse…

Les Ritals, toujours assoiffés d'honneur comme tu les sais, tu penses qu'être promus comte, brusquement, ça leur débroussaille la coiffe. Il gargarise des tympans, Aldo. Pinuche ne se fait pas faute d'en remettre. Il retient plus, laisse aller en grand :

— Mme la comtesse est décédée d'un collapsus latéral de fréquence consécutif à la position horizontale. C'est un cas relativement fréquent chez les personnes âgées de la bonne société. Or, la position horizontale, elle l'adoptait chaque soir en se mettant au lit, qu'il susse ? Et aussi chaque après-midi en effectuant sa sieste, non ? C'est pur hasard que la crise l'ait emportée dans cette cabine. La grande-duchesse Octavie, mère de l'archiduc Otto III est morte dans ses bras de la même manière, ainsi que la marquise de Goldenberg, cousine par alliance de la reine Elizabeth II d'Angleterre. Les « sang bleu » sont fragilisés du côté cœur. Vous devez admettre le fait, monsieur le comte.

« Monsieur le Comte » se calme. Des larmes lui échappent. Il dit qu'il va construire un superbe caveau à sa chère défunte. Marbre de Carrare, anges sculptés, vue sur la mer, climatisation, le top !

C'est gagné. Alexis respire. Moi j'achève de faire un certain boulot discret, motif principal de ma venue céans. Pinaud continue de discourir. Il connaît à fond la question, ayant présenté sa thèse sur le collapsus latéral de fréquence.

Il s'approche d'un bloc de papier, entraîne le comte-structeur pour lui dessiner un schéma.

— Voici le cœur, monsieur le comte. Là, les deux oreillettes, là, la valve de fiction, et ici le clapet modulaire. Vous me suivez ? Le collapsus latéral provient d'une malformation congénitale du prédicare funeste que je représente d'une croix. Il arrive qu'au moment où le cœur quitte la position verticale pour la position horizontale, l'inducteur verdex bloque le clapet modulaire, vous me suivez ? Dans ce cas, un brusque afflux sanguin verrouille la valve de fiction et le sujet meurt d'une rupture syncopée, dite « rupture de Ballast » du nom du chirurgien scandinave qui a découvert cette affection. Me suis-je bien fait comprendre, monsieur le comte ?

— Parfaitement, parfaitement, c'est très clair ; merci, docteur ! dit le comte.

Il tend la main au « médecin ». Effusions rectoversales.

Ses belles larmes filiales humanisent sa bouille de forban des affaires.

— Est-ce que notre dernier modèle d'Aeral 2000 vous intéresse, docteur ? Système ASR, différentiel à blocage automatique, verrouillage central multifonctionnel, airbag pour conducteur, appuis-tête escamotables à l'arrière, rétroviseurs extérieurs chauffants, roues en alliage léger, boiserie loupe d'orme, régulateur de niveau essieu arrière, colonne de direction à réglage électrique, vitres teintées sur option ; si elle vous intéresse, je peux donner des instructions à notre concessionnaire général pour la France afin qu'il vous fasse une remise de seize pour cent et vous offre la radio. Appréciable, hein ? Qu'avez-vous comme voiture, docteur ?

— Une Rolls, fait Pinaud doucement.

Je me coule jusqu'à Ellena.

— Merci pour votre lettre, balbutie-t-elle, elle m'a bouleversée.

— Quand partez-vous ?

— Sitôt que les formalités de transfert seront terminées, j'accompagnerai le corps jusqu'en Italie. Demain, je pense ; ou après-demain au plus tard.

— Et ensuite ?

Elle hausse les épaules.

— Ensuite ? Eh bien, il faudra que je cherche un nouvel emploi.

Sa tristesse amère m'émeut.

— Vous pourrez passer dans ma chambre, après le déjeuner ?

— Ce ne sera pas facile…

Elle me désigne le gros « comte » du menton.

— Essayez, supplié-je.

— Je ne vous promets rien.

— Moi, je te promets le coup de bite du siècle, ma jolie, murmuré-je tout bas.

Nous nous retirons comme nous sommes venus : à pas feutrés.

J'ai pas de pétrole, mais j'ai des idées.

Bizarres.

JET PEUR

Elle chante à tue-tête, la Gabot (comme l'appelle Emile, l'homme de peine, l'homme sans joie qui coltine les sacs de linge sale). Elle brame une vieille chanson que déjà, Anaïs, sa maman, entonnait dans les noces à Goménolé.

Ça dit comme ça :

« Oui, c'est pour toi,
« Pour ton charme ingénu,
« Pour tes lèvres de rose
« Que, plein d'émoi,
« Mon cœur est devenu
« Un foyer de névrose… »

De toute beauté ! Des paroles qu'il faut être poète pour les faire rimailler de la sorte. Posséder une culture authentique ! Elle ne travaille pas à la buanderie, aujourd'hui, mais au gros jet. C'est une règle de la maison : changer les occupations afin de ne pas laisser les employés sombrer dans les routines. Une rotation est établie, qui permet de varier les plaisirs. Devenant cycliques, les corvées sont mieux supportées et tout le monde s'en trouve bien.

Ayant dûment nettoyé la longue et étroite cabine carrelée, la Gabot passe dans le couloir ramasser le clille en attente. Elle trouve, sur la chaise flanquant la porte, un vieux crabe tavelé, à l'air ganache. Il a le menton décroché et de la mousse aux commissures, le regard fourbu du mec qui dérive vers le gâtisme. Le seul client qui, en fin de cure, part sans laisser de gratification. Généralement, la clientèle « arrose » les arroseuses au bout du parcours. Lui, fume ! Tout juste s'il leur dit « au revoir-à-la-prochaine ».

Mais la Gabot, c'est une bonne nature : elle peut pas s'empêcher d'être aimable :

— Si vous voulez bien venir, monsieur Moncornard, c'est prêt !

— Pas trop tôt, depuis le temps que je poireaute, grommelle la grinche.

Salaud ! Une bouffée de rage empare la Gabot devant cette flagrante injustice. Elle a pas mis trois minutes pour préparer la cabine. Te va lui flanquer la pression force 5 sur l'échelle de Richter, pleine gueule pour lui décrocher le râtelier, ce vieux fumier. Le coller au mur du fond avec son jet inexorable. Y a vraiment des patients impossibles. Tu peux les fignoler, leur sourire, ils ne sont jamais contents. C'est comme une vérole qu'ils ont dans l'âme. La méchanceté endémique. Il parle, il grince, il dit des présages inquiétants dont la Gabot n'a cure. Elle lui réitère d'entrer : c'est prêt !

Pépère soulève ses trois quarts de siècle et pénètre. Y a comme un sas où tu déposes ton peignoir et tes sandales à semelle de bois. Le voilà à poil et pas reluisant. Ça lui plisse et pendouille de partout. Sa vieille bite a l'air d'un déchet inidentifiable, sorte de brise-jet de caoutchouc usé emmitouflé d'une filasse blanche et raide. Elle se demande, la Gabot, si ce paf a pu être fringant un jour, cocoriquer sur des monts de Vénus, acquérir un volume valable et dégorger impétueusement. Le vioque semble avoir été raté depuis toujours.

Il s'éloigne vers le fond de la cabine oblongue, son pauvre cul escamoté blanchâtre et fripé, sans foi ni loi, la jambe variqueuse, une cyphose carabinée transformant son épine dorsale en point d'interrogation.

— On commence par la partie pile ou la partie face, m'sieur Moncornard ? demande la Gabot. L'aigre vieillard dit :

— Par le dos.

Mémère s'en fout. Elle s'empare de sa lance d'incendie et ouvre la vanne en tenant le bec incliné. La pression fait bondir le tuyau ! La gaillarde le maîtrise à deux mains. Elle contrôle l'eau bouillonnante, tout en bulles compressées qui en sort. Le jet rampe sur le carreau, gagne les talons du père Moncornard. Elle l'élève progressivement le long des jambes d'échassier noueux. Pépère a un fléchissement des mollets, il embarde, prend appui contre le mur.

— C'est pas trop chaud, m'sieur Moncornard ? crie la Gabot pour dominer le bruit de cataracte.

Il hausse ses épaules décharnées, ce qui ne constitue pas une réponse en soi, mais n'est pas non plus une protestation. La forte femme badigeonne à la haute pression le fion fané du birbe. Ça écrase ses fesses, à Moncornard, elles ressemblent à une horrible fleur de viande gâtée dont le trou du cul composerait le cœur. C'est ça qu'elle se dit, la Gabot. Elle rigole et se refout à chanter :

« Que ne t'ai-je connu au temps de ma jeunesse,

« Dans un rêve brûlant j'aurais su t'emporter… »

La bidoche fin-de-parcours du vieux vilain frémit sous l'impact. Ça fait des plis, des bourrelets, des vallées.

« Tiens, salopard, en plein dans l'œil de bronze ! »

Elle lui vise l'oignon plein cadre. En loucedé, pousse un peu la pression, manière de sodomiser ce branleur branlant à l'eau devenue dure comme glace. C'est intéressant, les phénomènes physiques. La luronne devine qu'un scientifique tirerait des conclusions positives de ce jet percutant ce trou de balle.

Là-bas, pépère glousse. Peut-être qu'il prenait du petit, à son époque forniqueuse ? Qu'il allait en loucedé s'en faire carrer une dans le train en des maisons spécialisées mansuètes et compréhensives à tout ?

Elle lui « fait » les épaules à présent. Le dos. Pouah ! Il est franchement dégueulasse de partout, ce débris ! A gerber ! Le vieillissement, tu parles d'un chancre mou !

— Maintenant, tournez-vous, m'sieur Moncornard ! elle hurle, la Gabot.

L'ancêtre, il fait une volte. Elle en profite pour lui placer sa botte secrète, pile dans les badigoinces. Ça lui renfrogne le pif, Cyrano ! Lui retrousse les lèvres, lui démobilise les fausses chailles. Il va claper de profil, le crabe, après cette giclée sauvage. Il voudrait protester, mais la mère, la voilà qui mouille de rancune à assouvir. L'a-t-il assez houspillée, humiliée, ce triste balai de chiottes ! Au lieu de détourner, elle concentre. Son jet devient une lance d'acier dont elle cherche à lui crever la gueule, ce con ! Elle se dit :

« Calme-toi, ma fille, sinon il est chiche de déposer une réclamation ! »

Mais la frénésie, tu la conjures pas avant qu'elle ait connu son assouvissure. La Gabot pense : « Il faut que je chante, ça va me calmer. »

Dans sa tronche bretonne, le couplet se forme :

« On a vingt ans, divin poème,
« Le cœur souffre et l'on est épris.
« Une femme vous a dit je t'aime,
« Une femme vous a compris… »

Rien à fiche. Ça lui reste dans le bocal sans dégouliner jusqu'au cœur.

Le vieux détritus se recroqueville, à l'autre bout, contre le mur. Il met ses bras flasques en parade. Mais elle lui fait baisser sa garde en le fouaillant inexorablement. Et puis on dirait que les accessoires perçoivent sa rogne, la Gabot, qu'ils se mettent à la partager. Y a comme un spasme dans la pression, une brève faiblesse à laquelle succède une folle impétuosité. La lance se fout en renaud après le barbon, décide de le balayer comme un étron sur le trottoir. Moncornard se tord. Il pousse des beuglements de goret saigné. N'a plus le réflexe de protéger son visage. Il reste adossé à la paroi carrelée et glisse lentement contre.

La Gabot, ce qui la ramène au réel, c'est une anomalie. Les travailleurs, y a que leur boulot qui leur donne l'heure exacte. Elle vient de constater, la mère, que la flotte s'est assombrie. Qu'elle coule plutôt jaune et même presque brun, à présent, regarde ! Tu vois ? On dirait l'eau du Rio de la Plata. Couleur chocolat ! Ça veut dire quoi ?

Sa colère est tombée. Elle coupe la sauce. Renifle. Putain, ça dégage une odeur âcre, désagréable. Cette flotte, pourtant, vient d'un captage situé à bonne distance de la côte. Elle passe, de surcroît, par un poste d'épuration.

La Gabot constate que ça fume dans l'étroit local et que c'est cette fumaga qui fouette. Elle examine le bec de la lance d'où s'écoule encore un mince filet de liquide marron. Ce menu pissat tombe sur ses galoches de cuir blanc qui se mettent à fumer avec un crépitement inquiétant. Un mot lui vient, la Gabot, tellement dingue qu'elle le refoule. On dirait… Non, non ! Impossible ! Et pourtant.

Sa godasse droite est attaquée par le liquide. Le cuir

s'assombrit, s'écaille, se recroqueville, fume de plus rechef.

Pas d'erreur : c'est de…

Elle suspend un peu le fameux mot, puis le lâche à voix haute :

— De l'acide !

Voilà que la mer est devenue folle. Celle qu'on voit danser le long des golfes clairs, bordel ! La station de pompage aura pompé une nappe de saloperie échappée des flancs d'un tanker. Un grec, elle parie, la Gabot ! Ou vénézuélien, tu ne penses pas ? Alors voilà que de l'acide passe dans les tuyaux et vient asperger les braves curistes qui…

Oh ! charognerie indicible ! Le vioque, là-bas, au bout de la cabine en forme de jeu de quilles ! Dans quel état ça l'aura mis cette douche vénéneuse ? La guenillerie de vieux birbe radin a dégusté. Elle qui lui noyait la gueule, lui balayait le dentier, lui retroussait les naseaux, lui décollait les feuilles de chou, lui coquillait les lampions !

Elle vérifie que le robinet est bien fermé. Une vilaine mousse verdâtre fait des bulles sur les carreaux, bouffe les joints de ciment.

La Gabot se décide à vérifier où en est le père Moncornard. Elle y va, sans hâte, le cœur fou, en psalmodiant des trucs vagues. Le vieux forme une espèce de tas palpitant, avec des soubresauts. Il en sort une mélopée confuse. Elle voudrait fuir, rameuter la garde, mais elle avance néanmoins, mue par ce moteur naturel et implacable qu'est la curiosité.

Elle parvient devant le gâtouillard.

De ce qu'il en subsiste !

L'abomination. Il était déjà tête de mort dans son genre, Moncornard. L'acide a décapé la dernière couche de vie. Les yeux ont fondu dans les orbites, les lèvres sont comme découpées autour des fausses ratiches de guingois. Le *noze* durement attaqué n'a plus de cloison, plus de narines, c'est comme une coquille brisée en son évasement. Les chairs sont à vif et bouillonnent.

La Gabot, elle pense plus à rien. Elle fredonne :

« Adieu, l'hiver morose,
« Vive la rose.
« Allons, faucille en main,
« Au travail dès demain... »

Et comme elle a oublié la suite, la voilà qui entonne :

« C'est nous, les gars de la marine,
« Quand on est dans les cols bleus,
« On n'a jamais froid aux yeux.
« Partout, du Chili jusqu'en Chine,
« On les accueille à bras ouverts,
« Ces vieux loups de mer... »

Elle regarde encore césarin. Le jet d'acide lui a bouffé le bas-ventre. Sa vieille pine ressemble à une banane gâtée. Elle redevient silencieuse et murmure :

— Ça va, m'sieur Moncornard ?

Comme si « ça pouvait » aller quand on est dans cet état.

Lui, tout ce qu'il répond, c'est un râle lointain qui lui vient de plus loin que la bouche. Un râle terminus, fin fond de la gargane. Tu dirais une série de rots laborieux.

— Vieux pourri ! l'insulte la Gabot ! Me faire ça à moi !

Et la panique la biche au détour de l'émotion.

Elle sort en courant de la cabine. Referme la porte, pose ses galoches attaquées par l'acide, afin d'être plus véloce. Le grand couloir est paisible. Y a plein de vieilles loques en peignoir devant les cabines, qui attendent leur tour de se faire triturer le surplus. Les collègues de la Gabot palabrent d'une porte à l'autre, se racontent leur vie bancroche. Elles se taisent de saisissement en voyant déferler la Gabot, blanche comme la mort enfarinée, les yeux soucoupes, le rictus gargouille, nu-pieds, la blouse troussée varices. Eperdue, folle, fuyant Saint-Pierre-et-Miquelon dévasté.

Les copines se demandent ce qui lui arrive, la Gabot ? Elle fait pas une fausse couche, tout de même ! Envie de chier ? Pourtant, les gogues sont de l'autre côté ! Elles regardent s'éloigner l'épaisse silhouette blanche laquelle, dans sa précipitation, bouscule des vieillards arachnéens, des qui tiennent debout par leurs cannes anglaises et l'habitude de pas mourir. La Gabot est happée par un couloir transversal. Elle disparaît, laissant une fumée de stupeur inquiète derrière soi.

*
* *

De retour dans ma chambre avec mes deux lascars, je vois une enveloppe posée en évidence sur mon oreiller.

Mon nom est dactylographié et le billet qu'elle contient également :

En sortant de l'institut, prenez la route côtière sur la gauche. Suivez-la jusqu'à une masure abandonnée bâtie à l'abri d'un amoncellement de rochers. Je vous y attendrai à 15 heures pour vous apprendre des choses intéressantes.

C'est tout et ce n'est pas signé.

Je montre la babille à mes copains. Ils en prennent connaissance avec un hochement de tête.

— Je crois que ton anonymat ne cache que le secret de Polichinelle, déclare Jérémie.

— Tu as une idée quant à l'identité de celui ou de celle qui t'envoie cela ? demande Pinuche.

— Pas la moindre.

— Tu vas aller à ce rendez-vous ?

— Evidemment.

— Peut-être serait-il bon que nous nous baladions dans le secteur, César et moi ?

— Tu redoutes un attentat contre ma personne ?

Il n'a pas le temps de me répondre. Marinette Sogrenut, la secrétaire d'Alexis, entre sans frapper dans ma chambre.

— Vite ! fait-elle. Vite ! Il vient d'arriver un nouveau malheur !

— Cette fois, je ferme ! m'annonce Clabote.

Il est presque détendu parce que *trop* équivaut à *rien*. La cote d'alarme est à ce point dépassée qu'il commence à se foutre de tout. Un malheur te met l'âme en désastre. Deux, te donnent envie de te suicider. Au troisième, tu dis « Merde », tu vas retirer du blé sur ton compte et tu pars en vacances aux Antilles te faire sucer la moelle.

— Quoi encore ? je demande.

— Le sommet ! Le bouquet final ! Le truc dont il est impossible de se remettre.

Il cherche d'autres formules encore plus définitives pour exprimer que le point de non-retour est franchi pour lui.

— Valises, clés sous paillasson, débinade sans laisser d'adresse, répond Alexis. Je vais filer au Canada, en Irlande, au Zaïre, n'importe où pourvu que ce soit loin. Je changerai d'identité, me ferai refaire la gueule. Je me transformerai en nègre, en Chinois, en gonzesse ou en pope. Ou bien j'irai dans une léproserie, s'il en existe encore. Peut-être dans un monastère tibétain, non ? Ou alors chez ma tante Virginie, dans les Landes.

Et, tiens-toi bien, Sébastien, IL SOURIT.

— Un nouveau meurtre ? je demande.

— Oui, mon cher commissaire. Et de toute beauté !

Il a mis l'accent sur « commissaire », comme pour souligner l'inefficacité dont je fais montre, la totale inutilité de ma présence. La rogne commence à le bicher. Quand t'es dans la merde, t'as besoin d'un responsable, coûte que coûte, pour te calmer les nerfs. Il m'a mandé d'urgence, le talonneur ami. Et depuis que j'ai débarqué (à peine vingt-quatre heures), il vient de s'appuyer deux crimes de plus, m'sieur le dirlo.

— Celui-ci, affirme-t-il, tu auras de la peine à le camoufler en crise cardiaque !

Et il m'entraîne avec, sur mes talons, Jérémie et César, muets, effacés, attentifs, l'un d'un blanc de plâtre, l'autre d'un noir de jais.

Nous arpentons ces couloirs peuplés de vieillards en peignoir où flotte une buée étouffante et qui sentent les bains publics de jadis.

Alex gagne une cabine, au fond de l'un d'eux. Il regarde derrière soi peureusement avant d'en ouvrir la porte ; le fait prestement et s'efface pour nous laisser entrer.

— Faites attention où vous posez les pieds, avertit mon copain, il y a des flaques d'acide par terre.

Au bout du local rectangulaire, gît un étrange paquet de viandasse corrodée.

Un vénérable vioque émacié, à la gueule ravagée par une aspersion d'acide virulent qui continue son œuvre destructrice. Il mousse, il bulle, il ronge, il dépèce, lézarde, désintègre lentement en produisant un léger bruit crépitant de champagne débouché. L'homme est mort d'en avoir dérouillé plein la clape. Il a eu la gorge brûlée atrocement. Le corps hydrogéné qui l'a pénétré en forte quantité et sous pression, l'a suffoqué, brûlé, asphyxié. Il a dû souffrir effroyablement.

Jérémie se met à dégueuler parce que, franchement, c'est pas rebectant comme spectacle. La mort est impressionnante déjà lorsqu'elle est « propre » ; quand elle se présente sous cette forme, avec les chairs éclatées, rongées, elle te fait mesurer à outrance la grotesque précarité de notre condition. Nous ne sommes qu'un misérable assemblage d'organes sous une carrosserie personnalisée, si ladite explose, tu comprends que chaque seconde de ta vie est un miracle et que nous ne sommes qu'une illusion momentanée pour les autres et pour nous-mêmes.

— Que s'est-il passé, Alex ? demandé-je à mon pote.

— D'après la mère Gabot qui pratiquait la grande douche à ce patient, il s'est produit un brusque arrêt de la pression. Très bref. Et puis elle est revenue, mais cela s'est mis à gicler jaune, puis carrément brun. Sur l'instant, elle a cru que notre station de captage se mettait à pomper une nappe résiduelle et que les filtres ne fonctionnaient plus. Il lui a fallu un moment pour réaliser la nocivité de ce liquide. Elle a interrompu le jet, mais il était trop tard. Elle a perdu la tête en constatant les conséquences et s'est sauvée comme une folle à travers l'établissement, ne sachant que faire, ni où aller. Heureusement, je me suis trouvé devant elle. Elle s'est alors jetée contre moi en chialant. Pressentant un caramel de ce genre, je l'ai vite drivée dans mon bureau où elle m'a mis au courant de la situation. Je lui ai fait avaler coup sur coup deux grands verres de vodka polonaise Bison, aux herbes aromatiques, car elle a un penchant pour la tute. Ça l'a cisaillée et elle roupille dans le petit salon attenant à mon bureau.

Pinaud est sorti discrètement. En homme bien élevé, Jérémie évacue ses déjections irrépressibles à l'aide d'une serpillière opportune et d'un seau de plastique.

— Tu te rends parfaitement compte que je suis foutu, Antoine ? déclare Clabote en désignant le mort.

Au lieu de renchérir je questionne :

— C'est qui, ce mec ?

— Un certain René Moncornard, ancien fabricant de chaussures de la région bordelaise.

— Il est ici en compagnie de son épouse ?

— Non, il est célibataire, figure-toi. Une dame, jamais la même, vient, à chacune de ses cures, passer quelques jours avec lui. Une friponne qui doit lui éponger la bite et le porte-monnaie. Son égérie du moment a quitté l'institut avant-hier.

Ma décision est prise. Folle. Comme souvent, comme toujours.

— Tu m'as dit qu'il existait une morgue, chez toi. Il va falloir y porter le corps avec un maximum de discrétion. Je m'en chargerai en compagnie de M. Blanc, mon assistant.

— Et ne pas prévenir les autorités ?

— Pas pour le moment. Cette fois, il est net qu'on a tué ce curiste de cette façon pour que le scandale soit total, qu'il éclate avec fracas et frappe par sa cruauté. Si on le camoufle, le meurtrier va se poser des questions. Déjà, l'assassinat de l'Italienne n'a fait aucune vague. Celui ou celle – voire ceux – qui fout(ent) la merde va (vont) s'impatienter et être amené(s) à réagir. C'est là que nous aurons une chance de le (la, les) démasquer.

— Tu trouves qu'il n'y a pas encore eu suffisamment de grabuge dans cette taule ?

— Peut-être en faudra-t-il davantage pour découvrir la vérité !

— Charmante perspective !

— Il n'y a plus personne dans les couloirs à partir de quelle heure ?

— Midi trente. Jusqu'à quatorze heures, c'est bon. Vous ne risquerez de rencontrer que des employés.

— Il va nous falloir un grand chariot à linge, du linge et l'emplacement de ta putain de morgue.

Pinaud réapparaît. Il a une superbe toile d'araignée sur l'épaule gauche et des traces de poussière un peu partout.

— On a fait un branchement sur la canalisation qui alimente cette cabine, nous apprend l'ancêtre. Elle peut être déviée sur un grand réservoir de plastique contenant de l'acide. Le meurtrier a interrompu un bref instant le circuit normal pour enclencher la déviation. Je suppose en conséquence que ce n'était pas ce monsieur qui était visé, mais n'importe quel curiste qui pratiquerait cette cabine ; à moins que ce local ne fût affecté spécialement au défunt ?

— Non, non, c'est variable, confirme Alexis Clabote.

— Bien, dit César. Il était loisible de bricoler la canalisation de cette cabine parce que c'est elle qui est contiguë au sas d'induction.

— Donc, souligne Alex avec une espèce de délectation morbide, c'est bien moi qui suis visé ! C'est mon institut qu'on cherche à assassiner à travers mes clients.

— Exactement, convient durement l'inspecteur principal Pinaud.

POCHETTE SURPRISE

Ellena est en train de claper avec le *signor* Morituri. Cézigue, le régime jockey, connaît pas ! Il souscrit seulement aux nourritures pauvres en calories par le massacre d'un homard qui fut vigoureux naguère et qui, nappé d'une sauce thermidorienne, est devenu succulent. Je me suis toujours demandé en quoi la chute de Robespierre pouvait s'inscrire dans une tradition culinaire de haut niveau ; mais chacun célèbre à sa manière la fin de la Convention et ce n'est pas mon affaire. Après ce cardinal des mers, Aldo commande un carré d'agneau qu'il fait escorter sans pudeur de flageolets, lesquels lui tiendront compagnie cet après-midi, au grand dam de son élégant caleçon *made* via Venetto.

J'adresse un salut au couple, m'installe à ma table. Pendant ce temps, mes deux compagnons planquent le nouveau cadavre, ainsi qu'il fut dit. Ça grince dans ma tête comme le treuil rouillé d'un vieux puits. Je me sens embarqué dans la plus louche affaire qui se puisse concevoir. L'équarrissage impitoyable de ces vieillards me plonge dans un abîme de douloureuse perplexité et je ne suis pas loin de penser qu'il n'existe pas d'autres mobiles que la folie pour amener un criminel à supprimer des gens en bout de parcours avec un tel machiavélisme.

La folie ! T'avouerai-je que j'en frissonne ?

Le meurtrier le plus endurci, répondant aux plus basses des motivations, n'est rien comparé à un dément. Quels que soient ses forfaits, il reste sur le sol. L'être privé de raison est inatteignable.

Le serveur m'apporte en grande pompe trois carottes coupées dans le sens de la longueur.

— Revenez dans trente secondes m'annoncer à haute et intelligible voix qu'on me demande au téléphone, lui chuchoté-je.

Ce qu'ils ont de chouette, dans l'hostellerie de classe, c'est qu'ils ne s'étonnent jamais des désirs du client. Que tu réclames l'adresse d'un bon chausseur, d'un bon bordel ou du papier tue-mouches, ils s'emploient sans barguigner à te donner satisfaction. Mon brave loufiat s'éclipse tandis que je croque une fort appétissante demi-carotte. Il revient peu après en clamant à tous les échos que je suis appelé au téléphone.

Je quitte la table et fonce jusqu'à la chambre mortuaire où la dame Morituri continue de s'éterniser entre ses deux bougies qu'une main pieuse a renouvelées.

Dans un grand pot de faïence bretonne, que ça représente une petite connasse en sabots et jupe gonflante s'en allant puiser de l'eau avec deux seaux en équilibre sur une barre de bois ajustée sur ses épaules, on a placé des fleurs artificielles : hortensias bleus.

Au milieu des plantes en matière plastique, un petit magnéto. Bien que le voyant de marche soit allumé, il ne tourne plus, son autonomie de 90 minutes étant dépassée. Je l'enfouille et me retire de la pièce après un bref salut à la « comtesse ».

Retour chez moi, j'enroule la bobine, met sur « reproduction ».

Il y a notre brouhaha. On dit des mots au constructeur (voix de Pinaud). On lui prend congé. Claquement de porte.

Le gars Aldo demande à Ellena :

« — Vous y comprenez quelque chose ? »

Elle ne répond pas. Succèdent des bruits de pas. Lui ne parle plus. Un long silence. Puis la voix du constructeur de l'Aeral lance, pathétique, dans un italien littéraire :

« — O toi, ma chère mère qui m'as donné la vie ! »

Bruit de sanglots.

Voix d'Ellena :

« — Allons, allons, du courage, monsieur ! »

« — J'en aurai. Je vais lui organiser des funérailles splendides, mademoiselle Mencini. »

Bon, compris. Il est niqué, le Tonio. La garce m'aura vu placer l'appareil dans les hortensias bidons. Quand le constructeur lui a demandé *si elle y comprenait quelque chose*, elle a dû lui faire signe de se taire et lui montrer mon petit outil indiscret. Dans le cul, la balayette ! J'ai pas la chance pour moi, ces jours-ci !

Ça m'arrive souvent, en début d'enquête, de cafouiller dans des sacs d'embrouilles. J'ai l'impression que le sort m'est contraire, qu'il me fait le pied de nez. Et puis je rétablis la situation vaille que vaille, et le superbe Antonio rafle le banco en fin de parcours.

D'ailleurs, même les déconvenues sont exploitables, dans mon job : toujours chercher le positif du négatif ! Ainsi, le fait que les deux Ritals se soient abstenus de jacter parce qu'ils ont découvert mon petit mouchard *prouve qu'ils ont des trucs à cacher* ! C.Q.F.D. Et la phrase d'attaque d'Aldo aussi ne manque pas d'intérêt : « Vous y comprenez quelque chose ? »

Les idées qui me tourneboulent sous la coiffe prennent de l'extension. S'élargissent en ondes tourmentantes sous mon bonnet à poils. Du cran, commissaire ! Répète-toi ta fière devise : « Boire, manger et baiser sont les trois plus belles jouissances qui existent. »

Je décroche mon turlu pour sonner la Grande Volière. Je voudrais Mathias, mais l'on me répond que le Rouquemoute est en vacances avec sa tribu. Je risque :

— Bérurier croiserait-il dans les eaux territoriales de la Poule ?

Et le standardiste d'exclamer :

— Il est avec moi, commissaire ! Nous bavardions au moment où vous avez appelé.

— Offre-le-moi en prime, Ducraz !

L'organe superbe, sonore, gras, beau comme une huître spéciale triple zéro ou un glave de même calibre retentit.

— Lazare est grand, mec ! Juste qu'j'présentais Violette à Ducraz ! Ça carillonne et t'v'là en ligne d'mire.

— Qui est Violette ?

— La femme d'ma vie. Tu la verrerais, y t'viendrerait des fourmis sous les roustons ! Une vraie rousse, mon drôlet ! Rouquine d'partout : tifs, chatte, poils d'bras. Et qui fouette langoureus'ment la ménagerie. Des yeux bleu-vert couleur épinards, des cils et des sourcilles presqu' blancs ! La manière qu'é gesticule du fion, au plum', tu d'viens dingue ! J'en ai vu des mouilleuses, mais des comme elle, Nevers ! Quand elle prend son fade, t'as l'braque qui rent' à la godille ! Mais c'qui me botte surtout, en elle, c'est son fumet. A r'niffe le civet d'lièvre bien faisandé, ça porte aux sens.

Je perçois des protestations féminines non loin de l'orateur. Alexandre-Benoît les endigue :

— Mais si, mais si, ma gosse, pas d'fausse modestie, j'sais ce dont j'cause.

Et, à moi :

— Elle est modeste, si tu saurais… E s'appelle pas Violette pourerien ! Magine-toi qu'elle est pervenche d'son métier. J'l'ai connue juste qu'elle prétendait m'filer un papillon su' l'pare-brise pour défaut d'estationnage. J'radine à temps. J'lu dis comme quoi on est d'la même boutique et qu'y s'agit pas d'se charogner ent' nous. Mais elle, novice, é croive à l'intégralité, à l'esprit d'justice, ceci-cela. C'est comme qui dirait la p'tite sœur saint' Thérèse du carnet à souches. E m'fait : « V's'êtes en infraction, j'verbalise, un point c'est tout ; le reste, j'n'veux pas le savoir ! »

« Moi, tu m'connais, Antoine ? Aussi sec, je déverrouille ma braguette et j'lu dégaine le bestiau su' coussin d'air. "Et çu-là, tu veux l'savoir, connasse ?" j'lu questionne familièrement. La pauvrette, un boudin géant tel que comme, é l'ignorait qu'ça pouvevait eguesister. Ses lampions disjonctent ! Elle m'visionne jusqu'au fond d'la France. Ell' blablutie : "Oh ! mon Dieu ! Est-ce-t-il possible ! Est-ce-t-il possible, une queue pareille !" C'qu'é disent toutes, quoi !

« Aussi sec, j'referme l'rideau d'scène, et j'lu montre l'hôtel *Monbijou* qu'l'enseigne clignotait à deux pas. "Arrive, ma gosse, et j'vais t'démontrerer qu'non s'lement c'est possib', une queue pareille, mais qu'en suce elle fonctionne au quart d'tour." "V's'allez pas me baiser en uniforme !" elle égosille, Violette, toujours héroïque du d'voir ! "Fais-toi pas d'souci, j't'l'ôtererai avant d't'calcer !" J'la biche par une aile et, oust ! A l'hôtel.

« On s'pointe au *Monbijou*. Un vieux gâteux m'annonce qu'c'est complet. "C't'un malentendu, j'lu rétroque, on vient pour un contrôle." Poum ! J'lu colle ma brème sous la myopie. ”V’s’avez bien vu, moui ?” Et je nous dirige vers la première piaule dont au-d’là d’laquelle y avait un solo d’sommier d’force cinq ! Toc toc ! “Qu’est là ?” d’mande une voix essoufflée. “Police !” “Un instant !” On déponne. Un gros julot, genre charcutier d’sortie, en sueur, l’cheveu collé, cache sa zézette derrière sa ch’mise en boule. Je vais ramasser son rest’ de fringues su’l’dossier d’la chaise, lui fourre tout dans les bras et le virgule su’ le palier d’un coup d’genouxes dans les noix. “On s’casse ! j’y fais, sans rouscailler, en s’estimant heureux d’éviter l’scandale.” “Mais ! il bêloche. Mon amie ! Mon amie !” “Va l’attendre au troquet du coin et cesse d’m’pomper l’air sinon j’t’emballe pour outrage à la pudeur de magistrats dans l’exercice de leurs fonctions.”

« Là-dessus, je relourde. Sa pécore, au gros naveton, c’tait une minuscule brunette av’c des yeux de rate. L’genre p’tite salingue, si tu voyes ? Elle s’cachait la pudeur sous l’drap. “Pas d’panique, ma gosse, je lui dis-je, et bienvenue au clube.” Là-dessus, je me dessaboule. Mon pote Mandrin, t’aurais cru une bite, d’accord, mais d’amarrage ! En l’aperc’vant, elle a cessé d’avoir peur, la gosseline. Violette, j’l’ai décarpillée, comme promis, en parfait gentleman. Et alors on s’est payé un’d’ses fantasias, les trois, qui cont’rera dans les annus du *Monbijou*. Ces dames étaient folles d’leurs jolis corps ! Moi j’donnais du braque tous azimuts. Tu t’s’rais cru à la bataille Nelson gagnée par l’amiral Trafalgar Square. J’arrêtais pas d’boucher des trous, colmatant des chattounes, des p’tits borgnes, des bouches, des entre-nichons. Popaul était d’partout à la fois !

« C’est au cours d’c’te séance qu’ j’ai tombé amoureux fou d’Violette. Une nature comm’ elle, t’as pas l’droit d’laisser passer. La manière qu’é m’estrapolait le chauve à col roulé ! Celle dont é t'glisse l'pouce dans l'oigne en t'flattant les bourses des aut' doigts ! Celle aussi qu'é noue ses jambes à ton cou, l'acrobate, pendant qu'tu l'embourbes, afin d'te laisser l'choix d'ses entrées privées. Attends ! Ell' m'cause ! Qu'est-ce tu racontes, Viovio ? J'frise l'indiscrétion ? Tu rigoles ! J'raconte à Santonio, mon supérieur hiéraldique ! Si j'aurais des s'crets pour lui, alors, c's'rait la fin d'tout. »

J'estime le moment opportun pour lui demander son concours :

— Besoin de toi, Gros, urgentissimo ! Tu as d'quoi écrire ?

— Moi, non, mais Ducraz. Tu veux bien écrire c'dont j'vais t'dicter, Ducraz ? C'est pour Sana. Tu dis quoi, l'grand ? Mlle Ellena Mencini. Avec un « c » et y a pas d'h à Ellena…

Je marche à longues enjambées sur la lande bretonne. Temps mouillé, venteux. Superbe paysage quand on ne craint pas la mélancolie. Le bord de mer dépouillé, galeux, couleur de tapis-brosse. Long paillasson jeté sur la grève étroite. Au loin, très loin, je distingue la masure dont il est fait état dans le mystérieux message. Elle est d'un gris d'écailles de poisson. Les mouettes se laissent bousculer par les courants. Parfois, elles tombent comme des pierres blanches entre les vagues, y flottent un court instant pour gober le poisson qu'elles viennent de saisir et remontent faire le carrousel échevelé avec les autres.

Seul être vivant dans cette désolation, un vieux monsieur qui marche à ma rencontre, retour de promenade. Il porte une sorte de houppelande en tissu écossais à double col, une casquette assortie, des chaussures de marche et il se sert d'une canne dont il pourrait fort bien se passer à en juger la sûreté de son allure.

Au fur et à mesure que nous nous rapprochons l'un de l'autre, je distingue son visage. Pas du tout le genre gâtoche ! Au contraire, l'homme est svelte ; il a la peau colorée, le poil dru et presque blanc, une moustache à la Chaplin, un regard net et clair.

Comme nous allons nous croiser, je le salue d'un hochement de tête. La solitude rend urbain. En campagne, on dit « Bonjour » à des inconnus qu'on ne distingue même pas dans la cohue des villes où ils pourraient se fraiser la gueule devant toi sans que tu songes à intervenir.

Lui, il s'arrête.

— Je vous demande bien pardon, me dit-il, vous êtes le commissaire San-Antonio, n'est-ce pas ?

— En effet.

Je lui souris, hésite à lui tendre la main ; mais c'est lui qui en prend l'initiative.

— Félicien Jaume, se présente-t-il.

Sa dextre est ferme, déterminée.

— Je vous reconnais pour avoir vu votre photographie dans la presse. J'ai lu, il y a quelques mois, un excellent reportage sur vous dans *Paris-Match*.

— Merci.

Pourquoi merci ? Stupidité des phrases « relationnelles ».

Le beau vieillard ajoute :

— Je suppose que vous enquêtez sur les vilaines petites histoires de l'institut ?

J'élude d'un nouveau sourire incertain.

— Pardonnez mon indiscrétion si vous prenez ma question pour telle, mais j'ai vu arriver ce matin un monsieur d'un âge certain, et un très beau Noir. Ne seraient-ils point vos collaborateurs ? L'idée m'en est venue bien qu'ils voyageassent à bord d'une pompeuse Rolls Royce.

Je tique et m'encurieuse.

— Pourquoi ? lâché-je prudemment.

— Vous devriez leur dire qu'ils se montrent plus méticuleux lorsqu'ils véhiculent un cadavre dans un chariot à linge sale. Celui qu'ils charriaient pendant le déjeuner avait une main qui passait entre les barreaux du chariot : cela fait un peu désordre.

Il hoche la tête, porte un doigt à la visière de sa casquette et déclare :

— Au plaisir de vous revoir, commissaire ; et... bonne chasse !

Il s'éloigne en balançant sa canne.

La cabane part en digue-digue. Elle est effondrée partiellement du côté qui fait face à l'océan. Son toit a un affaissement dangereux et l'eau des pluies doit entrer dans cette masure sans trop de problèmes.

J'aperçois la roue arrière d'un vélo qui dépasse l'angle de la petite construction. Intrigué, je m'approche de la porte. Elle ne comporte pas de serrure, simplement un trou à mi-hauteur d'où pend un morceau de corde de chanvre terminé par une cheville de bois patinée par l'usage et le temps.

Comme je vais m'en saisir, la porte s'entrouvre en grinçant désespérément. Tout est noir. Odeur de paille moisie, de varech séché, de bois vermoulu.

Je fais un pas dans la masure, avec la confuse appréhension de morfler du contondant sur la nuque. Mais rien de tel ne se passe.

Je me tourne côté gonds. Une silhouette est là, immobile. Féminine. Parfum capiteux. Imperméable jaune, fichu sur les cheveux.

J'attends. Mes yeux s'habituant à la pénombre, je finis par identifier Lucette Clabote. Alors mon palpitant réussit un quadruple axel. Un flot de sang envahit mon cerveau.

Je croise en Dieu.

LE BONHEUR EXISTE, JE L'AI RENCONTRÉ

Cette épouse d'ami qui m'a traumatisé la chair et l'âme, comme l'écrit avec sa délicatesse coutumière M. Maurice Schumann, de l'Acadmie française par contumace, cette femme-vision, cet elfe gracieux, cette lumière matérialisée à laquelle, pauvre et misérable pécheur, fornicateur honteux, j'ai renoncé après l'avoir cruellement déçue, oui, cette image de grâce, de beauté, d'harmonie pure m'a mandé et m'accueille en un rendez-vous secret qui me fouaille les sens jusqu'au plus léger poil follet autant que périphérique.

Je suis interloqué, médusé, abasourdi (veuillez déposer en bas de page les synonymes qui vous viendraient à l'esprit, merci) ; j'en tremble. Mon regard bredouille, ma gorge se déshydrate, mon rectum se crispe, mon gland se contracte, mon sang ne fait qu'un tour (mais de toute beauté).

— Lucette ! parviens-je néanmoins à articuler.

Elle se coule contre le vantail afin de le refermer, s'y adosse. Un rai occulte venu d'une lézarde éclaire partiellement son visage de madone.

— Vous, enfin ! soupire-t-elle.

Elle déboutonne son ciré breton. O indiciblité ! O émerveillance ! O ravissement absolu ! Elle est nue dessous. Enfin, presque ! Mieux que totalement nue puisqu'elle est attifée d'un porte-jarretelles et de bas. ET C'EST TOUT !

Pour dire de ne pas te faire languir, je te raconte tout de suite sa chatte ? On ne voit qu'elle dans cet éclairage à la Rembrandt. Une touffe d'or mousseuse sur une peau mate. Tu croirais une apparition. Oh, pas céleste, je ne suis pas blasphémateur. Et moins encore infernale, mais je dirais une apparition de nature ! Une apparition de beauté accomplie. Sous la toison couleur de jeune blé au soleil, on distingue la mimique heureuse des lèvres roses. Et c'est féerique (d'art).

Jamais, chez les Plantagenêt, les Windsor, les Guise, les Kennedy, les Rothschild, les Fratellini, les Rivoire et Carret on n'a enregistré chatte de cette eau, de cette pureté. Le diamant fait con ! La moule à l'état pur. Le prototype du frifri absolu, de la figue à son apogée. La babasse reine !

C'est si tant éperdument émouvant, si formidablement confondant que je tombe à genoux devant la merveille.

Comment a-t-elle dit, y a un instant ?

« Vous, enfin ! »

Une pareille phrase d'accueil, tu peux tout te permettre, y en aura jamais suffisamment.

— Toi ! Est-ce possible ! réponds-je en classe éco, usant de cette sobriété de ton utilisée dans la première phrase des méthodes Assimil.

Je suis le desservant d'un culte d'amour (j'ai le culte de l'amour et l'amour du cul). Mes mains de reconnaissance se tendent avec un écartement d'environ trente-cinq centimètres. Elles sont légèrement incurvées, en conque, pour préciser. Elles se posent sur l'exquis fessier de l'épouse de mon ami. Ah ! combien j'ai de tendresse pour Alexis, en cet instant. C'est désormais, entre nous, à la vie à l'amour ! Contact suave, à la fois ferme et doux. Mes doigts d'imploration doivent émettre des ondes qui la font se cambrer. O l'adorable cul, si réservé, mais si ardent !

Ma bouche s'approche de ses lèvres. Une exquise chaleur de nid s'exhale qui met sur mon visage un souffle de printemps tiède dans les jardins fleuris des îles Borromées. Je prends langue avec elles. Sans hâte, d'un frétillement imperceptible. Le miracle s'opère. Insensiblement, ses cuisses se séparent permettant un fouissement plus complet. La chérie ! Elle saisit mon visage à deux mains. Tu imagines la scène, Arsène ? Mes pattounes sur ses miches, les siennes tenant ma gueule comme si je venais de subir une décollation et qu'elle la veuille contempler une ultime fois. Ma bouche vorace rampe dans ce bonheur.

La pauvrette, saisie d'une faiblesse consécutive à un trop grand désir (je fais simple), glisse légèrement contre le rugueux vantail. Mais c'est tout bénéfice pour ma tyrolienne de cresson. La souplesse permet l'audace. Une liberté accrue autorise des initiatives plus poussées. Ma dextre quitte sa fesse gauche afin de lui mandoliner le pourtour. Si tu as besoin d'une démonstration, madame, une seule adresse : la mienne ! Viens avec ton mec, je lui expliquerai le topo. Comment, pendant que le lingual s'exprime dans la zone du clito, mon auriculaire, mon annulaire et mon médius s'inscrivent voluptueusement à l'arrière-plan, montant et descendant comme sur les cordes tendues d'un instrument, alors que le petit inquisiteur de service, à savoir mon cher index fureteur, caresse en s'y vrillant l'œil de bronze.

Veux-tu que je te dise, Denise ? Cette merveilleuse, c'est la première fois qu'on lui bricole une gâterie de cette ampleur. On sent qu'il y a de la découverte dans sa pâmade menue. Ils sont exclamatoires, ses petits cris de plaisir. Cette fois, je suis en plein contrôle de la situation. Je vais l'essorer une première fois à la généreuse. Altruiste, le commissaire. Chevaleresque. Galanterie française pas naze le moindre !

Elle pantelle presque, Lucette. M'a lâché la frime pour prendre appui sur mes épaules. Ça me dérobe un tantinet sa case trésor, mais ma sinistre demeurée en faction sur sa meule droite est là pour pallier la reculade, maintenir l'instrument en bonne position. Je lui joue « Laisse aller » avec une telle virtuosité que, franchement à côté de moi, Menuhin a l'air de jouer de la grosse caisse dans la fanfare du village. Moi, dans ces cas-là, ce qui fait ma force, c'est ma capacité respiratoire.

Faut du souffle pour se lancer à l'assaut d'une gerce sans l'interrompre une seconde. Et je parle pas de la menteuse qui fatigue. Chez certains sujets, elle se paralyse pour de bon. Ils sont là avec une vraie langue de bœuf tirée qu'ils savent même plus rentrer dans leur clape. Ils font des « Heeee ve m'efcufffe » à leur partenaire dont le bijou étincelle dans la rosée du matin. La pauvrette ose pas se terminer à la mano et ça lui chamboule le sensoriel ; elle serait partante pour enquiller n'importe quoi d'oblong dans la nuisette fourrée : une betterave, un bâton d'agent, l'étui à lunettes de grand-père ! Merde ! c'est la vie, tout ça, faut la comprendre au lieu de cheniller, de glapir au sagouin !

Lisez-moi ça ! Le combien il est dégueulasse, cet Antonio, insane, dépravé de partout ! Bande d'oc ! On les appelait comme ça avec mon pote Léon : la bande d'oc. On les regardait marcher, bouffer, causer. Ça nous mettait presque en colère de les voir si réellement cons, tous. On avait presque envie de s'en prendre au Seigneur pour avoir permis un tel gâchis.

On Lui en voulait de ne nous avoir pas faits aussi cons que les autres, qu'on puisse unissonner. Les minorités, quand elles sont par trop minoritaires, se font chier à la longue !

Pour t'en revenir, Lucette, cette minette plantureuse, avec accompagnement digital, elle en conçoit une félicité démesurée. Je la laisse s'exprimer à gogo ! J'adore quand elle part en voyage toute seule, ma petite fée. C'est stimulant. Et puis, quelque part, pour être tout à fait sincère, ça flatte ma mâlerie. T'es fiérot de la voir dégager du minouche sous ton impulsion irrésistible, alors que toi, tu gardes tes atouts en main pour la seconde manche. Sentiment puéril de supériorité, nous qui leur sommes si toujours inférieurs, les garces !

Là, elle les largue, les amarres, Mme Clabote. C'est le tout beau lâché de ballons. Le « Vrouhaaa » d'allégresse omnipotent. (Je sais pas s'il rime à grand-chose ce mot omnipotent, à cet endroit, mais je m'en torche. Comme l'écrit à mon sujet Hubert Montheilet, *je jouis d'une extraordinaire impunité*. N'importe quel confrère huppé écrit le centième de mes conneries, on lui tranche les couilles. Moi, on me crie « Encore » ! Ils veulent voir jusqu'où je vais aller. Attendez, les mecs, c'est pas fini !)

Epuisée par l'intensité du plaisir, elle glisse le long de la porte et choit, en biais, sur un lit de varech-gratte-cul.

Je m'allonge à son côté, glisse mon bras sous sa nuque. J'attends qu'elle se retrouve un peu avant de lui interpréter la gigue sauvage des lanciers. Qu'elle se laisse emplâtrer en connaissance de cause, Lucette, en reconnaissance de mes choses !

« Ainsi donc, me dis-je, tu croyais l'avoir perdue en sautant Ellena devant elle et tu n'as fait qu'allumer son sang ! Pauvre gueux qui se targue de bien connaître les femmes et qui se laisse toujours surprendre. Grand bêta (j'ai pas dit Gambetta) que tu seras jusqu'à ta fin ! »

Je lui donne d'ineffables baisers : au cou, au menton, sur les lèvres. Elle roucoule d'un nouveau bonheur, plus tendre, plus suave que le précédent.

— Chéri, fait-elle, tu es l'être le plus merveilleux que j'aie jamais rencontré.

Je voudrais lui rendre la pareille, mais ça ferait *cheap*.

Une gonzesse qui te louange d'envergure, c'est même pas la peine de prendre l'air modeste, tu la décevrais. Si elle te veut suprême, sois-le et ferme ta gueule. Elle te voit Prince Charmant ? Alors, dis-toi *que tu l'es*, quand bien même t'as conscience de figurer parmi les lavedus de première ! En l'occurrence, je prends une expression neutre et lointaine. Le côté : « Ah ! tu l'as remarqué ? J'ai pourtant rien fait pour en installer ! »

J'aimerais lui parler de ma prestation d'hier avec la Ritale, pas laisser de relents entre nous (la chanson de relent). Mais c'est délicat, je risque de rompre le charme, non ? C'est elle qui y vient. Elle murmure :

— Quand je t'ai vu faire l'amour à cette femme, sur le lit de la morte, j'ai trouvé cela tellement beau qu'un désir d'une violence inouïe s'est emparé de mes sens. J'aurais voulu pomper ta belle bite, là, devant mon époux, et te sucer jusqu'à ce que tu imploses !

Elle cause bien. C'est bath la culture.

— Il n'aurait pas apprécié, pronostiqué-je.

Elle a un bondissement félin.

— Justement, cela l'aurait humilié, le salaud !

Du coup, j'en reste comme deux ronds aux flans

brunis[1]. La réalité me pète aux yeux : elle hait mon copain Alexis, Lucette.

Je lui en fais la remarque. Elle véhémente à plein régime :

— C'est un être abject sous ses airs de gros gentil. Ce con de rugbyman a tellement pris de gnons dans la tête que cela la lui a fêlée. Un pervers, chéri ! Ce qui arrive à l'institut est dirigé contre lui, sois-en certain. Il fait l'unanimité : tout le monde le hait !

— Que me bayes-tu là, mon amour ?

— La vérité ! C'est un jouisseur, un pourceau, un sale bonhomme. Il saute ses collaboratrices et les tourmente d'une façon sadique. Il houspille le personnel, paie peu et mal. Il exploite ce pays sans gros débouchés et rogne sur les salaires, sur les heures de prestation. L'air bonhomme, avec ça ! Convivial. Faisant mine de rendre service à ceux qui peuvent aider à son développement, mais étranglant les petits.

D'écouter cela, je pantoise. Alex, le bon pote d'autrefois, avec lequel j'ai tant rigolé ! Alex, un tyranno (de Bergerac, son pays de naissance) !

Elle continue sur sa vindicte :

— Il m'a épousée pour mon argent !

— Ne dis pas cela, interrompé-je, tu es la plus ravissante femme que j'aie rencontrée. En te voyant, j'ai cru mourir de commotion ! Plus belle que toi, y a que toi en tenue de soirée !

Elle se blottit contre moi, sa main furète à la recherche de mon renflement, le trouve et elle s'extasie d'un aussi bath volume sous mon futal de flanelle grise.

1. On dit cela en numismatique.

San-A.

Mais comme sa rogne perdure, elle repart bientôt dans les imprécations :

— Il m'a pris un maximum d'argent pour fonder cet établissement. Nous avons créé une société dont il détient toutes les actions, si bien que je me trouve proprement spoliée. Il lui arrive de me frapper quand je regimbe, et crois-moi, un talonneur, ça cogne dur. Regarde !

Elle soulève les cheveux masquant sa tempe gauche et me montre un cerne bleu.

— Voilà qui date de quatre jours. Monsieur avait ses humeurs à cause de l'électrocution collective !

— Je suis abasourdi, soupiré-je. Pourquoi ne le quittes-tu pas si les choses sont ce que tu dis ?

— Parce qu'il me terrorise. Si je partais, il me rejoindrait et me tuerait, il en est capable !

Et moi, tu sais ce que je m'entends lui proposer ?

— Pas si tu pars avec moi !

Ah ! non, je te jure… Des comme celles-là, y a que ton Sana pour en balancer. Le côté superman ! Ça me rappelle un *book* ancien que me lisait ma grand-mère quand j'étais moujingue. Ça commençait dans un bal huppé. Une jeune fille de la haute que son irascible fiancé tourmentait. Un jeune officier intervient, calotte le malotru, et s'inclinant devant la frêle héroïque qu'il ne connaît ni des lèvres ni du paf, lui dit : « Louis-Hubert de la Cloche de Bois, acceptez-vous de m'épouser, mademoiselle ? » Tel que. J'en mouillais déjà dans ma culotte Petit Bateau ! La jeune évanescente acceptait, rouge d'émotion. Ils se mariaient au pas de charge et, ensuite, il leur arrivait une chiée de turbins dont ils triomphaient, bien sûr. En somme, ce roman débutait comme finissaient les autres : par le *happy*. On gardait la cagate pour après ! Ma vie, quoi !

Et je te reprends ma réflexion : « Pas si tu pars avec

moi ! » Oh ! dis donc, où ça va, ça ? Une dame, inépuisablement belle, certes, mais à qui j'ai seulement fait une minette express dans une cabane écroulée ! La femme d'un pote ! Déjà que je le trompe en dégustant sa gerce ! L'embarquer ? Pour l'emporter où cela ? Pas chez ma Féloche en tout cas. Elle en pousserait une tête, ma maman, si elle me voyait installer une dame mariée au château ! Avec elle, Marie-Marie, d'accord ; ou à la rigueur une jeune fille comme il faut ! Mais la polka d'un aminche auquel je fais le pire des galoups, alors là, elle l'aurait saumâtre, ma vieille dearlinge.

— C'est vrai, tu m'emmènerais ? chuchote-t-elle tout bas.

— Il me semble.

Elle se met à sangloter convulsivement (dans les livres, l'héroïne ne sanglote jamais autrement que « convulsivement », sinon ça fait pas vrai).

Peut-être que je devrais la fourrer princesse, à présent, qu'en dis-tu ? Ma main se glisse dans son entre-deux Renaissance. La voie sur berges est libre. J'installe de mon mieux Lucette sur le lit de varech. Etalant son ciré sous ses noix pour lui éviter des picotements, voire des brindilles fourvoyeuses dans la bagouse à cheveux ! Elle se laisse manœuvrer avec une docilité qui confine à l'inertie.

Quand elle est bien assujettie, nickel, propre-en-ordre, je lui présente l'ami Ricoré pour un test à la loyale. Les produits surchoix, faut les parcimonier au départ, que sinon le gaspillage fait négligé. La tête chercheuse, manœuvrée avec distinction, opère un repérage méthodique avant de s'engager pour la visite accompagnée. Tout de suite, elle réagit, Lucette. En manque total, je te le garantis ! Y a longuet qu'elle a pas touché sa ration de chibre, la pauvrette. D'ailleurs, il le dit lui-même, le talonneur, qu'elle se refuse à la nique ou que c'est lamentable comme étreinte. Tu parles, s'il la tabasse, y a rien d'étonnant !

Ils sont marrants, les fauves ! Ils mettent des avoinées à leurs rombières et il faudrait qu'elles les aiment, fassent les pieds au mur quand ils dégainent leur chipolata, ces cons ! Là, on s'en va tranquillos par les champs et par les grèves. La toute belle balade oxygénante ; tout juste si on n'a pas envie de chanter, façon « Compagnons de France » au père Pétain : « En disant partout notre rêve à ceux qui n'en ont pas. »

La vérité, je vais te la chuchoter, mon lapin : j'ai le béguin. Et même davantage. Je m'en ressens à mort pour cette nana. J'ai beau me dire que, fixer le ranque mystérieux à un ami de son julot et l'attendre à poil sous un imper, avec des bas et un porte-jarretelles, ça se fait pas couramment chez les religieuses du Carmel, ni même chez les jeunes filles de la Légion d'Honneur. Y a guère qu'à la cour d'Angleterre que c'est admis, et encore, pas trop à Buckingham Palace où la vieille rabat-joie empêche de brosser en couronne.

Oui, j'ai beau me dire, il n'empêche que je l'ai eue illico dans la peau, Lucette. Un coup de cœur monumental ! Le délire spontané. J't'vois, j't'veux ! Elle l'a réalisé, cette gentille, voilà pourquoi elle a souhaité combler mes désirs. S'amener offerte, kif les bourgeois de Calais. Ouais, je vais l'embarquer. Je lui prendrai un studio pour commencer. Ou un vrai apparte avec une cheminée. J'ai envie de me vautrer nu avec elle devant un feu de bois, sur une peau d'ours. On en trouve encore, tu crois ? D'où ça m'arrive, ce goût pour la peau d'ours ? J'ai dû bavouiller sur plantigrade, au cours d'une de mes aventures délirantes. Faudrait rechercher. Je demanderai à Daniel

Demange, mon « exégète », dans lequel de mes *books* je lime sur une peau d'ours polaire. Faut croire que ça m'a marqué.

— Je t'aime, lui chuchoté-je dans le cornet. Je t'adore. Je te veux. Je te prends par amour. Tiens, tu sens l'intention ?

Elle sent. Faut dire qu'elle est assez grosse pour ne pas lui passer inaperçue, mon « intention » !

On se bouffe la gueule à s'en déchausser les ratiches ! C'est la véhémente pétée ! L'étreinte passionnelle, quoi, ne reculons plus devant les mots quand ils cernent parfaitement l'idée. Elle me rend dingue ! Mon droit d'aînesse de fils unique contre cette femme ! Je suis prêt lui offrir ma vie !

On s'aime, s'aime, s'aime… A en mourir.

Lorsqu'on se sépare, une heure plus tard, j'ai les couilles vides, mais le cœur plein.

ÇA VA BARDER

Je te l'ai déjà dit, mais je n'ai pas l'outrecuidance de penser que tu t'en souviens : chaque fois que j'ai fait l'amour, j'éprouve le contentement matois et confusément harpagonesque du gus qui vient de placer de l'affiche sur son livret de caisse d'épargne ; comme si, d'avoir déflaqué avait accru mes économies ; comme si le foutre semé au gré des chounettes se trouvait capitalisé d'autor et contribuait à garantir mon avenir !

Or, cette fois, en quittant Lucette, je ne conçois rien de tel, mais à la place une peine doucereuse, une mélancolie de tout l'être qui ressemble à de la musique triste apportée en bribes par un vent capricieux[1].

Amoureux, je te dis !

Ma sensualité comblée et mon corps épuisé me rendent plus sensible la séparation. Je décide qu'il me faut Lucette ! Absolument ! Pour l'obtenir, je dois résoudre les énigmes de l'institut pour, ensuite, prévenir Alexis Clabote de notre sombre dessein. Il va l'avoir à la caille, le talonneur ! Me maudire et, qui sait, me frapper. Ce

1. Si San-Antonio avait écrit, il aurait fait un malheur !
Jérôme Garcin (de l'Académie française)

qui constituerait un cruel dilemme pour moi ! Devrais-je, en grand coupable que je suis, dérouiller sans rebiffer ? Ou bien, au contraire, le calmer d'un crochet au menton qu'Alex, justement, a en galoche ? J'aviserai le moment venu. Souvent on envisage des instants qui, en fin de compte, ne se produisent pas.

Comme je reviens à l'institut d'un pas lent de mec essoré, elle fait « gling gling » avec la sonnette de sa bécane et me double en m'adressant un geste gracieux. Ah ! comme j'envie la selle de son vélo que je viens de suppléer avec force et brio !

Les pans de son ciré jaune flottent au vent du large. Ses cheveux blonds s'ébouriffent. La poitrine zinguée par l'émotion, je regarde s'éloigner cette silhouette et je hurle à plein chapeau dans l'air vivifiant :

— Je t'aime !

Elle a entendu puisqu'elle m'adresse, sans se retourner, un nouveau mouvement si léger que l'on pourrait croire que son bras flotte tel un fanion.

De toute beauté !

Au bout d'un peu, deux autres silhouettes s'inscrivent dans ma rétine. Elles s'avancent à ma rencontre. Tache noire, tache blanche, Jérémie et César.

Inquiets, ils m'interrogent du regard.

— Alors ? lance Pinuche.

— Affaire de cœur, messieurs ! Permettez-moi de n'en pas parler.

— D'accord, mais ferme au moins ta braguette, gentleman, grogne le Noirpiot.

— Le mec acidulé est à la morgue ? demandé-je en me rajustant.

— Il ! confirme Blanchouillard.

— Vous l'y avez conduit sans encombre ?

— Sans !

— Pourtant, un monsieur vous a croisés et a remarqué qu'une main du cadavre sortait entre les barreaux de la corbeille roulante !

— Tu plaisantes ?

— Non.

— Qui c'est, ce type ?

— Un homme observateur et pas tellement formaliste puisqu'il n'a pas rameuté la garde !

En arrivant, je me rends au bureau de Clabote. Celui-ci est absent mais Marinette est au boulot derrière sa machine à écrire turbo.

Elle radieusit en me voyant, espère que je vais lui placer une main tombée au bustier, ou – qui sait ? – à la craquouze. Mais je viens de fournir (en surabondance) et son bonnet à poils, j'en ai rien à branler (si j'ose dire !).

— Il y a ici un vieux client nommé Félicien Jaunie, exact ?

— Un habitué, confirme la dodue.

— Parlez-moi un peu de lui, je vous prie, exquise Marinette.

Elle rougit, sourit, me caresse furtivement les bourses, mais comme celles-ci sont vides, elles ne lui font aucune aumône.

— M. Jaune, fait-elle, est un homme très bien.

— Je le pense aussi.

— Il est retraité, mais je crois qu'il occupait un poste important, peut-être dans la diplomatie.

— Il en a l'allure.

— Il vient avec son épouse et ils paraissent très unis. C'est une dame distinguée.

— Le numéro de leur chambre ?

Elle consulte un fichier.

— Le 188.

— C'est parfait.

La grosse s'enhardit :

— On se voit bientôt ?

— Nous sommes en train de nous VOIR, cela ne vous aura pas échappé ?

Elle rit.

— Je veux dire, se voir « autrement ». C'était rudement bon, hier.

— Merveilleux ! rajouté-je.

— Je le disais à mon époux, il en était content pour moi.

Là, les bras m'en tombent plus bas que les testicules.

— Comment ça : vous l'avez dit à votre mari ?

— Le pauvre a eu un accident de chasse, y a dix ans. Il se reposait sous un arbre, son fusil couché dans l'herbe. Le canon était tourné vers lui. Son chien a marché sur la détente, le coup est parti : il a tout pris dans le bas-ventre.

— Le malheureux !

— Ça, vous pouvez le dire. Il a bien failli mourir. Maintenant, il est impuissant et urine avec un brise-jet. Au début, il cherchait à me compenser en me bouffant, mais vous savez, minette, quand l'appétit n'y est pas… Ça lui flanquait des haut-le-cœur. Qu'à la fin, je lui ai demandé de cesser. Il y a eu une période où plus rien ne se passait pour moi. Je me faisais une petite caresse, parfois, quand je n'arrivais pas à m'endormir. Mais ça réveillait Agénor et il rouspétait. Qu'à la fin, il m'a dit : « Va donc te faire tirer par le voisin qui est veuf. Il ne demande que ça ! »

« C'est lui-même qui a proposé la chose au père Mongrolon. Vous parlez d'une aubaine pour cet homme ! Seulement, il manquait de délicatesse. Lui, l'hygiène, vous repasserez ! Qu'à la fin j'ai plus pu supporter ! Un homme qui pète en baisant, vous trouvez la chose convenable ? »

— Pas tellement, inadmets-je.

— Alors je l'ai sacqué et, depuis, je fais des extras de temps en temps, comme avec vous hier.

— Et avec Alexis Clabote ?

Elle hausse les épaules.

— Oh ! lui, merci du peu. C'est un dégueulasse. Tiens, un son de cloche qui confirme les aveux de ma chère Lucette.

— Vraiment ?

Elle baisse le ton et chuchote :

— Radin et vicieux ! Lorsque je raconte à mon mari ce qu'il me fait, il bout, le pauvre !

— Par exemple ?

— Quand ses lubies le prennent, Clabote, il veut que je le pompe sous son bureau ! Vous imaginez si c'est commode ? Un jour, il recevait l'adjoint au maire, Auguste Montalondache, un vieux type sourdingue. Il a exigé que je lui taille une pipe pendant leur entretien, mine de rien. Il parlait de ses travaux d'agrandissement tandis que je le suçais à mort. Et parce que ça n'allait pas assez vite, il me flanquait des coups de genou dans la gueule. Galant, hein ? Mon mari voulait que je le quitte ! J'aurais dû ! Je plains sa pauvre femme. Vous avez remarqué comme elle semble triste ? Mais vous ne la connaissez peut-être pas ?

— Si, je l'ai aperçue, énoncé-je à voix haute tandis qu'in petto, je poursuis : « Je lui ai même brouté la craque, léché la pièce de dix sous, sucé les mandarines et enquillé l'anguille de calbar dans les bibilles ! Et en plus, je l'aime passionnément. »

Un silence.

Marinette le rompt pour nous évoquer les jouissances passées. Elle dit :

— Il était ému, mon mari, quand je lui ai narré la manière que vous m'avez tendu les bras depuis votre lit, la délicatesse dont vous triquiez, la sollicitude pour m'enlever ma culotte sans brusquerie.

Elle doit lui faire le radio-reportage détaillé de ses parties de jambons, la Marinette, à son fané du kangourou. Bien lui décrire les brossées qu'elle obtient. C'est comme si elle lui racontait un film, ou un match de foute. Et césarin, il participe par l'imaginaire. Il est content pour sa gerce quand elle prend du beau paf du jour, bien frais et croquant à souhait. Il s'identifie à l'heureux baiseur, le chéri !

— Il m'a dit de vous transmettre sa reconnaissance et sa sympathie, continue Marinette Sogrenut ; en ajoutant que si vous voudriez venir me prendre chez nous, qu'on soit plus tranquilles, il est prêt à aller faire une manille au *Carré d'as*, son bistro, en attendant, pas nous gêner.

Elle ouvre un tiroir.

— Il m'a chargé de vous remettre une bouteille de calvados, produit par son cousin Laripête.

— Merci, fais-je, ému, en prenant la bouteille.

Elle reprend, volubile :

— Evidemment, chez nous, ce serait mieux, parce que, moi, pour vous dire tout, je suis une partenaire bruyante. Je hurle en prenant mon pied. Hier, dans votre chambre, j'ai dû mettre une sourdine et ça restreint le plaisir, nécessairement. Ici, vous me voyez gueuler que je jouis ? Y aurait des gorges chaudes.

« Un jour, au début que Clabote me baisait en levrette, je m'y suis risqué, j'ai cru qu'il allait m'assommer. Vous savez ce qu'il m'a dit : “Ta gueule, morue, ou je te casse les dents !” Vous croyez que c'est de la part d'un homme tendre, vous ? Mon époux voulait venir lui filer une trempe ! »

Je lui flatte la croupe avec compassion et me retire, ma bouteille (et ma bite) sous le bras. C'est un cas, la Marinette. Le monde est plein d'imprévus qui aident à le supporter. Elle et son vieux, ça donne un sacré tandem !

Pinuche et M. Blanc m'attendent dans les fauteuils de cuir du hall en lisant *Ouest-France*. Le Noirpiot murmure :

— Bon, que faisons-nous, Antoine ? On reste ou on repart pour Paname ?

Et moi, impulsivement :

— Restez ! Il va y avoir du grabuge d'ici peu.

— Qu'est-ce qui te fait penser ça ?

— Je le sens. Y a un louftingue dans la crèche qui a pris goût à ses exploits et qui enrogne parce que les deux derniers ont été étouffés. Il va remettre le couvert avant longtemps.

Mes deux compagnons hochent la tête. Eux aussi sont convaincus de la chose.

Je pose mon dargif sur l'accoudoir de Pinaud.

— Premier forfait : mort par électrocution collective. Second : mort par étouffement à la boue marine. Troisième : mort par projection d'acide. Il est satanique, le bougre. Ce ne sont pas des meurtres ordinaires, ça. Nous devons essayer de deviner ce que sera le quatrième crime, étudier les multiples activités de la taule pour prévoir dans quel nouveau secteur il risque de frapper.

César passe sa main de vieux poulet fripé à l'intérieur de sa veste et en retire un imprimé qu'il me présente.

— J'y ai songé, dit-il. Voici le programme des soins qui sont pratiqués.

Je l'étudie, lisant à mi-voix :

— Massage à sec. Bain bouillonnant. Bain multijets. Grande douche. Rééducation en piscine. Effusions. Boue marine.

La Vieillasse reprend :

— Les meurtres ont eu lieu durant : la rééducation en piscine, une application de boue marine, la grande douche.

— Qu'est-ce que c'est que les effusions ? demande Jérémie que le mot intéresse.

— Tu es couché sur une table et il y a une herse d'eau qui s'abat sur toi, partie côté face, partie côté pile, explique Pinuche. Le bain multijets est un dérivé, mais la chose s'opère sous l'eau dans une baignoire. Le bain bouillonnant a lieu aussi dans une vaste baignoire, c'est le jakusi classique. Quant au massage à sec, inutile, je pense, de vous donner des précisions ?

Documenté, Pépère ! C'est un vrai flic, pugnace, scrupuleux, ne laissant rien dans l'ombre.

— Je verrais assez une nouvelle manigance dans le bain bouillonnant, rêvassé-je. Ce soir, après les traitements, vous devriez examiner les installations concernant l'effusion et les bains multijets et bouillonnants. Songez au branchement qui fut opéré dans le bac d'acide. Il convient d'étudier les coulisses et la machinerie de ces différents postes de soins.

Ils opinent.

Nous sommes distraits de nos préoccupations par la survenance d'un groom portant un panneau sur trépied. Il le place en évidence au milieu du hall. Le panneau supporte, recto et verso, une espèce d'affichette calligraphiée aux encres de couleurs sur laquelle on peut lire :

BAL DES CURISTES
L'INSTITUT DE THALASSOTHÉRAPIE ORGANISE,
SOUS LE HAUT PATRONAGE
DE M. LE DÉPUTÉ MAIRE DE RIQUEBÔN-SUR-MER
UNE SOIRÉE DANSANTE, LE SAMEDI 23 MARS
GRANDE TOMBOLA AVEC DE NOMBREUX LOTS
ÉLECTION DE MISS CURE
ORCHESTRE DUPANLOUP'S BROTHERS
ANIMATION ASSURÉE PAR CLOCLO MACHERY
(EX-PRÉSENTATRICE DE LA TÉLÉVISION RÉGIONALE)

M. Blanc persifle, après avoir lu :

— Il est gonflé, ton pote ! Organiser un bal avec des cadavres dans tous les coins de sa baraque !

Fin de journée.

Le bar…

Ambiance feutrée. Un type à lunettes joue de la musique de paquebot au piano. On dirait un professeur d'économie en vacances. Genre tête de nœud. Peu de tifs, il louche, ses dents se chevauchent comme des roquets de quartier, il a le bout du nez rouge et une trace de crayon-bille sur sa manchette gauche.

A une table, deux vieillardes épuisées par leur cure, dans des robes qui en jettent. Au bar, un grand vieux con, probablement britannique ou qui cherche à le paraître (c'est te dire s'il en tient une couche !).

A l'écart : mon bonhomme de la plage, saboulé bleu croisé, rosette, nœud pap', en compagnie de sa damoche, une personne indéniablement distinguée : cheveux bleus, tailleur Chanel, air tout à la fois aimable et distant (comment qu'elle y parvient, ça, je donne ma langue).

De loin, M. Jaume me sourit. Je m'autorise de la chose pour m'approcher. Je m'incline avec cette classe innée qui me différencie du flic bas de gamme : écoutez la déférence ! Présentations. L'épouse grande bourgeoise me jouvence d'un sourire. Je cueille son bout de main, y approche un bout de bouche sans aller jusqu'au contact. Elle a les ongles laqués saumon, plus un solitaire qu'aurait pas pu se permettre d'être deux à son annulaire préféré.

— Accepteriez-vous de prendre un apéritif en notre compagnie, commissaire ? propose Félicien Jaume.

— Si je ne me montre pas importun ? J'ai toujours scrupule à séparer, fût-ce momentanément, ce que tout paraît unir, roucoulé-je.

Bien dit, l'abbé. La dadame est contente de moi. Enfin un gazier qui connaît les usages. A notre époque, ça devient rarissimisme.

Je prends place, commande un porto. On se met à causer de ceci-cela, la Bretagne, les genêts d'or, les tourteaux, la cure. Du remplissage mondain.

Le dabe, il m'intrigue. Me fait songer à Achille ; en posé, en pas m'as-tu-contemplé.

Je place une question sur ses activités anciennes. Et alors, poum !

— J'étais préfet de police à Paris, mon cher, mais à une époque où vous deviez faire vos premières armes.

J'entrave alors son attitude de l'après-midi. Sa discrétion à propos du cadavre trimbalé. Un pro ! Ancien, mais quand tu as été flic suprême, tu le demeures contre vents et marées bretons.

En l'examinant de près, dans la lumière des lampes, je me rends compte qu'il doit être bougrement âgé, le préfet. Sa figure, c'est de l'ancienne faïence, époque Révolution française. Avec de menues striures en nombre incalculable. Un regard qui, lui, n'a pas vieilli. Certains hommes ont le privilège de conserver jusqu'à la tombe leur trente ans dans les prunelles. On converse, mais nous ne pensons pas ce que nous disons, lui et moi. On fait de la dentelle pour madame. Ont-ils un code secret, les deux ? Probable, car au moment d'un bout, elle s'excuse comme quoi c'est l'heure où elle doit téléphoner à leur fille.

Et alors je me verticalise, puis m'incline pour la baisemaintiser. Elle sent le chouette. Le subtil à cent sacs la bonbonne.

La voilà partie.

On se regarde, le vénérable et moi. Une sorte de complicité instinctive nous lie. Il a une sympathie paternelle pour ton serviteur, Félicien Jaume.

Il murmure :

— S'il n'y avait en vous ce feu intérieur qui force l'intérêt, je serais certainement scandalisé par vos méthodes, commissaire. Je suis votre carrière avec une grande attention depuis des années et je vous sais capable de toutes les audaces. Détermination et courage sont vos vertus cardinales. Souvent, vous n'avez plus de bornes, mais les résultats sont là ! Je m'incline. A temps nouveaux, moyens nouveaux.

— Merci, dis-je, je suis sincèrement touché, monsieur le préfet.

Il trempe ses lèvres dans son verre. Sa main ne tremble pas. Il a un bath regard, ce vieux, bleu-vert, avec un curieux serti sombre autour de l'iris qui en force l'intensité.

— Vous progressez, ici ?

— Pas tellement je l'avoue. J'engrange des indices, des idées, me forme des bouts d'hypothèses…

Il opine :

— Il faut toujours en passer par là, déclare Félicien Jaume.

Alors, j'y vais aux confidences, gagné par la chaleur et la force tranquille du bonhomme. Lui raconte le décès de la *signora* Morituri, celui du père Moncornard. Je lui explique le motif qui m'a poussé à camoufler ces deux assassinats, le premier en mort naturelle, le second en silence total. J'en profite pour lui recommander la prudence, à lui et à sa dame. Tu vois pas que le fou meurtrier s'en prenne à eux ? Le hasard est si grand.

Il m'écoute, les mains croisées sur les boutons de son gilet. Sa fine moustache blanche a conservé une perle de porto qui brille au bout des poils.

— Vous croyez à un seul meurtrier ? demande-t-il.

— Pas vous, monsieur le préfet ?

Il hoche la tête.

— Non, laisse-t-il tomber. D'instinct…

— Pour quelles raisons ?

— Aucune raison énonçable ; l'instinct, vous dis-je.

*
* *

Quelqu'un les regardait deviser, depuis le hall.

La personne en question s'éloigna brusquement pour gagner les ascenseurs. Une cabine se trouvant à disposition, elle l'emprunta.

Le second étage était celui où se trouvait la chambre de San-Antonio. La personne s'y dirigea, en ouvrit la porte grâce à un passe et, une fois à l'intérieur, la referma avec soin. Elle gagna le lit, sortit une espèce de boîte sombre de sa poche ainsi qu'un rouleau de chatterton, s'allongea sur la moquette et opéra des reptations pour se couler sous le lit. La boîte sombre avait été préalablement « réglée ». Elle la fixa sous le sommier, au niveau de la tête, avec des bandes adhésives.

Ce travail terminé, elle sortit de sous le lit, récupéra le rouleau et regagna la porte. Elle l'entrouvrit imperceptiblement pour guetter le couloir. Un coffre peint surmonté d'une grosse lampe de faïence à abat-jour pompeux décorait l'endroit. Une petite fille exquise caressait du bout des doigts la frange pomponnée de l'abat-jour. Puis elle s'en fut, mue par ces décisions spontanées qui invitent l'oiseau à brusquement quitter la branche sur laquelle il se balance.

La personne sortit de la chambre. Le couloir était désert, maintenant. Elle emprunta l'escalier situé plus près de la chambre que les ascenseurs. En dévalant les marches, elle jeta un regard à sa montre. Le cadran digital indiquait dix-neuf heures trente-quatre.

La bombe était réglée sur trois heures du matin.

*
* *

— Je suis comme vous, me dit l'ancien préfet de police, j'ai la quasi-certitude que d'autres meurtres seront perpétrés ici.

Nous sommes sur la même longueur d'onde, l'ancien et moi. On fonctionne l'un et l'autre au pifomètre. Pour nos naseaux de flics, cet institut sent la poudre, la mort !

— Peut-être serait-il plus prudent que vous partiez, monsieur le préfet, fais-je. Etant prévenu, il est inutile que vous vous exposiez et exposiez votre épouse.

Il me jette un regard surpris.

— Voyons, commissaire, c'est au moment où l'intérêt est à son paroxysme que vous me conseillez de quitter le film ? Mais, mon cher ami, ce que je vis ici est une aubaine pour un vieux type au rancart qui a passé une partie de son existence dans l'univers grisant où vous sévissez ! Si je partais, cela signifierait que j'ai peur ! Voilà un vilain mot dont je n'ai jamais eu à me servir, Dieu merci !

Il boit une gorgée de pinson et ajoute :

— Vous me voyez foutre mon camp en laissant les autres curistes exposés ! Ai-je une tête de pleutre ? Ah ! ça, vous m'avez vexé !

Je lui prends familièrement le genou.

— Ne le soyez pas, monsieur le préfet, je songeais à votre épouse.

— Et aux autres femmes de ce foutu établissement, y songez-vous ?

— Certes. Pour les épargner, il conviendrait de le fermer ! Mais si nous le fermons, il en découlera un énorme scandale et rien ne sera résolu pour autant, puisque le meurtrier courra toujours.

Juste que je finis de dire, un long coup de sifflet voyou retentit à l'orée du bar.

Je me retourne.

Bérurier est là, en conquistador bolivien : pantalon et veste de cuir fauve, chemise à carreaux, large feutre de gaucho à jugulaire. Il est accompagné d'une rouquine dodue et mal fagotée, aux jambes épaisses, qui offre la particularité d'avoir un sein qui pointe et un second qui pend, à croire que son soutien-gorge abrite simultanément un melon et une oreille d'épagneul. La personne est en jean, chemisier à fleurettes rouges, manteau de fourrure synthétique d'un curieux jaune paille qui laisse évasif sur la nature de l'animal dont il est censé imiter le pelage.

— Veuillez me pardonner ! fais-je au bon préfet en me levant.

Il sourit, heureux.

— Bérurier, n'est-ce pas ?

— Hélas !

— La fête sera complète, affirme le digne homme.

Théâtral, le Mastar annonce, en montrant la grosse bébête à pelage jaune-bière-blonde :

— Violette, qu'j't'ai causé nos esploits au *Monbijou* hôtel avec Mauricette, la brunette ! Eh ben, c'est elle.

Je souris à la gorgone. Sa rouquinerie, tu dirais un tas de ronces à brûler, son fameux regard bleu-vert-couleur-épinards est dûment marqué de rouge comme s'il souffrait de conjonctivite aiguë. J'ai droit à un sourire de quinze centimètres de large qui fait irrésistiblement songer à celui d'un mérou adulte.

— Qu'est-ce qui me vaut (vache, cochon, couvée) l'honneur de votre visite ? soupiré-je.

— J'ai zob tenu tes renseignements en un étang record, mec. Grâce au commissaire Tutifruti de Milano qu'on a eu sur une enquête en Rital'rie, si tu t'souviendras. Mon nez creux : l'appeler. J'm'ai dit : “Alexandre-Benoît, pour du vite et bien, y a qu'Tutifruti. C't'un garçon qu'a une belle bite et qu'aime l'chianti, donc, qui te fonctionne à l'unisson.” J'lu tube. Et j'ai la chance d'l'avoir illico. Sitôt qu'j'y virgule l'blaze d' ta cliente, y pousse un' esclamance. Y m'dit : “Ma qué, Bérourière, zé réçou oune bouletin qu'elle figoure dessous. Commé quoi elle est rentrare des Etats-Zounis clandestinément, en passant per la Francia. Elle a pénétrate en Italia avece oune car dé touristi, dépouis Nizzia.”

— Magnifique ! m'écrié-je, mais renonce à l'accent pour me narrer, je rectifierai spontanément puisque je connais celui de Tutifruti.

Big Apple marque son mécontentement d'une moue chagrine car il lui seyait de faire un numéro devant Violette. Toutefois, il poursuit :

— Ton Ellena Mencini est une ancienne pétrolière des Brigades Rouges italiennes. Elle a participé à des coups saignants et elle a été obligée de quitter le pays avant d's'faire griffer. Elle a vadrouillé aux quat' coins d'la planète. Partout où qu'elle est passée y a eu des sales bricoles. Elle viendrerait d'faire un séjour aux Zuhessa, mais on n'sait pas ce dont elle a pu y faire. Paraîtrerait qu'elle jouit d'un condé, à présent. Quéqu'un d'haut placé lui tient l'pébroque ouvert ; mais nos confrères italoches savent balle-peau sur qui ce serait-ce. Y sont su' l'quivive à tout hasard.

« Tutifruti, il m'a d'mandé porqué on voulait des renseignements su'la donzelle. J'y ai répondu qu' j'en savais rerien, qu'c'était ta pomme qui les réclamait. Alors y m'a fait testuell'ment : "Bérourière, si lé commissaire Sana-t-onio sait où sé trouve cesté pouta et si elle esté en Francia, disez-loui qu'il nous préviende et on arrivate pronto pour s'occoupate d'elle en terrain neutre." Comprenant que c'était gravissimo, mec, j'ai cru bon qu'on viende. »

Il baisse le ton et murmure :

— Comment qu'tu trouves Violette ?

— Impériale ! réponds-je.

Et juste qu'on papote, étant donné que je suis abonné aux hasards qui me fait des conditions spéciales, voilà Ellena qui se pointe, superbe dans une robe noire, moulante, avec deux rangs de perlouzes au goulot. Elles sont peut-être bidon, les perles, mais sur une souris de cet abattage, elles en crachent comme si elles possédaient un pedigree de champion.

— Un instant, fais-je au couple de l'année. Je fonds sur la « dame de compagnie ».

— Il faut absolument que je vous vois, ma belle âme.

— Ce n'est guère facile. Je vais dîner tandis qu'Aldo Morituri veille sa mère ; peut-être pourriez-vous me rejoindre quand il descendra à son tour pour manger ?

— D'accord, chérie !

Je retourne au couple.

— C'est elle ! fais-je à Béru. Tu as bien fait de te pointer, Gros. Quelque chose me dit que je vais avoir besoin de toi incessamment.

Il regarde disparaître l'élégante silhouette au fond de l'interminable couloir.

— Pas lerche de volume, commente le don Juan des hôtels de passe, mais ça doit fournir du travail soigné. C'est l'genre d'fausse maig' qui chope son panard à l'arraché. T'as intérêt à t'vas'liner l'pollux si tu voudras pas couler une bielle.

Il me regarde.

— D'aileurs, tu dois savoir d'quoi j'cause, ricane l'abominable homme des bistros. La manière qu'é t'regardait, ça s'voliait gros comme un n'hangar de boeinge qu't'y as ramoné les tuliaux d'orgue !

Perspicace, le goret.

Je le conforte dans son impression par un de ces misérables et fats sourires de mâle qu'on crédite d'un coup de bite enviable.

Cette nuit, il va se passer des choses.

ACTION IMMÉDIATE

Le signe du dollar ressemble à un hippocampe. C'est ce que je réflexionne en contemplant une pile de ces affreux biffons sur le bureau d'Alexis.

Comme il a suivi mon regard, il murmure :

— J'ai des clients américains.

— Je croyais qu'ils ne marchaient qu'à la carte de crédit ?

— Certains préfèrent avoir des prix et casquer en liquide.

Il ramasse la liasse et la glisse dans un tiroir. M'est avis que si les polyvalents lui tombaient sur la coloquinte, il aurait des tracasseries, le cocu !

Le cocu ! Suis-je féroce ! Un pote ! Un gars qui m'a fait du bien jadis et que je suis venu secourir ! Mais il a le tort de posséder la plus jolie femme que j'aie rencontrée et, du coup, je la nique et le hais, le méprise cordialement. On est horribles, les hommes. Pas fréquentables ! Les grands sentiments : amour, amitié, admiration, ne durent qu'un temps. Quand ils se mettent à se corrompre, ils se muent vite en leurs contraires.

— Le plus beau drop que tu aies réussi, c'était à quelle distance des poteaux ? l'à brûlepourpoins-je.

Son visage s'éclaire. Badigeon-souvenir ! Dans les tons roses, sertis tricolores.

— Soixante-deux mètres, à Mont-de-Marsan.

— Moi, je vais essayer d'en placer un cette nuit, déclaré-je ; mais y a du vent contraire et ça va pas être du gâteau. Faut que tu m'aides, Alex.

Il grimace.

— Quand on tire un drop, on est seul, objecte Clabote. Pour un coup de pied de pénalité, il arrive qu'un coéquipier te tienne le ballon du bout des doigts s'il y a du vent, jamais pour le drop-goal. C'est à la seconde, la décision éclair, l'ouverture fulgurante !

Il est sur le terrain, Alexis. Les yeux brillants. Il entend les clameurs du stade survolté. Il voit l'immense espace à couvrir, avec ses lignes blanches tracées dans l'herbe rase et les deux échafauds que sont les buts, à chaque extrémité.

Il biche. Se peut-il qu'il soit devenu l'horrible mec décrit par ces dames, lui, l'ancien sportif généreux, qui payait inlassablement de sa personne, prenait des horions et en balançait ? Il se serait transformé en un petit tyran des affaires, mesquin, âpre au gain, irascible et viceloque ? La vie nous change, je le sais bien, hélas. L'âge nous ébrèche et nous réduit, nous lézarde de partout... Vie salope ! A laquelle il faut faire semblant de croire ; à laquelle nous devons nous cramponner, sous peine de couler à pic pendant la traversée.

Je poursuis :

— Alors, appelons cela un coup de pied de pénalité, Alex. Au reste l'expression convient mieux. Il fait grand vent et tu devras me tenir le ballon pendant que je savate.

Là, je lui brosse rapidement mon plan. Il m'écoute. Une grimace d'hépatique en crise s'accentue au fur et à mesure que j'expose.

A la fin, il dit, la gargante collée par la trouillasse :

— Tu te rends compte de ce que tu me demandes ?

— Très bien.

— C'est complètement illégal ?

— Illégal à chier partout ! renchéris-je. Seulement dis-moi, talonneur étalonné, c'est légal qu'on bute les clients de ton institut de mes fesses comme on butait des Viêts à Diên Biên Phû ?

Vaincu, il soupire :

— Je ne sais pas où ça va, tout ça, Antoine ! J'ai l'impression soudain que mon univers se désagrège. Tout baignait, et puis voilà que tout bascule. La mort est omniprésente.

— Amen, dis-je. Souviens-toi de ce vers de Hugo, fils : « Ceux qui vivent ce sont ceux qui luttent. »

J'ai bonne mine de tenir ce langage à un homme dont je m'apprête à embarquer l'épouse après l'avoir fait reluire à bloc ! Parfois, tu te berces d'illuses. Tu crois que tu es bon, irradiant, en route pour les canonisations futures ; mais en vérité tu demeures inexorablement un sale mec qui compose avec les turpitudes, les vices, les saloperies. Simplement tu te cherches des excuses pour te désendolorir la conscience. Et parce que tu es fumelard complet, tu t'en trouves !

Je grattouille à la porte. Pas un « toc-toc » discret, mais reconnaissable : je te dis, juste un « crac-crac » comme les biscottes de la téloche.

Ellena m'ouvre. M'entrouvre plus exactement.

Je pénètre dans la chambre mortuaire. Une sale odeur commence à y flotter, douceâtre, obsédante. De plus, ça renifle le suif fondu, because les bougies qui, depuis plus de trente heures, désemparent pas.

Aujourd'hui, je ne serais pas partant pour la tirer sur le plume de la défunte, l'Ellena. Je goderais pas.

— Venez jusqu'à ma chambre, lui dis-je.

— Oh ! non ! S'il revient…

— Il vient de commander un gratin de fruits de mer et une perdrix aux choux avec une demi-bouteille de Chablis et une seconde de Château Latour ; vous ne pensez pas qu'il va claper ce menu comme un croque-monsieur à un rade d'aérogare ?

Elle hésite.

Je place ma banderille finale :

— Ne me dites pas que vous ne pouvez vous accorder une demi-heure de plaisir, chérie. J'ai des projets vous concernant ! Vous n'aurez même pas besoin de poser votre robe pour que je les réalise et je vous parie qu'elle ne sera pas froissée !

Je prends sa main et lui titille l'entre pouce et index du bout de la langue.

N'ensuite, je biche la clé au crochet derrière la lourde et hale ma conquête vers l'extérieur. Elle me suit d'un petit pas trébucheur, mi-figue, mi-raisin. A la fois inquiète et ravie. La conscience professionnelle le disputant chez elle à la perspective de baisolance intensive. Je lui ai déjà fourni mon catalogue et elle sait que j'excelle dans le rapport (sexuel) qualité-prix.

Dans ma turne, il y a Béru et sa morue incandescente.

Je feins la surprise, l'embarras :

— Tiens ! Vous z'ici !

— Il fallait que je te parlasse d'tout' urgerie, déclare le Gros.

J'enchaîne :

— Ellena, permettez-moi de vous présenter l'un de mes plus précieux collaborateurs, M. Alexandre-Benoît Bérurier.

Hermétique, elle tend la main à l'ogre-mitaine.

Mon Gravos va pour la lui prendre, mais sa grosse

paluche se ferme en cours de trajet, prend une vitesse ascendante et s'achève en uppercut foudroyant au menton de la dame de compagnie qui, dès lors, nous la fausse.

K.-o., elle s'effondre sur la moquette de qualité, laquelle amortit sa chute.

Le Mastar se tourne vers sa contractuelle d'amour.

— Qu'est-ce tu dis de mon somnifère, môme.

Je le rappelle à la modestie :

— Pavoise pas, Gros. A vaincre sans péril, on triomphe sans gloire.

Il va jusqu'à mon plumard sur lequel est ouverte une méchante valoche de carton qu'il a dû acheter en « action » dans une grande surface. Y prend une cagoule noire, deux paires de menottes et une très longue corde enroulée.

Rapidité d'exécution, le Mahousse, faut reconnaître. Il enfile la cagoule sur la tronche d'Ellena, lui fixe les cabriolets aux poignets et aux chevilles et la traîne jusqu'à la terrasse.

Il pleut à verse, la nuit est noire et l'océan très proche grogne comme un fauve en cage.

Béru se penche par-dessus la balustrade. Il imite le cri du chat-huant, la nuit, dans son gros tilleul de Saint-Locdu-le-Vieux. Un sifflement modulé lui répond. Sans perdre un instant, Sa Majesté noue une extrémité de la corde sous les aisselles de l'Italienne.

— Tenez bon l'aut' bout ! nous enjoint (juillet, août, septembre)-t-il.

On s'arc-boute, Violette et moi. Le Mastar passe la fille par-dessus la balustrade et guide la manœuvre de descente.

En peu de temps, Ellena atterrit dans la plate-bande fleurie où Jérémie et César la récupèrent.

Béru nous intime alors de lâcher, puis il jette la corde à l'extérieur.

— Tu sais ce que tu as à faire, Gros ? demandé-je.

— C'est écrit noir sur blanc dans mon caberlot.

— Tu te méfieras d'elle, surtout pas qu'elle t'empaille avec des vannes du genre : besoin de faire pipi ou autres !

— Fais-toi pas d'souci, grand.

Il se retire avec son égérie. Moi, je vais remettre la clé de la *signorina* clamsée sur sa lourde. Après quoi je me rends dans la piaule d'Ellena. Je biche son manteau dans sa penderie, son sac à main, ses bijoux de rechange, son passeport et je retourne chez moi. Je fourre mon butin dans la valoche désormais inutile du Mammouth et vais la mettre à l'intérieur de ma grande Vuitton posée sur la claie à bagages de l'entrée.

Première partie du coup de main réussie.

Ne reste plus qu'à attendre.

*
* *

Un tantisoit éméché, le constructeur de bagnoles ! Surtout qu'il a enquillé un bas armagnac après la tarte Tatin, pour torpiller ses chagrins d'orphelin.

Quand la *mamma* disparaît, tu sais l'effet que ça produit ? Ce vide. Cette infinie désespérance. Il serait chez lui, dans sa vaste propriété de Rome, avec le clan au complet, l'oncle guitariste, les tantes pleureuses, il éprouverait du réconfort. Mais ici, dans cet institut de Bretagne, un bled si peu conforme à la vie transalpine (de cheval, cela va de moi), sa désemparade est totale. Qu'heureusement, il y a la Mencini !

Il la trouve drôlement fourrable, cette fille. Aldo, c'est un sabreur de bonne souche. Il aimerait l'emplâtrer en levrette, la dame de compagnie ; dans la salle de bains, par décence. Elle s'accouderait au lavabo, il lui placerait le compas à la bonne hauteur et lui jouerait une barcarolle vénitienne, ses paluches bien étrangleuses sur les hanches étroites de la donzelle. Seulement voilà : il n'ose pas. Il a peur d'une rebuffade. Et même peur d'elle tout court. Elle l'impressionne. Il y a dans le regard d'Ellena une petite lueur qui désempare pas et le trouble.

Enfin, on verra…

Il est surpris de trouver la clé sur la lourde. Entre. Dans la chambre, y a que le cadavre de la « comtessa » (ça lui a drôlement plu, cette appellation du docteur Pinaud). Bien sage, bien raide entre ses bougies, la mère. Un chapelet entortillé autour de ses mains de cire. Ça pue le confiné, la mort. Il conviendrait d'entrouvrir la porte-fenêtre. Seulement un chat pourrait entrer. Aldo rote le chou de la perdrix. S'installe dans le fauteuil et attend.

Où donc est passée la Mencini ?

Il rote de rechef, librement, mais réalise qu'en fait il n'est pas « vraiment seul ». La morte constitue une présence, encore plus respectable que celle d'un vivant. Il évente de la main l'odeur tenace et réfrène la troisième fusée qui se préparait. Il aime le chou, Aldo, mais ne le supporte pas. Le moment de la dégustation est ineffable, mais les suites sont toujours fâcheuses. Et dire qu'il va lui falloir déféquer ça ! Ses ancêtres, au moins, avait la judicieuse idée d'installer un dégueularium dans leur maison. Pourquoi avoir abandonné ces mœurs confortables ?

Enervé, il se lève, va au téléphone et compose le numéro de l'appartement d'Ellena. Ça ne répond pas. Il appelle alors la réception pour demander si on a aperçu la jeune femme. Le préposé (chapitré par

Alexis) répond qu'elle est partie depuis bientôt une heure après avoir commandé un taxi.

Là, il pige plus, Aldo Morituri. Ça le flèche part en part, une nouvelle pareille ! Un taxi, à cette heure ? Mais pour aller où ? Et sans le prévenir ni lui laisser le moindre message ! Y a quelque chose qui foire !

Mais quoi ?

*
* *

Allongé sur mon pucier, je regarde au plaftard un reflet de ma lampe. C'est la lumière qui a inventé la peinture en modelant des ombres. Une confuse arabesque s'inscrit, dans laquelle je crois discerner une silhouette de femme nue dans une jungle. Parfois, le marbre produit de ces effets. Si tu le fixes, il s'arrache à sa banalité et ses veines dessinent des motifs plus ou moins abstraits comme un kaléidoscope.

Mon biniou grésille. C'est le gonzier de la réception. Il murmure à voix très basse :

— M. Morituri vient d'appeler.

— Vous lui avez dit que Mlle Mencini était partie ?

— Affirmatif !

Tiens, il a fait son service militaire y a pas longtemps, le préposé.

— Très bien, merci.

Je raccroche, me remets debout d'une détente en biais et vais me coiffer dans ma salle de bains. Au-dehors, la vase produit un bruit de cataracte qui domine presque celui de l'océan. Histoire d'eau ! Elle tambourine sur la grande vitre de la baie. A travers une muraille floue, on distingue, au large, les loupiotes des bateaux de pêche en action. « O combien de marins… » J'imagine ces braves gars de la péninsule armoricaine s'agitant, en suroît jaune, sur le pont poisseux de leur chalutier. Ils prennent d'incessantes claques mouillées dans la gueule. Ça pue le poisson et le goudron. Une odeur « accumulée » qui a tout imprégné. Et ici, à quelques encablures (j'ai toujours raffolé du terme), une bande de vieux zozos délabrés se font titiller la viandasse pour réparer du temps l'irréparable outrage.

Et me voilà devant la chambre de la *signora* Morituri. Il y a un timbre (pour la réponse) ; je le presse.

Aldo vient ouvrir. Il a des filets de sang dans ses yeux : giclettes de vinaigre sur des huîtres.

Il me défrime, me reconnaît.

— Oui ? demande-t-il.

— Je peux vous entretenir un instant, *signor* Morituri ?

Acquiescement.

D'instinct, il m'entraîne loin du cadavre, près de la terrasse.

— Je viens d'apprendre que la *signora* Mencini a quitté l'institut, attaqué-je. Pouvez-vous me dire où elle s'est rendue ?

Il effare en plein, va pour dire, se tait, hoche la tête, écarte ses bras, les laisse retomber.

Puis, après un cloaque intérieur, il demande :

— Qui êtes-vous ?

— Commissaire San-Antonio des Services Spéciaux (j'adore cette formule dont je suis le modeste inventeur). Je me trouve dans cet institut afin d'y enquêter à propos d'une électrocution collective survenue dans un bassin de traitement.

Il rougit, frotte sa conjonctivite du médius et de l'index joints, finit par balbutier d'un ton mourant :

— Et alors ?

J'ai envie de lui répondre qu'alors Zorro est arrivé.

Lui souris, mais sans entrain. S'agit d'une mimique plutôt que d'un sourire aimable. Il le sent bien. Les Ritals, fais-leur confiance. Psychologues, ils sont, et c'est ce qui explique leur réussite collective à travers le monde.

— Alors, reprends-je, j'ai été amené à étudier le pedigree de tout le monde, ici. Vous comprenez ça, *signor* Morituri ?

Il opine.

— Vous connaissez bien Mlle Mencini ?

— Depuis qu'elle s'occupe de ma mère…

— Il y a longtemps qu'elle est à son service ?

— Quelques mois, trois ou quatre, je ne me le rappelle plus très bien.

— Comment l'avez-vous engagée ?

— Ce n'est pas moi, mais la *mamma*. Je crois qu'elle a passé une annonce dans le journal. Plusieurs demoiselles se sont présentées ; elle a choisi la Mencini parce qu'elle lui trouvait de la classe.

— Elle lui a demandé des attestations d'employeurs ?

Il hausse ses robustes épaules.

— Je ne saurais vous le dire. Ma mère (il se signe en trois exemplaires, rapidement) était une personne d'élans. Elle obéissait à des foucades. La Mencini lui a plu et son engagement a été spontané.

— Vous-même n'avez pas pallié la fougue de votre mère en prenant des renseignements sur quelqu'un qui allait devoir partager sa vie ?

Il soupire avec un début de lassitude et peut-être, en y regardant de près, d'irritation.

— Je suis un homme terriblement occupé, vous savez !

— Vous n'avez pas une épouse, voire des collaborateurs qui auraient pu s'en charger ?

Là, il soupaulaite, le constructeur. Il est habitué à

commander. Les questions, d'ordinaire, c'est lui qui les pose !

— Mais *santa madonna*, commissaire, est-ce si grave ?

— A vous d'en juger. Il se trouve que Mme votre *mamma* a vécu pendant plusieurs mois en compagnie d'une des pasionarias des Brigades Rouges Internationales, recherchée par votre police.

L'apoplexie !

Il rubiconne. Violit. Verdit (Guiseppe).

— C'est de la folie ! soupire-t-il.

— Nous vivons une époque dangereuse, monsieur Morituri. Je suppose que Mlle Mencini a percé à jour mon identité, qu'elle a pris peur et s'est enfuie.

— Mon Dieu, quelle affaire !

— Fâcheuse pour vous, dis-je avec une fausse compassion qui servirait de laxatif à un serpent python venant d'avaler la photo de Jean-Marie Le Pen.

Là, il en oublie ses chaînes de montage, il est démonté.

— Pourquoi, fâcheuse pour moi ?

— Mais parce que vous allez vous trouver bloqué ici, réponds-je innocemment.

Il sursaute.

— Moi ! Bloqué ici ! Et pourquoi ?

— Le temps qu'on pratique l'autopsie de votre mère, monsieur.

— L'autopsie !

— Quand une personne meurt subitement en ayant pour dame de compagnie une criminelle internationale, il est obligatoire de s'assurer que son décès est bien naturel.

— Mais le docteur a dit…

— Le docteur ignorait ces circonstances, *signor* Morituri. Je vais saisir le procureur de la République de cette affaire, alerter mes confrères italiens ; bref, déclencher le dispositif qui s'impose ! On va tout mettre en œuvre pour retrouver et interpeller Ellena Mencini. En attendant, je vous prie de ne pas quitter l'institut.

— Impossible ! rugit Morituri. Impossible ! Mes affaires…

— Vous les dirigerez par téléphone, mon cher monsieur.

Il bondit.

— Ecoutez, commissaire ! Je ne suis pas n'importe qui ! Vous avez tort de me traiter comme un palefrenier !

— Les palefreniers n'engagent pas des meurtrières pour servir de dame de compagnie à leur mère.

— Savez-vous que le président de la République italienne est mon oncle, commissaire ?

— Savez-vous que le roi n'est pas mon cousin, constructeur ?

Il rugit :

— Je vous ferai révoquer, monsieur !

— Moi, je vous ferai seulement convoquer, monsieur.

Il hurle :

— Vous êtes un… un…

Je le regarde droit dans les yeux.

— Du qualificatif que vous allez sortir dépend votre liberté, constructeur !

Alors il se liquéfie et éclate en sanglots.

Je vais cueillir le petit rameau de buis pour virguler un chouïa d'eau bénite sur la pauvre Mme Morituri qui ne doit pas voir cette scène d'un très bon œil, là-haut !

NUIT CÂLINE

Je puise l'heure fraîche au cadran de ma Pasha. Il indique vingt-deux heures vingt-huit. Je descends au bar écluser un gin-tonic millésimé. Pinaud et Jérémie s'y trouvent. Orangeade et vin blanc. Deux bons petits diables. Le pianiste joue une langourance ancienne pour birbes nostalgeos. Y a un couple chenu qui en profite pour se trépider l'arthrite. Lui, vieux bellâtre teint, saboulé blazer bleu marine, elle, rombière rugissante, peinturlurée poupée russe, avec un décolleté béant sur de la triperie en débandade. Excepté ces téméraires de la piste, un alcoolo mondain au rade, et puis deux perruches jacassantes en train de se raconter les fausses couches de leurs petites-filles sur un canapé.

— Tout est terminé ? demandé-je à mes acolytes.

— Oui, dit M. Blanc. Côté Italienne, ça baigne. Le trio est installé dans une maisonnette charmante sur la seule hauteur de la commune. Maison bretonne, basse avec un toit d'ardoise. Ils en sont les premiers occupants.

— Je sais, fais-je, mon pote le dirlo vient de la faire bâtir ; il a signé la réception la semaine passée. Et pour ce qui est de l'inspection ?

— Nous avons tout visité. Pas un mètre carré de ton

usine à eau chaude qui nous ait échappé. Les cabines, les sous-sols, les machineries. Le vieux est fourbu.

César opine.

— C'est un vrai labyrinthe, cette baraque, gémit-il.

— Tout paraît normal, assure Jérémie.

Le pianiste s'arrête de triturer son clavier universel pour s'effacer une gorgée du scotch posé sur sa caisse à remouler. Il agilise ses doigts en les opposant les uns aux autres, puis réattaque par une valse anglaise irrésistible pour des gens nés avant la guerre de 70. Le couple d'ancêtres rafistolés remet ça. Nuit d'ivresse. Requinqués, qu'ils sont, par la *t'es salaud t'es rapide* dont parle Alexandre-Benoît.

Jérémie demande :

— Tu espères quoi de l'Italienne ?

— La vérité !

— Si cette gonzesse est une dure à cuire des Brigades Rouges, tu peux te gratter !

— N'oublie pas la magie béruréenne. Le Gros est un inventif dans son genre, et un persuasif. De plus, quand il commerce avec des criminelles, ses scrupules deviennent inexistants.

César sourit aux anges.

— Lui, les bavures, connaît pas, fait-il.

Tendre bonhomme ; doux et absent, frêle et solide néanmoins. Lorsqu'il a cet air qui hésite entre la libération du constipé chronique et l'éjaculation inespérée du coïtman parcimonieux, on voudrait l'adopter, quand bien même il est plus âgé que n'importe qui.

M. Blanc dit au bout d'une rêvasserie :

— J'ai aperçu la femme du directeur : une merveille !

Cher grand primate aux lèvres gonflées à l'hélium, comme il me tartine du baume sur la prostate en disant cela ! N'est-ce pas qu'elle est belle, ma Lucette ? N'est-ce pas qu'elle est un rêve de chair ? N'est-ce pas que sa délicatesse est infinie ? Si tu savais sa véritable odeur, le velouté de sa peau, le goût ineffable de sa mouillance ! O bonheur offert au détour de la vie ! O récompense suprême. Présent céleste ! Musique douce !

Je ferme les yeux ! Elle me manque déjà ! Je voudrais courir à son appartement, foutre Alexis hors de chez lui et aimer sa femme à en perdre la raison.

*
* *

Quelque part dans l'institut de thalassothérapie, la personne qui avait scotché une petite boîte sombre contre le sommier du divin San-Antonio, regarda sa pendule. Elle se dit que dans un peu plus de quatre heures, beaucoup de vieillards seraient réveillés.

Elle se brossa les dents et s'en fut se coucher. Ce soir-là, la seconde partie des programmes télévisés ne valait pas tripette, alors qu'elle constitue d'ordinaire le seul « créneau » valable du huitième art.

*
* *

Un grondement me tire des songes.

Je rêvais, mais de quoi ? Mais à qui ? Le monde flou qui hantait mon sommeil s'évapore comme la buée d'un pare-brise au soleil.

Je réalise que c'est un bruit de chasse d'eau qui vient de m'arracher. Un vieux couple occupe la chambre contiguë. Grande allure malgré sa double croulance. Mais ça pisse beaucoup, à cet âge ! Alors, chaque nuit, à différentes reprises, « Vlaoufff ! », la chasse est ouverte ! Je ne me suis pas encore habitué à ces cataractes conçues et réalisées par mes inestimables camarades Jacob et Delafon qui vacarment dans le silence nocturne de l'institut.

Son usine à résurrection, Alex, pèche un peu par l'insonorisation qui n'est pas tip-top, comme disent les Helvètes. Lorsque la paix de l'après-minuit règne, il semble que chaque son soit réverbéré, amplifié.

Je blottis ma tronche pensante dans l'oreiller, espérant que mes voisins auront, dorénavant, leurs vessies performantes jusqu'à l'aube. Généralement, quand l'un réveille l'autre en licebroquant, le second va vidanger ses ballasts à son tour. Et là, ça ne rate pas. Un deuxième « Vlaoufff ! » retentit, escamoté par rapport au précédent, car la chasse n'a pas eu le temps de se remplir complètement.

Bon, alors maintenant ça y est, les bébés, hein ? On va faire son gros dodo octogénaire. Et gaffe à la ronflette ! La noye précédente, pépère a donné un récital qui évoquait les magnifiques tentatives de Clément Ader pour soulever *l'Eole* de terre.

Heureusement, rien de tel ne se produit. Je vais pouvoir remettre la gomme. Déjà du capiteux se forme dans mon cerveau. Je me tourne côté mur pour fuir la vague clarté sourdant de la baie, malgré les rideaux doublés à l'amiante.

En route !

Mais zob !

Il ronfle pas, le fossile : il parle. D'après ce que m'a raconté le valet d'étage, c'est un noble classé monument historique. Le duc Manchakouïe de Maideu, vieille famille bretonne.

Je l'entends demander à sa rombiasse :

— Il semblerait que le sommeil vous fuit, Madeleine-Yolande ?

— Il est de fait, répond sa bergère d'une voix

incomplète, son dentier baignant dans une eau parfumée à la menthe.

— Il en va de même pour moi, ma douce amie.

— En ce cas, comptons nos moutons, Gaétan, plaisante la vioque, mutine.

A pareille heure, faut de la santé. Y a que les potes à Mathusalem qui peuvent, sans dommage, tourner le dos au sommeil.

Quelle heure est-il, au fait ?

J'actionne le commutateur amovible de mon chevet. Ma pendulette de voyage révèle trois heures moins cinq. Dis, ils vont pas m'émietter les claouis avec leurs boniments dix-septième siècle, les deux ! Une escale, j'admets, mais faut que je continue ma traversée, moi. Je suis un homme d'action et qui baise beaucoup, j'ai besoin de récupérer, bordel ! S'ils poursuivent leur jactance, je vais appeler le veilleur de nuit pour qu'il leur intime de ne plus perturber de leurs radotages la quiétude bourgeoise des autres pensionnaires.

Le duc fait comme ça :

— Peut-être aurions-nous mieux à faire qu'à compter des moutons, Madeleine-Yolande.

— Quoi donc, mon ami ? Lire ?

Un temps.

L'époux prend un ton embarrassé :

— Madeleine-Yolande, éprouveriez-vous quelque agrément à ce que je vous léchasse le sexe ?

La propose abrupte doit déconcerter l'hypothétique bénéficiaire, laquelle murmure :

— Serait-ce bien raisonnable, Gaétan ?

— Où voyez-vous de la déraison dans une pratique qui n'est peut-être pas recommandée par notre Sainte Mère l'Eglise mais qu'elle tolère cependant entre époux, ma bonne ?

— Je songeais à notre dernière expérience en ce

domaine, Gaétan. Rappelez-vous que vous vous étouffâtes et avalâtes l'un de mes poils pubiens dont vous eûtes grand mal à vous défaire.

— C'était, il y a deux ans, ma douce, et je fus victime de ma fougue ; depuis lors, j'ai eu un grave malaise cardiaque qui a tempéré mes ardeurs. Vous m'obligeriez en acceptant ma proposition. Je ne vous garantis pas que ce cunnilinctus sera suivi d'une prestation plus virile, à l'impossible nul n'est tenu, du moins est-il davantage propice à l'érection que la lecture d'un ouvrage de Paul Claudel.

— En ce cas, exquis polisson, je cède à votre gracieux caprice. Mais laissez-moi vous prévenir que vous ne devez pas attendre de ma part la même complaisance en retour. La dernière fois que je vous ai accordé ce plaisir, j'ai eu la mâchoire bloquée pendant deux jours, et en pure perte puisque votre vieille petite affaire est demeurée sur son quant-à-soi.

Le duc rigole frêle.

— Madeleine-Yolande, mon tendre cœur, à mon âge le plaisir consiste à en donner, non à en espérer. Ayez la bonté de relever votre chemise de nuit et de vous placer en travers de notre couche, les jambes ouvertes et pendantes afin que je puisse m'agenouiller entre elles pour ces dévotions de la chair !

— Ne devriez-vous point fermer le rideau, Gaétan ?

— Pourquoi, mon oiseau des îles ? Nous n'avons pas d'autre vis-à-vis que l'Amérique, et je doute qu'un voyeur puisse nous lorgner depuis ce continent stupide, quand bien même il disposerait d'une longue-vue géante !

— Alors, laissez-moi éteindre votre lampe.

— Que nenni ! Vous ôteriez une grande partie de mon bonheur !

— Deviendriez-vous vicieux, Gaétan ?

Un qui se cintre, c'est l'ami Sana, mon pote !

Du coup, me voici tout à fait réveillé. Et, grivois comme tu me sais, je me dis que voilà un spectacle incontournable. Je serais impardonnable de rater cette prestation de deux sang-bleu totalisant plus d'un siècle et demi.

Je saute du lit, cours à la baie, la fais doucement coulisser pour passer sur ma terrasse. J'enjambe icelle, me penche pour empoigner le garde-dingue de la terrasse voisine et, sans peine, passe de l'une à l'autre.

Tu croirais un film *hard* sur écran large ! Grandiose et affligeant. Mémère a obéi à son duc. Elle se tient en posture de minette-de-chambre. Il a de l'appétit, monseigneur ! Les appas de sa madame, tu repasseras ! C'est flasque, blafard, plissé, veiné, pendouillard, gerbant ! Il aurait meilleur compte d'aller bouffer une duchesse dans une pâtisserie, Manchakouïe de Maideu ! Il se tient devant ces délices, en chemise de noye armoriée. Tu aperçois juste la plante de ses pinceaux, grisâtre. Vaille que vaille, il a posé ses mains sur les cuisses dégoulinantes de Mme de...

Oh ! la dégustation, dis donc ! Mais tu sais qu'il raffole, le duc ! Ils ont bien raison de bavouiller tous les deux ans, ça leur permet de recharger les ardeurs et convoitises. C'est un bouffeur du Jockey Club, monseigneur. Ne bouffe pas : lape. Menu ! Un greffier devant sa sous-tasse de *milk*. Dans ce tête-à-tête, c'est Gaëtan qui fait la chatte. Parole !

Moi, de voir ça, j'empreins de tristesse. Je me dis : la *vita*, quelle rigolade ! Farces et attrapes ! On mascarade à qui mieux, mieux, duc ou manar, Sartre ou moi ! La danse des petits cochons.

Et puis, je pige pas pendant « x » secondes. Voilà le galandage séparant nos deux chambres qui vole en morceaux. Les deux vieux forniqueurs sont ensevelis sous des plâtras.

Curieux : je vois et n'entends qu'après, comme si je n'étais pas sur place et que la distanciation image son ait le temps d'opérer. Ça fait un sacré badaboum, n'empêche. La vitre de ma baie a explosé comme le tube cathodique d'un poste allumé contre lequel tu pisses. Les rideaux déchiquetés, happés par le vent, flottent maintenant à l'extérieur. Les deux chambres, la mienne et celle des ducs, se trouvent réunies. Depuis mon point d'observation, j'aperçois mon lit disloqué, épave fumante de catastrophe routière. Des flammes lèchent la moquette et la tapisserie.

D'une cabriole, je repasse sur ma terrasse. Tu verrais ma turne (mot alsacien), tu te mettrais à pleurer. C'est ce que je fais. Mais moi, c'est la reconnaissance qui me fait fondre. Un flot de pensées me choient dans le cigare, tels les gravats sur ceux du couple en dévergondage. Je réalise qu'il y avait du plastic sous mon lit. Si je n'avais été éveillé par les pissats de mes voisins, puis alléché (c'est le mot) par leurs projets amoureux qui m'ont incité au voyeurisme (ce n'est pas mon style, mais j'étais alerté par le « document humain » que la chose constituait !), je serais mort. Disloqué, en charpie, cramé, fumant comme étron neuf dans l'hiver. Ainsi donc le hasard, une fois encore, m'a sauvé la mise !

Je franchis la brèche pratiquée dans la cloison pour porter secours aux vieux amoureux ducaux. Ils geignassent en remuant faiblement, les pauvres. Le souffle de l'explosion a projeté sur eux cinquante kilos de briquetage, plâtre, boiserie. Ils peuvent pas dépêtrer.

Ça rapplique d'un peu partout. Ça hurle, glapit dans les couloirs, cavalcade. Des heurts ! On cigogne ma lourde dégondée. Des gens se pointent, pyjama, chemise de nuit, en slip aussi ! En robe de chambre, en robe des champs, ces patates ! Ils exclament du désastre, trépignent de cette désolance. Les plus avisés courent chercher l'extincteur du couloir pour éteindre les flammes qui lèchent les murs et la moquette. D'autres m'aident à dégravoiser (gravats se dit aussi gravois) mes malheureux voisins.

La stupeur quand on les retrouve en position de minette fervente ! Duc, ducon, duconnard ! Gaëtan, il a la moitié du mufle enfoncé dans la cavité sud de sa duchesse, ayant dérouillé une charge impressionnante derrière la tronche ! On a du mal à l'arracher de son garde-manger. Le drame, à monseigneur, c'est qu'il lui restait huit incisives d'origine et qu'elles ont, au moment de l'impact, sectionné le vieux clito-bigornuche de sa rombière. La pauvre femme saigne comme jamais depuis l'interruption de ses requins !

Ils ne sont pas morts, Dieu merci beaucoup, mais seulement commotionnés. Lui, évanoui ; médème dans la choucroute fermentée, proférant des mots sans grande contenance métaphysique. Elle a la blancheur Pierrot, Madeleine-Yolande. C'est un brouhaha indescriptible. Maintenant qu'il n'y a plus de danger, tout le monde se pointe ! Alexis et Lucette, les pompiers de Riquebon-sur-Mer, la gendarmerie.

Y a un rameutage monstre, en bas. Des clilles qui demandent leur note illico pour se tirer rapidos ! On est à Beyrouth ou quoi ? Ça va plus, ces calamités ! Ils sont ici pour se refaire une santé, pas pour essayer des cercueils, bonté divine !

Alexis ne dit rien. Il ressemble à une botte de poireaux en train de jaunir dans le casier à légumes du frigo. Sa douce compagne ne me quitte pas de son regard embué.

— On a voulu vous tuer ? chuchote-t-elle.

— On le dirait !

— Oh ! mon amour, je serais morte également si l'on y était parvenu !

Cette affirmation ne fait qu'humecter la compresse de la passion. Je lui souris et, d'une folle œillée, lui promets tout !

Lieutenant Fissaile.

Grand, jeune, sympa. Les joues bleues de barbe car il est aussi très brun.

Nous sommes en tête-à-tête dans le bureau de Clabote. Je viens de lui montrer ma brèmouze, miraculeusement réchappée à l'explosion, et il semble coopératif.

— Vous êtes ici au sujet de la quintuple électrocution, commissaire ?

— En effet.

— Incognito ?

— J'essayais, mais il semblerait que mon identité soit connue du meurtrier puisqu'il a tenté de m'éliminer.

— La bombe se trouvait plaquée à votre sommier, selon les premières constatations. C'est un miracle que vous vous soyez levé.

Je lui narre une partie de la vérité. Les ducs qui licebroquent, puis qui discutent. Impossible de me rendormir. Alors je vais sur ma terrasse prendre une bolée d'oxygène océanique. Je suis assis sur un transat lorsque le patacaisse se produit.

— Sale affaire pour l'institut, remarque le lieutenant de gendarmerie.

Je vais me planter devant lui.

— J'ai un sérieux coup de main à vous demander, mon lieutenant.

— De quoi s'agit-il ?

— J'ai besoin que ce soit un accident !

— Que racontez-vous là, commissaire ?

— Si c'est officiellement un simple accident, la clientèle ne s'enfuira pas à tire-d'aile comme elle en manifeste d'ores et déjà l'intention. Le criminel est dans nos murs, il ne faut pas lui fournir l'occasion de filer à la faveur d'un exode général.

— Mais voyons, commissaire, une explosion pareille !

— On faisait des réparations dans ma salle de bains. Une bombonne de gaz y avait été entreposée, destinée à la soudure. Elle a éclaté sous l'effet de la chaleur.

— Ça ne tient pas debout.

— Tout tient debout pour le public lorsque c'est affirmé catégoriquement par les autorités. Il me faut encore quarante-huit heures pour mener mon enquête à son terme ; peut-être moins.

— Vous tenez une piste ?

— J'en tiens plusieurs, hélas. Si vous étiez un vieil officier de gendarmerie blanchi sous le képi, je ne formulerais pas une telle requête ; mais vous êtes un garçon moderne, je le vois. Je vous couvre, lieutenant ; aidez-moi !

Il hésite un peu.

— Vous savez que les assurances vont dépêcher des experts, objecte-t-il. C'est pas à eux que vous ferez le coup de la bonbonne !

— Les experts feront leur boulot, lieutenant, ce sont des gens discrets, leur profession l'exige ; je leur demanderai de ne pas éventer la mèche (si j'ose dire à propos de bombe) avant ces quarante-huit heures fatidiques que je me suis fixées pour limite.

Le gendarme me défrime avec une certaine estime.

— J'admire votre confiance en vous-même, commissaire ; elle est la marque d'un homme déterminé et… optimiste.

Je lui souris amitieusement :

— Il faut toujours se mettre au pied du mur avant que les autres ne vous y fassent tomber ! C'est en se lançant des défis qu'on résout les problèmes.

Là-dessus, j'appelle Alexis qui se morfond dans l'antichambre, pour lui dire qu'une fois encore, je viens de lui arranger ses bidons !

La Rolls silencieuse de Pinaud grimpe souplement la colline. Ses phares paisibles prennent à la nuit des maisons de vacances, fermées vu la saison. Style normand à faux colombages, ou bien breton : chaume et ardoise. Au sommet, un reliquat de chantier. Subsistent encore une cabane de planches et des chiottes amovibles. Les plantations d'arbres ont été effectuées, mais non encore la pelouse, ce qui fait que la pimpante maison blanche qui se dresse sur ce look-out est environnée de boue grasse. Des planches mises bout à bout constituent un gué entre la petite route et le perron. A l'écart, une épave sombre qui est la bagnole historique (préhistorique aussi !) d'Alexandre-Benoît Bérurier. Tout est éteint dans la construction que l'on pourrait supposer vide, à l'instar des autres crèches du voisinage.

Nous stoppons et je m'engage en tête de file indienne sur le passage planchu.

L'air est vif. L'océan gronde. La lune, ébréchée, joue à cache-cache avec des nuages qui ressemblent au froc du Gravos.

Je vais pour tambouriner à l'huis (Mariano) quand je constate que la porte n'est pas complètement close. Se barricader, pas son genre, Béru. Ce serait même « le caddie de ses saucisses », comme il le dit volontiers. Nous pénétrons. Odeur de peinture et de plâtre frais. La crèche n'est pas meublée. L'électricité ne fonctionne pas encore. Ma loupiote de fouille (stylo rayon laser !). Comme en plein jour ! Une invention du génial Mathias.

Le futur living à droite de l'entrée. J'aperçois Béru et sa pouffiasse enroulés dans une couvrante qu'il a sortie de sa chignole. Les deux amants font un duo de ronflette. Lui dans les basses nobles, elle dans les sopranos galvanisés.

Je soulève la couverture et retiens mon souffle. C'est beau. C'est très beau. Béru n'est vêtu que de son veston, because la fraîche nocturne, la fille ne porte que son manteau. Ils se sont endormis après une séance de fornication, les jambons emmêlés, mufle à mufle. La chopine du gros, bien qu'étant au repos, ressemble à un gros reptile en train de gravir le mont de Vénus de la contractuelle pour aller se réfugier dans ses broussailles.

Sa Majesté doit faire un rêve, car elle lâche un grand pet mélancolique, réverbéré par le vide du local.

Je leur passe outre et me mets à la recherche d'Ellena. Elle ne se trouve pas dans la pièce principale. Je visite les autres, sans plus de succès. Zobé ! La garce s'est tirée. La colère qui me point alors ressemble à s'y méprendre à une crise d'angevine de poitevine. L'étau. Je me dis que je vais shooter dans le gros cul du Gros jusqu'à ce que le cuir de ma godasse soit aussi mince qu'une peau d'oignon.

Les yeux globuleux de M. Blanc scintillent durement dans la pénombre.

— Elle a filé, ne dirait-on point ? demande Pinaud.

Belle déduction qui révèle son sens aigu de l'observation.

Je retourne au couple maudit.

— Deux pourceaux ! note M. Blanc en les désignant du menton.

— Mais touchants, corrige le doux Pinuche dont la bienveillance est sans limites.

— J'aimerais leur pisser dessus, avoué-je, féroce.

Je me penche sur l'oreille béruréenne, laquelle ressemble à une plante carnivore de *La Petite Boutique des Horreurs*, et je hurle à en fendre les vitres neuves :

— Debout, Ducon !

Monsieur et madame déléthargent. Violette a poussé un cri, Béru un nouveau pet ; chacun laissant s'exprimer la voix profonde de sa conscience brutalement rétablie.

Ils se dressent sur un coude. L'on dirait un ballet aquatique de dauphins. On a envie de leur lancer des poissons séchés.

— Tu n'es qu'un empaffé, Béru, grondé-je.

Il se bat de la main éventeuse contre l'impitoyable rayon de ma lampe.

— C'est cela, et ça consiste en quoi ? demande-t-il sans s'émouvoir.

— La Ritale n'est plus là ! aboyé-je en berger allemand.

Tu crois que ça le boulverse, l'Enfoiré ?

— Naturellement, pisqu'on est venu la chercher d'ta part, Edouard !

Quelque part, un clocher breton égrène cinq coups bretons frappés dans le bronze. Le vent du petit matin miaule sur la lande.

— On est venu la chercher ! s'exclame Pinuchet.

— Qui ? plante Jérémie.

— Oui, qui ? insisté-je.

C'est Violette, la contractuelle, qui répond :

— Ben… les gendarmes !

Je tourneboule de la pensarde.

— Les gendarmes ?!?!?

— Mouais, deux, commente le Surgonflé. Ils ont

dit qu'ils viendraient d'ta part, grand. Z'ont cigogné à la lourde du temps qu'on dormait. Je leur z'ai ouvert. Ils m'ont expliqué qu'y z'agissaient sur tes instructions : y v'naient prend' livreraison d'la pécore. J'ai pas douté un seul instant qu'y pouvaient m'berlurer. Comment eussent-ils suce qu'on s'trouvait dans c'te villa ? Z'ont ajouté, toujours d'ta part, qu'on d'vait finir la noye ici et y attend' d'tes nouvelles. Z'ont passé les cadennes à l'Italoche et sont r'partis.

Il nous dévisage de son mieux, à travers ma loupiote qui continue de l'éblouir.

— Si j'croive comprend', c'tait bidon ? On s'est laissé piéger ? C'est marrant, j'avais une arrière-pensée qu'en t'est-ce j'les ai vus partir, les trois. Du fait qu'on était réveillés et qu'y f'sait frisquet, on a r'mis le couvert, histoire d' nous réchauffer, moi et Violette. Un' bath s'couée qui décoiffe les ch'veux du bas, hein, môme ? Pas du coup d'bite d'amateur. Su'l'plancher, c'est pas du gâteau. Heureusement qu'j'avais une couvrante dans ma tire ! J'm'a couché dessus et Miss Turlure m'a hissé l'mât d'gascogne à la menteuse et à la manivelle. N'ensute, elle m'a fait l'coup du concours hippique, à la volutueuse. Comme écuiller, celle-là, l'en remonterait à la princesse Anne ! Ce trot angliche qu'elle t'pratique ! Charogne, tu t'croiverais su' les ch'vaux de bois d'aut'fois. Ceux qui montaient et descendaient en tourniquant…

J'interromps la complaisante description :

— A quelle heure ces faux gendarmes sont-ils venus chercher l'Italienne.

Le Mahousse se tourne vers Violette :

— A ton avis, Minouche ?

— Minuit dix ! répond-elle sans : hésiter, ambages, coup férir, tergiverser, prendre de gants. J'ai regardé l'heure à ma montre en entendant frapper.

Ça revient à dire que la Mencini est loin, maintenant. Elle a eu cinq plombes pour mettre les adjas. Et puis ça signifie également qu'elle avait des complices dans le secteur. Or, si elle a des complices, c'est qu'elle a commis une « action ». Quelle ? L'assassinat de sa « patronne » ? Elle pouvait le réaliser sans aide ! Non, il y a autre chose. Je me rends compte, en m'avançant dans cette drôle d'affaire, qu'elle est beaucoup plus importante qu'on ne l'imagine au départ. En tout cas, les morts et les agressions pleuvent dru. D'entrée, cinq personnes électrocutées. Ensuite, une vieille dame étouffée ! On continue par un gusman carbonisé à l'acide ! Et puis voilà qu'on s'en prend à l'Antonio, qu'on doit juger par trop trublion, et on lui fout une bombe dans son pucier. Et ce n'est pas fini !

— Remettez vos culottes et venez roupiller dans un lieu plus confortable, fais-je aux tourtereaux.

César me prend par le bras.

Il est pensif, au clair de lune (le clerc de l'une), le Remblayé. En allant vers sa Rolls, il murmure :

— Essayer de voir les choses qui se cachent derrière les choses !

Un philosophe, je te dis !

*
**

Je les tire du sommeil.

C'est lui qui vient m'ouvrir, en pyjama bleu avec un écusson d'inspiration marine sur la poitrine. Il est velu du poitrail. Ça fait comme le résultat d'un sac d'aspirateur ayant servi à faire le ménage chez un tondeur de chiens.

— Toi ! soupire-t-il. Tu sais qu'il n'est pas cinq heures et demie ! Tu es donc increvable !

Je note qu'il pue de la gueule. Il a dû écluser une bibine avant de se recoucher.

— Increvable est le mot, je l'ai prouvé tout à l'heure, Alex.

— Que veux-tu ?

— Te parler.

Il bâille, ce qui ne fait que renforcer sa mauvaise haleine.

— Bon, je t'écoute. Ça ne peut pas attendre demain ?

— Nous sommes demain !

Il va donner la lumière d'un lampadaire et se love dans un fauteuil.

— Assieds-toi.

Le foutre me biche.

— Sois gentil, Alexis, ne me fais pas la gueule ! C'est toi qui m'as demandé de venir à la rescousse ! J'ai manqué laisser mes os plus ou moins carbonisés dans ton institut. Je t'arrange les pires bidons avec un culot qui m'impressionne moi-même, et tu es là, tout gringrin, parce que je te tire du lit !

Il a un bout de sourire.

— Excuse, fait-il, j'ai le réveil maussade.

Sur ce, Lucette apparaît (transparaît, apparitionne, surgit, nimbée de lumière céleste). Chemise de nuit affolante. Nu-pieds. Les seins dressés sous le fin tissu.

Elle demande :

— Du nouveau ?

— Il faut que je vous parle à l'un et à l'autre, éludé-je ; séparément, si vous n'y voyez pas d'inconvénient ?

Ils me friment, se défriment, décontenancés.

Alex soupire :

— Commence par elle, pendant ce temps je préparerai un peu de café.

— Venez ! fait Lucette.

On pénètre dans leur chambre. Dieu soit loué, il y a

une targette à la porte. Je la tire. Après quoi je biche la fabuleuse dans mes bras et je me mets à lui bouffer la gueule jusqu'aux amygdales. On vit une vraie passion ! Pendant que je la patine, elle me dégaine l'outil, non sans mal car il est pis que la fameuse justice de Berne ! Je lui soulève sa chemise floue, adosse la gosse à la cloison. M'en voudrais de la tringler dans le lit conjugal, j'ai ma dignité !

Elle a noué ses bras à mon cou, par tendresse bien sûr, mais aussi pour s'agripper. Ses jambes m'enserrent le bassin. Ce qu'elle est souple ! Faut dire qu'avec cet institut à dispose, elle peut culturephysiquer tout son soûl ! Mister Popaul, tu parles s'il est bien dressé (aux deux sens du terme). Inutile de le guider, il connaît le chemin. La voie royale que causait Malraux. Sa tête chercheuse s'offre un sans faute ! Droit au nid des délices !

Une odeur de caoua filtre sous la porte. Je te cigogne Lucette à perdre haleine. Elle retient ses gémissements de son mieux. Si le cornard vient tendre l'oreille pour percer notre converse, il risque de trouver notre dialecte un peu juste, ou onomatopesque sur les bords. Etreinte échevelée ! Furia divine des sens survoltés. Faut aimer pour s'activer sur un tel rythme. Rut, bon, j'admets. Mais multiplié par l'amour, te dis-je. Prendre une femme dans ces conditions équivaut à se donner à elle. Oh ! la prouesse du mec ! La fée suspendue à lui, enragée dans le pistonnage à double circonvolution ! L'énergie qu'on peut dépenser dans un instant aussi fou n'est pas mesurable ! Folie ! Folie !

Je suis fier de me montrer aussi suprême ! Aussi généreux de mon être !

— Ah ! comme je t'adore, chuchote-t-elle en tordant son admirable tête de gauche et de droite (à moins que ce ne soit de droite et de gauche) ; comme je suis toute à toi ! Ta femme ! Ta femelle ! Ta chienne ! Je meurs ! Je meurs…

Elle révulse des carreaux et s'affaisse. Juste je place mon lâché de colombes à la déboulante. Vouha ! Oh ! la belle bleue ! Vive monsieur le maire !

Mon interrogatoire est terminé !

LES PARLOTES DE L'AUBE

— Alors, que t'a-t-elle appris d'important ? demande Alexis, sarcastique.

Je ne lui réponds pas. L'humour, à cet instant, je m'en ressens pas. Y a des instants sacrés qui se prolongent en ondes lentes et langoureuses. Ce que j'éprouve, c'est encore de l'amour. Je m'y crois toujours.

Il fixe un point précis de mon bénoche, Clabote. J'incline la tête et je constate une chouette traînée de foutre sur ma jambe droite. Pas la peine d'en faire un fromage, si j'ose ainsi m'exprimer. Je sors mon mouchoir pour conjurer le désastre en murmurant :

— Les méfaits du rhume de cerveau, à faire le con la nuit, voilà ce qui arrive.

Et je ponctue d'un éternuement pour comédie de boulevard…

Est-il dupe ? Il semble songeur, en tout cas.

Le meilleur système de défense étant l'attaque, je l'entreprends :

— Alex, tantôt, je t'ai demandé un endroit discret où séquestrer la dame de compagnie. Tu m'as proposé obligeamment la maison que tu viens de bâtir au-dessus du patelin. Or, quelques heures après que la gonzesse y eût été conduite, des mecs déguisés en gendarmes sont venus l'y chercher. Exceptés mes collaborateurs et moi-même, il n'y avait que toi à être au courant de la chose. A qui en as-tu parlé ?

— A qui veux-tu que je parle d'une chose aussi illicite ? bougonne cette tête de lard.

Il verse le café dans les tasses, sucre copieusement le sien qu'il se met à touiller mélancoliquement.

— Réfléchis, Alex. Il est très probable que quelque chose t'a échappé à ce propos.

— Mais, putain de Dieu, je te dis que non ! Je n'en ai même pas soufflé mot à Lucette ; elle a dû te le confirmer, si tu lui as posé la question !

— Je n'ai pas abordé le sujet, je voulais t'en parler d'abord…

Il hausse les épaules.

— Tu t'imagines que dans la merde intégrale où je barbote je peux me payer le luxe de révéler à qui que ce soit qu'on séquestre une de mes clientes dans ma maison ? Sois cohérent !

Je n'insiste pas, son argument étant de bronze.

Il déguste quelques gorgées de caoua et murmure :

— Je crois que je vais annuler le bal de demain soir, il ne rime plus à grand-chose dans cette ambiance de tragédie.

— Garde-t'en bien, fils, protesté-je. Il va être déterminant.

— Pourquoi ?

— Parce que mon instinct me le dit.

Ce gros gorille de mes deux ricane :

— Oh ! alors, si tu marches aux pressentiments ! Pourquoi pas à la boule de cristal ou au marc de café ? J'en ai du tout frais, ajoute-t-il en montrant la cafetière.

Je me contiens pour ne pas lui virguler le contenu de ma tasse dans le portrait.

— C'est quoi, ce bal ? détourné-je ma rancœur.

— Une tradition. Mars est le mois où se trouvent rituellement réunis nos clients les plus assidus. C'est le bal de la fidélité, en quelque sorte.

— Le bal des rombières, murmuré-je.

— Si tu veux. Elles mettent tous leurs atours, tous leurs joyaux et croient jouer dans *Sissi impératrice*. Mais demain, le cœur n'y sera pas !

— Parle pour toi. Pour toi qui connais la vérité. Mais tes curistes, eux, ne savent qu'une chose : un maniaque a électrocuté cinq personnes. Drame, certes ! Mais un peu de temps a passé. Les plus trouillards se sont esbignés ; d'autres sont arrivés. La chose a pris sa place dans le grand livre des faits divers. La mère Morituri est décédée à l'insu de tout le monde, de même que le vieux Moncornard. Quant à l'explosion de cette nuit, elle est purement accidentelle et n'a causé aucune victime. Seul dégât corporel à déplorer : le clitoris de la duchesse Manchakouïe de Maideu. Onc ne connaît ce dommage et, le saurait-on, qu'il amuserait la galerie. Un peuple qui a coupé les têtes de sa famille royale ne va pas s'apitoyer sur le petit organe érectile d'une duchesse, d'ailleurs sectionné par les dents ultimes de son vieil époux. Non, fais ton bal, Alex. Fais-le beau ! Il faut qu'il soit réussi. Et à présent, je vais aller prendre une douche dans mon nouvel appartement après avoir regardé sous mon lit.

Je largue l'ancien talonneur sur une bourrade familière. Lucette a jugé mieux de ne pas réapparaître. J'ai son odeur secrète au bout de mes doigts.

Il est six heures trente quand je sors de ma douche. Malgré les multijets, chauds puis froids, je me sens rompu. Baise et surmenage. En accéléré. La santé de l'homme dérouille.

Je louche sur le lit tentant. Une plombe (ou deux)

de dorme réparatrice me requinquerait. Je m'approche hypocritement de ma couche, écarte les draps délicatement et m'insinue, à poil, entre cette double fraîcheur. Je suis humide de la douche. J'aime sécher lentement. Ça revigore.

Mes yeux se ferment et refusent le soleil du jour nouveau qui insiste pour entrer.

Je réfléchis comme si je me trouvais en hibernation. Le rat musqué qui s'éveille après quelques mois de léthargie doit avoir de ces pensées cotonneuses. J'évoque la chambre des Clabote, tout à l'heure. L'enfilade éperdue de Lucette. Cette folie de vivre ! C'était suave. Oui : je vais l'emporter. On avisera une fois à Paname. J'expliquerai tout à Féloche. Elle peut tout comprendre, la chère chérie. C'est elle qui trouvera la solution, je te fous mon bifton ! Elle est cap' d'inviter Lucette à la maison, de lui donner la chambre d'ami que j'ai fait aménager dans l'ancienne resserre du jardin, là que Toinet va se tailler une plume ou empaffer Maria en douce.

A moins que je ne lui loue un petit apparte dans les maisons modernes qu'ils construisent en bordure du golf. Ce serait peut-être mieux, qu'en penses-tu ?

Et voilà qu'un bruit brutal m'arrache à mes félicités languides. On tambourine à ma lourde. La voix de Jérémie lance :

— C'est nous, Antoine !

Les vaches ! Pas mèche de récupérer un chouïe.

Je vais ouvrir au tandem émouvant Pinaud-Blanc. La Vieillasse a l'air d'un hibou frileux ; le Black, au contraire, pète le feu. Tu croirais un champion des J.O. sur le podium. Il rit blanc et rose. Y a de la mousse au coin de sa grande bouche qui a l'air d'une grosse bulle de *gum* marron.

— On te dérange ? demande-t-il d'une voix qui se fout de la réponse, en me constatant nu.

— A peine, dis-je. Ne deviez-vous pas aller roupiller après m'avoir quitté ?

— Si, mais nous nous sommes ravisés, grand.

— *Why ?*

— César a pensé à quelque chose.

— Ça ne m'étonne pas de lui, il pense toujours à contre-courant. Alors ?

La Vieillasse chope le relais.

— A propos d'Alexandre-Benoît, dit-il.

— Oui ?

— En constatant la disparition de la fille, nous avons occulté l'objet de la visite nocturne que nous lui rendions. La chose nous a bouleversés et nous ne nous sommes plus préoccupés que de cela. Or, rappelle-toi, Antoine, tu avais chargé notre brave ami « d'interroger » cette Italienne. L'a-t-il fait ? Et si oui, a-t-il obtenu des résultats ? Aucun de nous trois n'a songé à le lui demander, là-haut.

— Merde, c'est juste ! admets-je. Faut-il que j'aie la tête tourneboulée !

Le Noirpiot hausse les épaules.

— Nous n'y avons pas pensé non plus, me réconforte-t-il.

— C'est pourquoi nous sommes retournés voir Béru, dit Pinuche.

Il a son petit rire de castor chatouillé.

— Sa partenaire a un tempérament de feu : nous les avons surpris en train d'exécuter des figures libres d'une très grande rareté ! Ils avaient imbriqué leurs jambes de telle sorte que…

— Laisse, César, je connais par cœur le récital du Gros, coupé-je. J'ai eu, en maintes occasions, le privilège d'assister à sa démonstration de paf martial. A-t-il pu interroger la fille, oui ou pas ?

— Oui.

Rire réitéré du cher homme.

— Et sais-tu de quelle manière il s'y est pris ?

Comme il aimerait que je jouasse le jeu et posasse mille questions avant de me donner la réponse.

Je m'y risque, par amitié, pour rendre radieuse sa vieille bouille-colique.

— Il l'a sodomisée sans vaseline ni beurre ?

— Tu gèles !

— Il a mis le feu à la mèche de son tampax ?

— Non, non, non !

Agacé, Jérémie hausse les épaules et sa mimique teintée de consternation m'indique clairement qu'il estime Pépère au bord du gâtisme, voire avec déjà un pied en plein dedans !

— Il a commencé de la tondre ?

— Que nenni !

— Il lui a compissé la figure ?

— Tu n'y es point !

— Il a mis un rat dans sa culotte ?

— Tu continues de geler.

Je me rends :

— Je donne ma langue, César. En état de marche, avec ses dix-sept muscles striés et son grand hypoglosse !

— Il lui a fait le coup de l'entonnoir, Antoine, en la forçant d'absorber une bouteille de vodka ! Ça, seulement pour commencer, en guise de préambule. Lorsqu'elle a été ivre, la contractuelle rousse s'est mise à la brouter. C'est une personne tout-terrain, Violette ; de la rousse ardente qui se défausse aussi bien à pique qu'à cœur ! Il paraîtrait que l'Italienne s'est montrée particulièrement sensible à cette marque d'intérêt.

Pendant le cérémonial, le Gros lui posait des questions. Si elle refusait d'y répondre, Violette interrompait la dégustation. La dame de compagnie suppliait qu'on la mène à terme.

« Pour attiser ses sens survoltés, Béru opérait sur sa maîtresse. A la fin, ivre morte, excitée à en piquer une crise de nerfs, la garce a fini par divaguer. Elle clamait qu'elle avait tué tout l'institut et qu'elle continuerait ; que tous les nantis y passeraient. Elle a fini par perdre conscience. Alors Alexandre-Benoît l'a laissée cuver. Et quand, quelques heures plus tard, les soi-disant gendarmes sont venus la chercher, elle paraissait avoir récupéré, prétend-il. Elle était capable en tout cas de marcher. »

Jérémie, qui s'est assis sur mon lit, soupire :

— Beaucoup de jacte pour pas grand-chose. Nous ne sommes pas plus avancés. On ne peut prendre pour des aveux le délire éthylique de cette pétasse. Comment accorder crédit à une personne qui s'accuse d'avoir buté des gens qui sont toujours en vie ?

Pinaud branle son pauvre chef déshydraté.

— Jérémie, mon petit, l'estimerais-tu innocente après ce qu'il s'est passé ?

— Certes non, mais j'affirme que nous ne sommes toujours pas fixés sur son degré de culpabilité.

Tandis qu'ils jactent, cherchant à se convaincre mutuellement, j'appelle le standard. Une voix de fille enrhumée me répond.

— Etiez-vous de service cette nuit ? m'informé-je après m'être nommé.

— Oui, et je le termine dans dix minutes, répond-elle avec l'intonation de quelqu'un qui tombe de sommeil et qui flanquerait volontiers le feu à l'institut simplement pour ne pas avoir à y revenir la nuit prochaine.

— Le *signor* Morituri a-t-il reçu un appel téléphonique depuis minuit ?

— En effet. Quelqu'un l'a demandé vers quatre heures du matin.

— Aucune idée d'où venait l'appel ?

— Comment voulez-vous !

— Voix d'homme, voix de femme ?

— Je ne sais pas.

— Comment, vous ne savez pas ?

— La personne qui a appelé parlait bas et avait une voix cassée ou brumeuse.

— Merci. Et… bonjour ! Je suppose que vous allez dormir ?

— Avec des boules dans les oreilles : j'habite près de la gare !

— Tu devrais t'habiller, conseille César. Tu vas t'enrhumer à rester nu comme un ver.

Il a raison. Je rentre dans mon slip, puis dans un pantalon fraîchement repassé. Limace fantoche, ceinture de chez Zilli, chaussettes, mocassins. Après une courte hésitance, je mets un blazer noir.

— Tu te rends dans le monde ? s'intéresse Jérémie.

— Je vais présenter mes condoléances à un constructeur d'automobiles orphelin.

Pinuche, terrassé par la fatigue, s'est endormi au travers de mon lit. Nous rabattons pieusement la courtepointe sur sa chétivité.

— C'est un vrai gentil, assure M. Blanc en le contemplant. Inoffensif et bon. Quand il prendra sa retraite, j'aurai beaucoup de chagrin.

— C'est pas demain la veille, assuré-je. Limite d'âge ou pas, jusqu'à sa mort il continuera de traîner dans nos jambes. Sa fortune miraculeuse n'a rien changé à sa profonde vocation de poulet. Il a besoin de nous pour vivre.

M. Blanc retrousse sa manche gauche.

— Tu as vu ce qu'il m'a offert ?

Une montre en or brille à son poignet sombre.

— Il la portait, j'ai eu le malheur de la trouver élégante, alors il l'a ôtée et me l'a tendue en souriant. Je ne pigeais pas. Il a murmuré : « Fais-moi plaisir, accepte-la. »

Ses grosses billes sombres scintillent plus que de coutume, Jérémie.

— Tu te rends compte ? Une montre en or, à un nègre ! plaisanta-t-il.

— Il ne te reste plus qu'à apprendre à lire l'heure, lui dis-je en le frappant dans le dos ; ou à faire semblant de savoir !

SOUS LE PATRONAGE DE « MONSIEUR PROPRE »

La Gabot est seule dans son logis clair-obscur. Un buffet aux portes vitrées abrite une flopée de cartes postales dont certaines datent d'un demi-siècle. Malgré l'heure ultra-matinale, elle est déjà debout. Chaque jour elle se dépieute aux aurores, la mère, histoire de faire son ménage avant d'aller charbonner à l'institut. Du caoua arôme à tout berzingue au coin du poêle, dans l'immense cafetière qui ressemble à Toulouse-Lautrec en train de bander. Elle est agenouillée sur le plancher qu'elle frotte à la brosse de chiendent, comme tous les vendredis matin, afin que sa tanière soit nickel pour le véquende.

La radio donne les infos maritimes, l'état de la mer, la force du vent, tout bien. Une vieille habitude, la Gabot.

Elle chante :

« Que ne t'ai-je connu au temps de ma jeunesse,

« Dans un rêve d'amour j'aurais pu t'emporter... »

Et puis on frappe énergiquement à sa porte. A cette heure, qui ce peut être ?

— Entrez !

On ouvre. C'est un gendarme. Un type brun, l'air pas heureux d'être gendarme et d'y voir clair. En apercevant le pandore, la Gabot se contracte de bas en haut. Sa chatte produit des plis excédentaires ; tu ne parviendrais pas à lui carrer un thermomètre dans le rond, même bien lubrifié, l'au point qu'elle est crispée. Cette trouille ! Elle qui commençait juste à se remettre de la séance avec le père Moncornard ! Elle s'offre des cauchemars qui la flanquent en sueur et lui arrachent des cris. Comment a-t-elle pu espérer que cette histoire allait s'écraser ? Ils l'ont mochement bidonnée, Alexis Clabote et son copain flic ! Les vermines puantes ! Toujours les obscurs qui finissent par trinquer. On vient l'arrêter ! Comment expliquera-t-elle son silence ?

Un brin de chanson Tino ! En voilà un qu'est irremplaçable :

« O Catharinetta belle
« Tchi tchi
« Ecoute l'amour t'appelle
« Tchi tchi... »

Elle croit chanter ; en réalité ses lèvres remuent mais tout reste à l'intérieur, dans le coton du subconscient. « Tchi tchi ! »

Faut profiter quand il est temps.

Elle demeure agenouillée, plus exactement assise sur ses talons, sa brosse de chien sans dents à la main. Et ça cogne dans son corsage, si tu savais ! La vache ! Mais ça cogne !

— Vous êtes madame Gabot ? demande le gendarme.

— Oui.

— Vous devinez ce qui m'amène ?

Elle panique.

— Non ! Enfin, oui, peut-ȩtre. Du moins, j'sais pas.

Le gendarme a un grand rire qui va d'une oreille à l'autre, ce con. Il s'approche de la Gabot, la surplombe pire que les falaises d'Etretat.

Il porte des chaussures de ville ! C'est curieux pour un gendarme ! Des godasses en croco. Vous trouvez ça normal, vous ? Pas la Gabot !

Elle continue sa contre-plongée pour mater le bédi. Il est coiffé d'un drôle de kébour, genre lieutenant de spahi.

Elle fredonne :

« Les vieilles de notre pays

« Ne sont pas des vieilles moroses,

« Elles portent des bonnets roses... »

Curieux, cette marotte de chantonner à longueur d'existence, y compris dans les pires circonstances.

Pourquoi la Gabot songe-t-elle qu'elle est en train d'affronter, justement, l'une des pires circonstances de sa pauvre vie ? C'est comme une certitude, une évidence.

Le gendarme aux souliers de croco et au képi de spahi est porteur de malheur. Son regard ! Si vous le voyiez ! Jamais la Gabot n'a rien lu de plus implacable dans une paire d'yeux. Elle se rappelle un chien fou, dans sa jeunesse, qui l'avait cruellement mordue, comme ça, sans qu'elle l'eût contrarié le moins du monde. Eh bien, le regard du molosse cruel n'était pas pire que celui de son visiteur.

L'homme laisse tomber, depuis sa gueule, tout là-haut :

— Dites-moi que vous savez ce qui m'amène, madame Gabot.

Et il marche délibérément sur la main que la pauvre femme a laissée sur le plancher.

Elle pousse un cri de douleur et retire ses doigts meurtris.

— Allons, la mère : dites !

— Oui, oui, halète la malheureuse. Oui, oui, je sais.

— Bravo ! Il faut toujours mourir en connaissance de cause.

Là, elle comprend que sa dernière heure est arrivée. Comme ça, d'une façon inopinée. Elle frottait son plancher. Et puis on frappe ; et c'est la mort qui entre. *Elle voudrait crier mais ses cordes vocales ne fonctionnent plus. Détendues, elles sont !*

Le gendarme se penche et la saisit par les cheveux. Il la tire sur la droite, là que se trouve la grande bassine pleine d'eau mousseuse. La Gabot, elle emploie « Monsieur Propre ». A la télé ils sont catégoriques : y a que « Monsieur Propre » pour briquer les sols. C'est pas la peine de chipoter : « Monsieur Propre », point à la ligne !

Le gendarme hale un grand coup. Il lui semble qu'on lui arrache la tignasse, la Gabot, le cuir chevelu, la tronche ! Ça lui fout du feu partout. Une douleur irradiante lui fulgure jusque dans le buste. Le salaud de gendarme lui plonge la tête dans sa lavasse. Pouah ! Beurg ! Dégueulasse ! « Monsieur Propre » est efficace, mais pas comestible. Elle en prend par les trous de nez, même par les oreilles. Se débat comme une furie. Elle s'arc-boute à bloc, la pauvrette. A la belle idée de ruer de l'arrière-train.

Un moment, elle faille se dégager. Sa main qui tient la brosse de chiendent fouette le vide, aboutit dans la braguette de son agresseur qui pousse une plainte. Mais la douleur avive la colère du faux pandore. Il acalifourchonne la Gabot, lui biche la chevelure à deux mains et lui replonge la tête dans la bassine. Du coup, la voilà qui se met à imiter le Saint-Père et à faire des bulles.

Elle tente à nouveau de se dégager, mais le fumier la tient coincée entre ses jambes. Il l'injurie, dents serrées. Elle distingue pas trop ce qu'il profère puis-

qu'elle est immergée de la frime. Des vilaineries, genre « Sale bougresse ! Tiens, vérole, avale ! Tu vas crever, charogne ! »

Il lui cogne le front contre le fond de la bassine, mais le liquide amortit un peu le choc. La Gabot, ça devient écarlate en elle. Elle pense :

« La feuille d'automne
« Emportée par le vent
« En ronde monotone
« Tombe en tourbillonnant... »

Ça lui chante en dedans comme l'écho d'un coquillage. Ses poumons vont éclater. Elle est sans force. Résignée, tu vois ? Parole : elle se soumet à l'inexorable. Elle sent quelque chose qui tombe sur son oreille, glisse le long de sa joue. Un truc dur, pas gros, échappé de la poche de ce salaud pendant qu'il est penché et s'escrime et gueule : « Vieille pute ! Crevure ! Vache ! »

Ça devient plus distinct parce qu'il doit parler fort.

Tout se brouille majestueusement. Le rouge s'étale pour constituer une espèce d'horizon incarnat sur le noir de la terre et du ciel.

O Jésus.
O Jé é sus
Doux et humble de cœur…

Mme Gabot est morte.

Le gendarme la lâche. Le poids du cadavre livré à lui-même renverse la bassine. Le meurtrier saute de côté afin d'éviter la trombe d'eau sale.

Il trouve un torchon, pas très loin, s'en sert pour essuyer ses mains mouillées. L'extrémité des manches de sa vareuse est détrempée et il a une godasse pleine de flotte. Pas joyce.

Il regarde la Gabot qui tient encore sa foutue brosse

entre ses doigts crispés. Il se dit qu'après tout, il serait concevable qu'à la suite de quelque étourdissement, la vieille tarte soit tombée les naseaux dans sa bassine, et se soit noyée. Des choses plus surprenantes et malencontreuses se sont déjà produites.

Il y a un compotier sur un vieux buffet noirâtre qui contient des sablés bretons. Le faux gendarme adore les galettes de Pont-Aven ou assimilées. Il en prend une et la fourre dans sa bouche.

Il aimerait prononcer une brève oraison funèbre avant de s'en aller.

— Saloperie ! lâche-t-il en mastiquant le biscuit.

BÉRURIER ET CE QU'IL S'ENSUIT

Personne ne m'invitant à entrer à la suite de mon toc-toc, je descends m'informer à la réception. Là, on me répond que non, le *signor* Morituri n'est pas sorti. Sa clé n'est d'ailleurs pas au tableau. Je me dis qu'il est peut-être en train de veiller sa vieille *mamma*. Pourtant, ça commence à faire un moment qu'elle est cannée, la *signora*, et il va falloir prendre des dispositions la concernant. La mettre au moins en bière. En tout cas, elle peut pas demeurer jusqu'à la Saint Trou allongé sur sa couche. Ils vont se ruiner en déodorant quand elle sera évacuée. Ça fouette jusque dans le couloir !

Je vais à la chambre mortuaire, frappe de nouveau, mais sans plus de résultat. Une brusque anxiété m'assaille : le constructeur aurait-il mis les bouts, lui aussi, après la « disparition » de la dame de fausse compagnie ?

Mû par je ne sais quoi, je tire mon sésame et déponne. La serrure m'obéit bien, mais la lourde résiste. Je pousse fort. Il y a, de l'autre côté du panneau, quelque chose de lourd qui en bloque l'ouverture. J'arc-boute et finis par obtenir un écartement d'une vingtaine de centimètres, suffisant donc pour me permettre de pénétrer.

Du coup, j'abasourde.

La masse qui bloque la porte, c'est le cadavre d'Aldo Morituri. Il s'est pendu à la poignée à l'aide d'un prolongateur électrique. Je fonce à la baie : elle est fermée complètement, avec le système de blocage intérieur. Donc, il s'agit bien d'un suicide puisque le corps immobilisait la porte et qu'il n'existe pas d'autre issue.

Etranges, ces deux morts qui se font vis-à-vis. La maman sur son lit (tiens, l'une des deux bougies est éteinte et l'autre commence à vaciller au ras de la bobèche), le fils en vrac, face à elle.

Les gens non informés imaginent pas qu'on puisse se pendre à un loquet de porte ou une espagnolette de fenêtre. Ça leur semble être un suicide au chiqué. Et pourtant, j'en ai vu des gonziers clamsés de la sorte[1]. Le mec accroupi avec la tête dans un nœud coulant perd ses moyens de défense. Combien sont morts d'avoir voulu seulement impressionner leur entourage ! Ils faisaient un peu de cinoche et l'ont eu dans le cul. Amen !

Il a son gros cou tout noir, Aldo. La bouche tordue, à peine entrouverte sur une langue gonflée et bleue, le regard mi-clos. Deux traits blancs qui filtrent ! Plus d'expression, le mystère.

Je le fouille pour étudier le contenu de son portefeuille. C'est un chouette larfouillet en peau de serpent, bourré de tout un fatras paperassique. Tu croirais une femelle crapaud enceinte. J'opère un tri rapide pour ne laisser dans le lazingue que les pièces d'identité : passeport, permis de conduire les autos, permis de piloter les bateaux de plaisance, cartes de crédit,

1. Textuel. J'en ai vu.

San-A.

cartes d'électeur, carte de président de ceci-cela. Le reste, ce qui est documents écrits, je le dérive dans mes propres fouilles.

Bon, j'en connais un qui va imiter le constructeur : mon pote Alexis. Cette nouvelle mort va le conduire au cabanon, le pauvret. Au suicide ! Il craque déjà, je le vois bien à son regard éperdu, fiévreux.

Ayant mis mes deux sbires au courant de ce nouveau drame, je les charge d'alerter Clabote avec ménagement. Cette mort-là, il est impensable de la camoufler, voire d'en différer l'annonce. C'est un businessman, Aldo, un type aux fortes activités. Il passe sa vie en contact avec ses ateliers. On lui pose des colles toutes les vingt minutes ! Simplement, on minimisera. Il s'est buté par chagrin filial. Il vient de passer des heures et des heures devant la dépouille de sa chère maman, et il a craqué. C'est touchant, c'est beau, c'est noble. Il y aura sur sa tombe des discours qui feront chialer dans les pizzerias ! Désormais, on livrera ses bagnoles avec un crêpe noir à l'antenne radio.

Tandis que Pinaud et Blanc s'exécutent (il vaut mieux s'exécuter que de l'être), je m'installe commodément pour étudier les papiers trouvés sur le constructeur. Il avait de l'appétit, Morituri. C'était un boa constructeur.

Je passe les documents à l'infrarouge de ma sagacité, mobilisant mes connaissances d'italien pour ne rien laisser échapper.

Intéressant ! Un homme, c'est dans son portefeuille qu'il est lui-même ; à la chaleur de sa poitrine, il dorlote ses secrets, berce ses tourments. Son portefeuille, c'est le réceptacle de sa conscience, le véritable siège de ses activités.

Lorsque j'ai achevé l'étude des différents papelards, je décroche mon téléphone afin de tuber à la gendarmerie. S'agit d'accorder nos stradivarius, le lieutenant et moi.

Le préposé au bigophone me répond que l'officier est en train de partir, appelé par une affaire urgente.

— Courez le chercher, beuglé-je, ici commissaire San-Antonio, y a urgence extrême !

J'entends alors mon téléphoniste hurler :

— Lieutenant ! Partez pas ! Le commissaire Antonio au téléphone, paraît que ça urge !

Il a tout le temps de s'occuper des vols de clapier ou des déprédations causées aux bateaux de pêche, Fissaile. Il se pointe, le ton pressé :

— Salut, commissaire, du nouveau ?

Je lui apprends le suicide de l'Italien.

— Il faudrait que vous veniez pour les constatations, mon lieutenant, ou que vous dépêchiez l'un de vos subordonnés ; mais je préférerais que ce fût vous.

— C'est que je suis appelé pour un autre drame, dit-il. Le facteur a trouvé morte à son domicile une employée de l'institut, la dame Gabot. Elle se serait noyée dans la bassine d'eau lui servant à nettoyer son plancher ; pas commun, non ?

La dame Gabot !

Gabot, ça me dit confusément quelque chose. Je sais que j'ai entendu ce nom tout récemment. Ma mémoire d'éléphant tape le 3615 code Sana. Je ferme les yeux. Poum ! la réponse s'inscrit sur le cadran : « GABOT… FEMME À LA LANCE D'ACIDE… »

— Où habite-t-elle ? demandé-je. J'ai grande envie de me joindre à vous pour cette sauterie, lieutenant.

— Volontiers ! Vous allez à la conserverie sur la route de Ratpalamarch', juste après, vous prenez le chemin à droite et vous apercevrez la maisonnette de la noyée !

— A tout de suite !

La noyée ! Dans une bassine ! Faut vraiment le faire exprès, non ?

Je parviens le premier sur les lieux mais, soucieux de ménager la susceptibilité de nos chers gendarmes, j'attends au volant de ma voiture l'arrivée des godasses à clous.

Une Juva bleue frappée de l'écusson tricolore et portant fièrement sur ses portes ces deux mots admirables : « Gendarmerie Nationale » ne tarde pas à se pointer.

Fissaile qui occupe la place passager saute avant l'arrêt complet du véhicule.

— C'est gentil de m'avoir attendu, remercie-t-il.

— La moindre des choses, lieutenant ; nous sommes sur votre territoire. Vous ne trouvez pas étrange qu'il n'y ait personne ?

— Le facteur devait impérativement porter le sac de courrier à la gare ; il va nous rejoindre. Je lui ai fait jurer de ne parler de la chose à personne avant que nous soyons sur les lieux.

Ces trucs à dire étant dits, nous entrons.

La mère Gabot, tu penses si je la connais. Elle se trouvait dans la lingerie le jour où j'ai suivi le cheminement du meurtrier de la *signora* sur le toit. Et puis elle roupillait dans le petit salon jouxtant le bureau d'Alex, zinguée à la vodka Bison après avoir dûment aspergé d'acide le vieux Moncornard.

Maintenant, elle gît sur son plancher à demi frotté et qui se met à sécher par plaques. Elle a une grosse brosse en main. Sa chevelure est plaquée sur sa tête par un produit détergent. La bassine repose sur le côté, ayant basculé sous le poids du corps. Son contenu a détrempé les vêtements de la morte.

— Un meurtre, murmure Fissaile d'emblée.

C'est bien mon avis. Il explique son diagnostic :

— Si elle est tombée accidentellement, elle n'a pu se noyer dans le récipient puisqu'il s'est renversé. Et à première vue, elle paraît bel et bien morte d'asphyxie. Enfin, l'autopsie nous le dira.

Je m'accroupis auprès du corps, à l'affût de ces détails révélateurs qui orientent une enquête.

— On l'a traînée par les cheveux, observé-je. Regardez, il y a des petites mèches arrachées sur le plancher.

— Exact, commissaire ! convient le lieutenant.

Je lui conseille de recueillir ces tifs et il s'empresse de les collecter pour, ensuite, les glisser dans une enveloppe.

Assis sur mes talons, je note la position de la morte. La scène de son trépas m'apparaît. Miroska, vous êtes avec moi ? Elle frottait son plancher, en bonne ménagère. Quelqu'un est entré. Ce quelqu'un lui a mis le pied sur la main gauche, meurtrissant l'extrémité de ses doigts. Puis il l'a saisie par les cheveux pour la tirer jusqu'à la bassine. Après quoi, il s'est mis à califourchon sur elle afin de la maintenir en équilibre et lui a plongé la tête dans l'eau jusqu'à ce qu'elle défunte. Quand elle a été morte, il l'a quittée, alors le corps a chuté et fait basculer la bassine. Il a dû avoir les pieds mouillés.

— Y a-t-il des empreintes de semelles humides en direction de la porte ? m'enquis-je.

Le pandore qui assiste Fissaile va regarder.

— Il y en a eu, mais elles ne sont plus guère discernables, monsieur le commissaire, car elles finissent de sécher.

— Essayez d'en reconstituer le contour avec du papier et un crayon. Vous avez du papier calque dans votre voiture ?

— Je ne pense pas.

— Vous en trouverez dans le coffre de la mienne, les clés sont au tableau de bord !

Il est vachement impressionné, le gendarme. Méthodes parisiennes ! Organisation poussée !

Domptant ma répugnance, je glisse ma main sous le front de la noyée pour pouvoir regarder complètement son visage. Au moment où je soulève sa tête roidissante, un léger tintement se produit dans la bassine. Je découvre au fond du récipient un stylo réclame blanc sur lequel est écrit : « Institut Clabote. Riquebon-sur-Mer. »

Le lieutenant s'approche.

— Qu'est-ce que c'est ?

— Un stylo réclame de l'institut. Il se trouvait dans la bassine.

Je joue au jeu agaçant (pour les autres) qui consiste à actionner le petit cliquet sortant et rentrant la bille d'écriture. Clic, clac, clic, clac, clic, clac…[1]

Le lieutenant Fissaile me regarde faire la mitraillette avec ma trouvaille.

— C'était dans la bassine ?

— Affirmatif, réponds-je, histoire d'utiliser son langage.

— La victime l'aurait laissé tomber ?

— Croyez-vous que cette femme lave son plancher avec un stylo sur elle ?

— Il était peut-être resté dans la poche supérieure de sa blouse ?

1. Je connais des condefrères peu scrupuleux qui t'auraient écrit une demi-page de clic, clac pour tirer à la ligne (ils tirent à la ligne plus vite que leur ombre).

San-A.

— Il n'y a pas de poche supérieure à sa blouse. D'autre part, cette personne était du genre plutôt fruste, je l'ai vue et lui ai parlé ; les gens comme elle se soucient peu d'avoir de quoi écrire.

— Ce qui fait que la chose serait tombée de la poche du meurtrier ?

— Ce qui fait que oui, lieutenant. C'est d'autant plus probable qu'il était fortement penché pour noyer cette femme.

— Malheureusement, son séjour dans l'eau pleine de détergent ne permet guère d'y trouver des empreintes…

— Certes, mais ce stylo nous fournit néanmoins une précieuse indication.

— Laquelle ?

Je lui montre le texte en bleu sur le corps blanc de l'objet.

— L'assassin séjourne ou a séjourné à l'institut. Je le tends à mon estimable confrère.

— Pièce à conviction, à joindre aux cheveux arrachés et aux traces de semelles. Et maintenant que nous nous sommes occupés de votre noyée, occupons-nous de mon suicidé, si vous le voulez bien.

On s'est échappés de la maison bains-douches-purée-d'algues. Comme ça, un besoin de faire le point loin des cadavres. Nous voilà réunis dans un aimable petit restau intitulé *Les Goémons*. Mais c'est pas du varech qu'on y clape ! On s'explique au tourteau-mayonnaise et au gigot de pré-salé-haricots.

La vision de Bérurier dévorant un crabe aussi mastar que lui dans sa catégorie de crustacés est inoubliable. Le Gros *mange tout* de l'animal : sa carapace, ses membres blindés. Il le croque comme une pomme, et les cartilages du décapode craquent sous ses dents féroces. Il clape les pinces, les pattes velues, le céphalothorax, les beaux yeux noirs de l'animal. Ses lèvres saignent, ajoutant à la grandeur du spectacle. Il trempe le crabe dans la jatte de mayonnaise, avale des lampées de muscadet pour entraîner le tout aux abysses, rote, éclabousse, postillonne des particules de carapace, le regard élargi par le bonheur de manger, silencieux à force d'avidité. Nous en prenons plein les fringues, les cheveux, la gueule. C'est un carnage, un assouvissement de fauve affamé. Parfois, il pousse un grognement de complaisance. La bouffe est pour ce géant de l'estomac une sainte fonction qu'il accomplit avec ferveur, comme un père chartreux ses dévotions.

Lorsqu'il en a fini avec son monstre, il cueille dans l'assiette de la rousse Violette les reliefs du sien, les emmayonnaise d'importance et les enfourne inexorablement. On voit bien qu'il est capable de tout manger, Béru : ce qui est comestible et ce qui ne l'est pas. Le vénéneux n'existe pas pour lui. Il est immunisé contre toutes les substances nocives. L'amanite phalloïde est un amuse-gueule, la ciguë un brin de salade. Il peut absorber une vache non dépecée, un arbre, un vélo, n'importe quoi ! Peut-être un être humain, pourquoi pas ? Qui nous assure de sa non-anthropophagie, après tout ? Simple question d'opportunité, de circonstances. Un boa n'est rien, comparé à lui. Le plus vorace des caïmans est un grignoteur de biscottes.

Nous nous sommes tus pour admirer l'exploit sans cesse renouvelé qu'est un repas d'Alexandre-Benoît.

Sa prestation a fini par mobiliser l'attention générale et les conversations se sont interrompues autour de nous. La serveuse regarde également, immobile. Le patron, en tablier bleu de caviste, s'est approché. Les autres convives ont cessé de manger.

Béru prend dans nos assiettes nos carcasses de crabes.

— Faut pas y laisser perdre, se justifie-t-il.

Il croque, craque, broie, saigne, avale, boit, rote, pète à toute allure.

— Il va pouvoir digérer ça ? s'inquiète le taulier.

— Pour lui, c'est de la crème fouettée, le rassuré-je.

— Il devrait travailler dans un cirque ! émet le tenancier.

— Il l'a eu fait, dis-je.

— J'ai l'ivrogne du pays qui peut bouffer un verre, mais une telle quantité de carapaces, jamais vu !

Lorsqu'il a achevé, le Gros pousse un soupir d'aise. Avisant le restaurateur, il lui déclare :

— Vous voulez que je vais vous dire, patron ? Le court-bouillon des crabes était pas suffisamment assez épicé, par cont' la mayonnaise est esquise.

Il se tourne vers sa serveuse :

— La suite, fillette, c'est pour bientôt ou pour tout d'sute ?

La môme, une luronne bien dodue, reste de marbre, son regard de faïence perdu sur l'océan qui déferle au loin. Sa Majesté examine les choses d'un peu plus près. Puis, joyeux, de s'exclamer :

— Violette, ma grande, t'es incorrigegible d' palper la moulasse à c't' serveuse. Si tu prend'rerais pas un pied géant quand j'te tire, j'finirerais par croire qu' ta longueur d'onde véritab' c'est l'gigot à l'ail. En tout cas, t'es une tout-terrain !

Et de nous commenter la vie sexuelle de la contractuelle :

— Faut dire qu'la Violette a eu une enfance masturbée. Sa daronne est morte en couches ; naturliche, son vieux s'est remarida. La belle-doche a fait un mariage d'oraison, n'en réalité l'était gougne. Viovio avait pas dix ans qu'é lu broutait l'frifri et s'faisait déguster la chaglatte. Paraît qu'é s'servait d'aubergines comme gode, c'te friponne ! C'est pas une éducance d'princesse, on a beau dire ! Lui en est resté des attirances, Violette ! Son bonheur, c'est la bagatelle à trois. Ell'raffole monicher une frangine pendant qu'é s'laisse baguer par un jules.

« Bon, r'tire ta pattoune d'sa culotte qu'è puisse nous servir. Si l'cœur l'en dit, on lu f'ra sa joie d'viv' après son service. Fais voir sentir tes doigts, Violette. E renif' la choucroute alsaco ! Je préfère à la limande pas fraîche ! Comme quoi, la Bretagne arrête pas l'progrès. L'bidet y a mis le pied, les jeunesses y ont pris goût et y n'en sortirera qu'par la force des baïonnettes ! »

Courroucé, M. Blanc donne un coup de poing sur la table et m'apostrophe violemment :

— Antoine ! Sommes-nous rassemblés pour faire un bilan de la situation ou pour écouter les délires érotiques de ce répugnant personnage !

Béru sursaute :

— Qu'est-ce y vient d'me traiter, Bamboula ? Répugnant personnage ! Un mec que le grand-père bouffait encore nos missionnaires ! Répugnant personnage, ce singe-panzé qui vient just' d'descend' d'son arb' ! Non, mais je croive rêver ! Sors dehors qu' j't'rent' dedans, niacouais ! Allez, sors, si tu serais un homme, qu'on s'esplique une bonne fois, bordel à cul ! D'puis l'temps qu'y m'cherche, y va t'enfin m'trouver, c' grand pas beau !

Mes paroles apaisantes et l'arrivée du gigot le calment. Un brin d'excuse proféré au second degré par Jérémie lui rend sa sérénité. Il se remet à manger.

A cet instant (comme on écrit dans les puissants romans suspensieux), le téléphone du bar se met à glaglater piteusement. Le taulier décroche :

— *Les Goémons* écoutent, déclare-t-il.

Et effectivement, « ils » écoutent par le truchement de son ouïe.

— Bougez pas, je vais voir, fait l'homme au tablier bleu après un instant d'attention.

Il lance à la canonnade :

— On demande M. Bérurier !

Le bâfreur stoppe son double mouvement d'épaules et de mâchoires. Son mufle de fauve brusquement débusqué se dresse. Il a les babines ruisselantes de jus de viande et trois haricots glissent sur ce qu'il est convenu d'appeler sa cravate.

— Moi ! fait-il à travers une livre de nourriture en cours de mastication.

Il déglutit l'ensemble.

— Qui peut-il savoir qu'j'sus ici ? interroge le Mammouth à la ronde.

Personne ne lui fournissant une version plausible, il se lève, va au biniou (nous sommes en pleine Bretagne).

— A qui ai-je-t-il l'honneur ? lance mon gracieux compagnon avec emphase.

La réponse le laisse sans voix. Depuis notre table, nous percevons le déclic du téléphone raccroché par le correspondant du Gros. Lui demeure encore quelques secondes avec le combiné à l'oreille. Puis il finit par le déposer sur sa fourche et revient à son assiette.

— Mystère et boule Quies ! déclare-t-il en reprenant sa truelle pour s'envoyer une plâtrée de fayots.

— Qui t'appelait ? questionné-je.

— Il a pas donné son blaze. Juste il a dit : « Vous ne devriez pas laisser votre voiture en plein soleil. »

— C'est tout ?

— Tout ce qu'il y a de tout. Puis il a raccroché.

Je me soulève de mon siège afin de regarder à l'extérieur. Devant le restau, il y a une place pavée, avec une statue en son centre qui représente un zig loqué dix-huitième siècle, brandissant son bicorne de façon conquérante. Nos tires sont rangées en épi autour de la statue. Celle du Gravos a l'air d'une épave arrachée à une montagne de carcasses promises à la compresseuse. Elle est noire et ce qui subsiste de carrosserie brille au soleil.

— Je vais voir, dis-je.

La ville est paisible à l'heure du déjeuner. En langueur. Pas un bruit. Ce n'est pas un soleil très vivace qui l'arrose, plutôt un jaune d'œuf de poule élevée en batterie. Entre deux immeubles, on découvre l'océan gris et blanc. Le bateau des îles passe précisément dans l'échancrure, et c'est une chouette carte postale.

Je m'approche de la guinde du Dodu. Très sincèrement, elle mériterait d'être exposée dans les Salons de Loto. Je la vois parfaitement sur un podium, cernée par des projos avec un panneau explicatif :

« Cette Citroën DS est la propriété de l'officier de police Alexandre-Benoît Bérurier qui continue de l'utiliser dans l'état où elle se trouve pour vaquer à sa vie professionnelle. »

Je considère l'intérieur : les banquettes crevées d'où jaillissent les ressorts, le plancher bouffé par la rouille qui permet d'apercevoir la route, le volant rafistolé par des étais de bois entortillés de chatterton, la boîte à gants sans couvercle, le pare-brise remplacé par du contre-plaqué dans lequel on a aménagé des meurtrières.

Oui, une pièce de musée. Musée de la loufoquerie. Seul mon cher et regretté Dubout pouvait concevoir pareil engin.

La carrosserie est bosselée, crevée, ravaudée. Le pare-chocs ressemble aux moustaches de Dali. Le coffre ferme avec du fil de fer.

Pourquoi le correspondant anonyme a-t-il déconseillé à Béru de laisser sa voiture au soleil ? Nous sommes donc observés, suivis ? On nous connaît !

Je détortille le bout de fil de fer qui garde le couvercle de la malle en position fermée. Ça grince sinistros lorsque je le soulève.

Ça grince bien plus fort dans ma tronche quand je vois ce que le coffre contient.

DÉLIBÉRATIONS

Elle est allongée en chienne de fusil dans l'innommable coffre, parmi des bidons, des reliquats de nourritures largement décomposées, des culottes de femme ayant servi à essuyer la jauge à huile, des outils déglingués, des magazines pornos, des bottes de caoutchouc pestilentielles, des moulinets hors d'usage et des tubes de vaseline crevés (le Gros doit fréquemment faire appel à ce produit pour investir les dames inaptes à accueillir sa surdimension).

Elle a la joue sur un sac à pommes de terre, ses deux bras sont repliés sous elle, ses genoux remontent presque à son menton et ses chaussures sont posées dans la pliure de son ventre ; sans doute les avait-elle perdues pendant son transport. On lui a tiré une balle sous le menton et le projectile a traversé la boîte crânienne, faisant exploser la calotte comme une noix de coco. Mais sous les cheveux bruns, l'effroyable blessure fait moins d'impression que si elle affectait le bon général de Bénouville.

Je me hasarde à palper. La rigidité cadavérique « a fait son œuvre », comme on dit immanquablement en de telles circonstances. Ça va être joyce de la sortir de son puant cercueil et il faudra attendre que ce phénomène inéluctable disparaisse avant de la placer dans une bière plus chrétienne.

Je rabats le couvercle. Il récalcitre vilain. Tout est nazé dans cette tire. Puis je rentortille le fil de fer servant de serrure de sécurité et regagne le troquet. Avant de m'attabler, je passe me laver les pattounes ; faut toujours, quand tu viens de tripoter un macchab'.

Le Mastar a déjà mis à mal le gigot, espère ! Lui a pratiqué une de ces brèches que tu vois briller l'os, bongu ! Sa boulimie s'exaspère, céziguemuche ! La platée de haricots au jus baisse de niveau. La Pine, qui chipote sur la souris, fait tout mignard à côté ; lui, c'est un freluquet de la bectance, un œuf coque le nourrit. Il s'alimente au Muscadet. Seul, M. Blanc clape raisonnablement, en homme équilibré.

Lorsque je radine, il m'interroge du regard. Je lui vote une mimique de circonstance, remplis mon godet et l'écluse cul sec.

Le gigot ne me dit plus rien, les fayots non plus. Mentalement, je reste penché sur la malle de la DS.

— Violette, appelé-je (le Gravos se trouvant provisoirement hors d'usage), lorsque les deux gendarmes ont embarqué Ellena, cette nuit, avez-vous entendu une détonation quelconque après leur départ ?

— Non, commissaire.

— Ils étaient en voiture, naturellement ?

— Oui.

— Vous avez donc perçu le bruit de son moteur ?

— En effet.

— Réfléchissez : ce ronflement s'est-il produit rapidement ou au bout d'un certain temps ?

Elle gamberge.

— A ton avis, Gros Loup ? demande-t-elle à Alexandre-Benoît.

Ayant la bouche comble, Gros Loup pète, mais en salve.

Violette se décide.

— Le moteur a ronflé très vite, commissaire.

— Sûr ?

— Certaine. Seulement…

— Seulement ?

— Ils ne sont pas partis tout de suite, comme s'il y avait eu quelque saleté dans le carburateur ; ils l'emballaient, comprenez-vous ?

Tu parles, si je comprends. Ils ont pratiqué ainsi pour couvrir le bruit de la détonation.

— Tu ne manges pas, Antoine ? s'inquiète le vigilant Pinuche.

— J'ai plus faim.

Et, tout de go, je leur balance la vérité :

— Les faux gendarmes ne sont pas venus dans la maison pour libérer la Mencini, mais pour l'exécuter !

Ils bouchebéent, y compris Béru, qui se met à baver ses flageolets comme une religieuse égrène son chapelet.

— Elle est clamsée ? finit-il par demander, libérant de ce fait une portion considérable de haricots.

— A bloc !

— T'es sûr ?

— Il suffit que tu ailles ouvrir le coffre de ta bagnole pour t'en assurer !

— Tu voudrerais dire qu'elle est d'dans ?

— Elle y est ! Du moins ses restes s'y trouvent.

— Les vaches ! C'est ben pour dire d'm'faire chier, non ? nous prend-t-il à témoin.

Je trouve un peu sobre l'oraison funèbre de la pauvre Ellena.

— Cette affaire est démesurée, déclaré-je. Il est temps de la considérer minutieusement. Son ampleur, admettons-le, nous dépasse. Nous avons l'air de guignols, mes pauvres amis. Depuis que nous avons débarqué à l'institut, le massacre continue et même s'accélère. Je m'attends à tout. Au début, j'ai cru aux agissements d'un fou. Mais il y a dans tout cela une organisation sous-jacente qui prouve qu'il n'en est rien. Je vous propose de reprendre maillon par maillon, la chaîne des meurtres horrifiques.

— On mange pas le fromage avant ? s'inquiète Gras-Triple.

Nous n'avons cure de son interruption.

Pinaud repousse son assiette sans avoir terminé la souris. Il sort une lettre de sa poche, laquelle n'est écrite qu'au recto, et lisse le verso devant soi. Puis il s'arme d'un stylo en or massif.

— Je prendrai des notes, nous confie-t-il. Il est important de conserver la trace d'une conversation de ce genre.

J'approuve sa conscience professionnelle. M'étant éclairci la gorge, je commence :

— Premier épisode… Quatre curistes, qui ne se connaissent pas particulièrement, font trempette dans une piscine. Ce sont des hommes sans importance particulière. Destins passe-partout, fins de vie aisées. Pendant qu'ils barbotent, un type déguisé en ouvrier se pointe avec un prolongateur électrique branché et le plonge dans l'eau du bassin ; les quatre vieux kroums sont rectifiés. Leur monitrice qu'on avait appelée au téléphone revient, croit qu'ils ont eu un malaise et, courageusement, se porte à leur secours, ce qui a pour effet de rendre son mari veuf à l'instant. Donc, nous devons consigner un meurtrier mâle.

— Plus une complice, précise Jérémie : la femme qui a demandé la monitrice.

— Très juste, Auguste. Tu notes, Pinuche ?

— C'est fait !

Bérurier happe le plateau de fromages apporté par la servante. Sa camarade de coït en profite, l'incorrigible, pour glisser sa dextre sous la jupe de l'ancillaire, laquelle n'en prend pas ombrage, se contentant d'en sourire niaisement.

Le Gros se sert copieusement : un demi-munster, manière de se faire un palais ; un morceau de roquefort gros comme la bible et enfin deux chèvres mi-frais.

Il gronde :

— Lâche la figue à mam'zelle, qu'elle puissasse aller chercher du rouge. Je verrais très bien un bourgogne, petite, du genre Pommard, si vous verriez ce qu' j'cause ?

La servante remet en place, à travers sa jupe, son slip déplacé par les agaceries de Violette, et qui lui fendait la moniche.

— Passons au second épisode, décidé-je, l'assassinat de la vieille Italienne. Pendant que la *signora* subissait son enveloppement d'algues, le meurtrier est entré dans sa cabine et l'a étouffée en lui plaquant un paquet de boue sur le visage. Après quoi, il s'est évacué par le velux aérant la cabine. J'ai fait le parcours. Il y avait des traces de boue verte sur le toit, ainsi que dans la courette qui la domine. La buanderie donne sur cette cour. Le meurtrier se débarrasse de sa blouse maculée et la jette dans une manne de linge sale.

— Blouse d'homme ou de femme ? questionne le Gros.

Je reste deux ronds de flan caramel ! Tu sais quoi, Benoît ? *J'ai pas songé à vérifier !* Oui, moi, le fameux commissaire San-Antonio, l'as des as. J'ai enregistré la présence de cette blouse et suis passé. Pourquoi cette négligence ? Je m'ausculte la pensarde. Je crois trouver une réponse : parce que, sur le moment, je n'envisageais pas une seconde que le meurtrier pût être une meurtrière.

— D'homme ! réponds-je honteusement ; mais ça ne signifie rien car une femme peut mettre une blouse d'homme.

— Alors que le contraire est impossible, souligne Pinuche. Ensuite, grand ?

« Dans le local voisin se trouve une employée : la dame Gabot qui partage ses activités entre la blanchisserie et la douche à forte pression. Je l'interroge, elle n'a rien vu. Ce second forfait a-t-il été perpétré par l'électrocuteur du début ? Par sa complice du téléphone ? Par une troisième personne ? A voir !

« La morte est une riche Italienne, mère d'un constructeur d'automobiles fameux. Elle a pour dame de compagnie une personne étrange dont nous apprendrons qu'elle a dirigé à Rome une section des Brigades Rouges et qu'elle a effectué des séjours prolongés aux quatre coins du monde, c'est-à-dire une dangereuse aventurière. »

Un silence.

La servante revient avec une bouteille aussi accorte qu'elle. La présente à notre approbation. On opine machinalement. Elle vrille alors son tire-bouchon, mais ça résiste. Galant, Bérurier se propose. Il dépucelle la quille de Pommard recta.

— Voilions voir que j'le goûte, fait-il en emplissant son verre.

Il engloutit, clape de la menteuse, dubitative du chef, reverse un plein godet, le revide.

— Corrèque, déclare l'oracle. Je croiliais au premier ras bord qu'il était bouchonné.

Et d'emplir sa coupe pour la troisième fois, ce qui nous laisse une demi-boutanche à nous partager.

— Pour en revenir à Ellena Mencini, réattaqué-je, certains indices m'induiraient à admettre qu'elle a bien pu rectifier la vieille de ses mains. La chose est à approfondir. D'autre part, le fils de la morte, le fameux bagnoleur Aldo Morituri, donnait l'impression d'être de connivence avec Ellena.

La serveuse est tout contre Violette qui lui fourrage l'entrejambe avec ardeur et conviction. Béru, déclenché, part en exploration à son tour, et le couple infernal se met à triturer la figuasse de la môme avec une superbe impudeur qui force l'admiration.

— Troisième épisode, annoncé-je, le jet d'acide ! Les « démons » de l'institut branchent la lance d'arrosage sur un réservoir d'acide. C'est la bonne femme de la lingerie qui manœuvre le jet et carbonise un pauvre vieillard chenu. Mort atroce ! Comment cette morue ne s'est-elle pas aperçue plus rapidement de ce qui se passait ? Il faut convenir que, dans ce traitement, le patient se trouve à une certaine distance de l'arroseuse. Que retenir de ce forfait ? Qu'il a fallu de la main-d'œuvre pour amener le réservoir d'acide et opérer le détournement. Une personne seule n'y aurait pas suffi.

Pinuche continue d'annoter. Jérémie m'écoute, le menton dans ses mains, son gros regard blanc et noir posé sur moi. Bérurier et sa pétasse s'activent sur la pauvre serveuse égarée qu'ils triturent comme des chiens ! La môme dont on force les orifices sud exécute un curieux mouvement de balancement pour activer la manœuvre. Elle a les yeux en code, les dents crochetées, le nez pompeur. Je vois venir le moment où elle va s'affaler.

Des clients qui se sont aperçus du manège cessent de briffer et, fascinés, regardent l'étonnant spectacle.

— Quatrième épisode, poursuis-je inexorablement.

Il me concerne. Quelqu'un place une bombe sous mon plumard ! Ce qui prouve qu'on a découvert qui j'étais et qu'on me redoute. Question : pourquoi me redoute-t-on ?

— Parce que tu as une réputation éblouissante, déclare M. Blanc.

— Peut-être, immodesté-je, mais, si vous voulez le fond de ma pensée, *on a peur que je découvre la vérité avant que ne soit perpétrée la chose essentielle.* Ces meurtres sont des hors-d'œuvre avant le plat de résistance.

— Comme tu y vas ! s'écrie César Pinaud. Que sera ce plat de résistance si l'hécatombe que tu détailles est considérée comme de la broutille !

— Je sens les choses ainsi, réponds-je. J'espère me tromper. Donc, on veut me buter. Ma veine jouant, j'en réchappe.

La serveuse fléchit des cannes. Elle vient de s'accouder délibérément à notre table, le front posé sur ses bras, le cul tendu haut, les jambes écartées. Béru et Violette cigognent à tout-va. Ils ont cessé de m'écouter. Le Gros est apoplectique.

Il grommelle :

— Charogne ! Quelle babasse ! J't'vas t'l'emplâtrer sans beurre, celle-là ! J'sais pas qui est-ce qui l'a déberlinguée, mais d'vait z'êt' monté cosaque, l'frangin ! Ou alors, elle s'est dépoté l'trésor à la bett'rave sucrière. Une d'mon village f'sait ça. Elle la pelait qu'ça soye lisse et s'la carrait entièr'ment dans la tirelire ! Elle c'était une bett'rave fourragère. La fourragère est aussi grosse qu'la sucrière, mais plus longue ! Entière, j'vous dis ! Une vaillante, la fille Marchandise ! Jamais feignante du cul, j'vous l'affirme ! On lui f'sait des godes av'c des épis d' maïs ; elle raffolait !

— Cinquième épisode ! laissé-je tomber en montant

le ton pour couvrir les obscénités béruréennes. Nous embarquons Ellena Mencini avec l'intention de la faire parler. Mais, en pleine nuit, deux faux gendarmes viennent la chercher à l'endroit, que nous espérions secret, où nous la détenions. Ils la tuent froidement et placent son corps dans la voiture de Béru. Donc, nous avons la preuve que les effectifs des tueurs de l'institut comportent au moins trois personnes : la femme qui appela la monitrice des quatre électrocutés au téléphone et ces deux gendarmes bidons. Passons maintenant au sixième épisode !

— Oh ! Oh ! là ! Oh ! la la ! Oui, voui, vouiiii ! lance la servante.

Béru dégage sa dextre du piège délicieux où il l'avait engagée.

— J'croive qu'la pauvrette part en sucette ! déclare-t-il. On y est été trop fort, moi et Violette ! Elle contrôle mal des sens. J'vas la terminer su' l'pouce.

Il se dresse, relève la jupaille de la fille dont Violette a déjà baissé la rude culotte, et béante de la braguette.

Tourné vers les clients, il les harangue avec beaucoup de simplicité.

— Mehâmes, messieurs, apostrophe le Chérubin en déballant sa rapière de quarante centimètres, j'vous d'mande pardon d'mescuser, mais y a des cas dans la vie où les conv'nances on s'assoye d'sus. C'te gamine est à bout d'nerfs, c'est comme si é nous f'rait d'la noyade précoce, et qu'on dusse y pratiquer l'bouche-à-bouche. J'sus pas l'genre d'homme à r'culer d'vant mes responsabilités. Notez qu'si un m'sieur d'ent' vous aimerait s'charger d'la b'sogne, j'lu laisse la place estrêment volontiers. Non ? Pas d'amateur ? Bon, en c'cadastre, j'vas usiner, prenez pas ombrage, c'est la nature qui cause.

Et il s'attelle.

— J'ai dit que nous passions au sixième épisode ! persévéré-je.

La table tremble, la vaisselle vibre, la serveuse glousse, Béru ahane, Violette pelote les énormes chardons sombres que sont les plantureux testicules du Gros. Et moi, indomptable :

— Sixième épisode : l'assassinat de la dame Gabot, noyée dans sa bassine d'eau ! L'objet de ce meurtre ? Il est clair, il s'impose : la femme savait quelque chose ou, du moins, « les autres » étaient persuadés qu'elle savait. On l'a supprimée par mesure de sécurité. Combien étaient-ils, ses assassins ? Nous n'avons pas de précision sur ce point. La gendarmerie enquête, peut-être découvrira-t-elle des éléments intéressants en questionnant le voisinage ?

« Septième épisode enfin et, provisoirement dernier : Aldo Morituri se pend près du corps de sa mère. Là, il s'agit *réellement* d'un suicide. Ce qui l'a déterminé ? Le décès de sa vieille maman ? Je ne le crois pas. Je pense plutôt qu'il est consécutif à un appel téléphonique reçu dans la nuit. Sur l'instant, j'ai pensé qu'il émanait d'Ellena Mencini. Je me gourais, puisqu'elle était morte. Voilà, mes amis, nous en sommes là. »

Le patron au tablier bleu qui radine de sa cuistance stoppe en voyant le Mammouth fourrer son employée.

Il regarde ses clients silencieux et, la voix sourde, questionne :

— Qu'est-ce y lui fait ?

Il amorce un pas, étudie le couple, sa position, ses mouvements, ses réactions sonores.

Se tournant à nouveau vers les convives :

— Il la chausse, non ?

Mutisme général.

— En levrette, si je comprends bien ? Hein, dites, c'est ça : en levrette ?

Il tape sur l'épaule du Gros :

— Dites, foutez-la-moi pas enceinte, surtout. Elle est tellement barjot, la Léa, qu'on s'demande où elle en est avec la pilule. Elle est capable de prendre des pastilles Valda à la place !

— Faites-vous pas d'souci, patron, on sait viv' ; mais vous avez bien fait d'm'préviendre, le rassure Béru.

Il détourne la tête et considère le sol.

— C'est pas d'la moquette, c'est du carrelage, constate Alexandre-Benoît, *no* problème ! Notez qu' si ç'aurait été d'la moquette, Mam'zelle Violette se fût fait un plaisir d'm'attend' Popaul à la sortie des artiss' pour une dégustation espress. L'sirop d'homme, c'est sa folie !

TOUCHE PAS À MON POTE

— Dix morts et un attentat, déclare Pinuche en un rapide bilan, après avoir renfouillé ses notes. La certitude d'être en présence d'au moins trois malfaiteurs, ainsi que tu l'as observé, cher Antoine.

Je regarde la servante qui s'éloigne en trottinant, les jambes serrées.

— Hé ! gosse ! l'interpelle Béru, quand tu t's'ras décamoté le fion, t'amèn'ras une serpillière.

La clientèle s'est remise à manger.

Froid.

Le taulier va de table en table recueillir le bénéfice de ce spectacle incourant que constitue un coït perpétré avec fougue et simplicité devant une assistance non préparée.

— C'est les choses de la vie, fait-il. Le petit garçon n'a pas eu peur, là ?

Le couple qu'il interpelle répond que le marmot ne s'est rendu compte de rien, demande s'il y a des chambres disponibles et s'il serait possible de faire garder l'enfant une petite heure.

Bérurier réclame une nouvelle bouteille. Sa chère camarade d'équipée lui masse la membrane à travers son futiau en lui gazouillant comme quoi c'était superbe et qu'elle s'en ferait volontiers glisser une après le caoua. Béru répond casse la tienne, il est à dispose.

— Dix morts ! réitère Pinuchet, inexorablement professionnel.

— Oui, amertumé-je, ce qui revient à dire que, depuis mon arrivée, la mise a été doublée.

Le Gravos demande ce qu'on va faire de sa passagère clandestine. Il convient que sa bagnole n'est pas très fraîche, mais de là à servir de cercueil, tu permets !

— Tu vas aller déposer le corps dans un coin tranquille, décidé-je, assez loin d'ici de préférence, il y a suffisamment de viande froide comme ça dans le secteur et nos bons gendarmes ne savent plus où donner de la giberne. Quant à Pinaud et Jérémie, ils vont se rendre dare-dare en Italie enquêter sur la vie privée d'Aldo Morituri. Un gonzier qui se pend à la suite d'un coup de turlu ne devait pas avoir une existence très *clean* ; je pressens des sacs de nœuds là-dessous.

Mes chers compagnons d'épopée opinent, soumis.

— Prends bien garde à toi, Antoine, recommande Pinaud ; n'oublie pas qu'on a dynamité ton lit. Le fait que tu aies échappé à cet attentat ne te met pas à l'abri des prochains, car il y en aura d'autres, tu le comprends bien !

— Fais-toi pas d'mouron, l'Ancêtre, j'sus là ! le réconforte Béru. Doré d'l'avant, on couch'ra dans sa chamb, moi et Violette. Pas vrai, Violetta ?

La rousse m'envisage d'un regard cloaqueux.

— Avec plaisir, déclare-t-elle, sincère.

Retour à l'institut, je me mets en quête de Marinette Sogrenut, la secrétaire d'Alexis, et je la trouve dans la grande salle des conférences que l'on est en train d'aménager en salle de bal pour demain. C'est elle qui surveille les opérations. Le charpentier du pays aménage une estrade pour l'orchestre. Un technicien radio prépare la sono. Des garçons de peine tendent les murs de draperies colorées tandis que d'autres apportent des plantes vertes et des tréteaux pour dresser le buffet.

Cette atmosphère de kermesse nous change un peu de l'ambiance morbide dans laquelle s'enlisait l'établissement.

En me voyant débouler, la dodue dame s'épanouit tranche de pastèque et vient à moi en tangotant des miches.

— Vous me cherchez ? espère-t-elle.

Je réponds qu'oui et ça lui indigne la ménopause démarrante.

— Vous voulez que nous passions dans le petit bureau d'à côté ? Il ferme à clé.

— Volontiers, fais-je, mais pour l'instant, notre entretien ne sera que professionnel, hélas.

Elle a un sourire dubitatif car elle compte sur la féerie de l'instant pour me détourner du devoir.

Nous voici donc dans une minuscule pièce de dix mètres carrés, meublée d'un bureau, d'un classeur métallique et de deux chaises.

Prudent, je la face à face.

— Ma chère amie…, commencé-je.

Elle glousse :

— Appelle-moi ta chose, appelle-moi ta chérie, grand fou !

Docile, je retourne à la *casse* départ, comme disait un vieil imprimeur[1] de mes amis.

1. Astuce compréhensible seulement pour ceux qui connaissent les milieux de l'imprimerie.

— Ma chère chose et amie, reprends-je, j'aimerais que vous me parlassiez de la dame Gabot.

— Le bruit court qu'elle est morte ? s'alarme-t-elle.

— Exact.

— Crime, accident, suicide ?

— Vous oubliez mort naturelle ; les femmes aussi ont droit à la crise cardiaque parfois. De toute manière, le point sera éclairci. J'aimerais que vous me disiez qui Mme Gabot fréquentait particulièrement à l'institut. Dans ces grands établissements où la main-d'œuvre est nombreuse, des amitiés se nouent, parfois des liaisons. Votre position vous permet de coiffer tout cela, ma douce Marinette.

Elle se confectionne des bajoues simplement en baissant la tête.

— Pourquoi ne me tutoies-tu pas, après ce qui s'est passé entre nous, merveilleux fou ? râle l'énervée du moustachu.

— Ce ne serait pas prudent, nous risquerions de nous trahir, expliqué-je.

— Tu éprouves quelque chose pour moi, au moins ?

— Indiscutablement, garantis-je.

— De fort ?

— D'intense !

— Quand nous reverrons-nous ?

— Et nous reverrons-nous ? ô maison de mon père, ô ma maison que j'aime ! déclamé-je, en hommage à Péguy et à Jeanne d'Arc réunis.

Ça ne fait pas son blaud, Marinette. La poésie, elle se la bourre dans le frigoulet.

— Caresse-moi ! supplie-t-elle.

— Ce serait d'une folle imprudence.

— J'ai fermé à clé !

— Il ne faut pas. Si quelqu'un veut entrer et s'aperçoit que nous sommes barricadés…

Je me lève pour débonder la caroube. Elle éplore :

— Méchant !

— Il y a un temps pour tout, ton beau cul ne perd rien pour attendre ! jeté-je du lest.

Elle sourit :

— Ce soir, chez moi ? Mon mari fait partie de l'harmonie et il répète.

— J'irai ! menté-je.

— Rue de l'Eglise, au 8 !

— C'est enregistré, me frappé-je le front.

— Je préparerai du café fort.

— Jamais le soir.

— J'ai une culotte noire !

— Bonne nouvelle.

— Fendue !

— Le diable en soit loué !

— Je la mettrai !

— J'y compte !

— J'ai aussi un vibromasseur !

Je commence à bouillir à 90 degrés, comme l'angle droit, je dis puis toujours, vu qu'il n'y a que l'eau froide qui puisse bouillir à cent degrés.

— Ecoute, salope chérie, tu me mets au parfum pour la dame Gabot, sinon tu seras privée de bite au dessert !

Elle rit.

— Tu veux savoir quoi, au juste ?

— Je te le répète : ses amitiés ici, voire ses liaisons si elle en avait.

Et l'autre, le regard salingue.

— Elle en avait une, oui ! Ça t'étonne, hein, moche comme elle était ?

— Rien ne m'étonne en la matière. Qui ?

— Karim Karabi.

— Un Arabe ?

— De Tunisie. Il s'occupe de l'entretien. Et, tu vas voir le plus beau : il est jeune ! Ça ne l'empêche pas de se taper la Gabot !

— Il est jeune, mais il est seul ? supposé-je. La femme au pays avec les gosses ? Il envoie sa paie. Mieux vaut enfiler la mère Gabot que ses copains de chambrée. Leur aventure était connue ?

— De tout le monde. C'est lui que j'ai chargé de raccompagner la Gabot chez elle, après sa crise de nerfs, suite au drame de l'acide.

— Il a une tire ?

— Non, mais il pilote une fourgonnette de la maison.

— Il travaille, aujourd'hui ?

— Il est tout à côté, dans la salle de bal, fait Marinette.

— Dis-lui de venir et laisse-nous.

— Tu me rendras visite, ce soir ?

— Promis.

— Jure-le !

Jurer à propos d'une promesse que tu n'as pas l'intention de tenir, c'est un cas de conscience, ça, pour un honnête homme !

— Je ne distribue pas les serments comme des prospectus ! objecté-je sévèrement.

— Alors, tu ne viendras pas !

Elle sort, meurtrie jusqu'au fond du slip.

— Connasse ! l'invectivé-je intérieurement. Evidemment que je n'irai pas !

Et pourtant, les circonstances feront que j'irai. C'est pas banal, la vie. Mais n'anticipons pas !

Il est tout plein sympa dans sa blouse blanche, Karim Karabi. Chevelé à l'hirsute avec une tignasse à ressort qu'aucun couvre-chef ne saurait emprisonner ; le regard brillant, les cils interminables, une cicatrice sur le pif car il a dû s'essayer à la boxe, une oreille légèrement chou-fleurée. Et baraqué, le gus, comme un lutteur de foire. Elle s'emmerdait pas, la Gabot, à se faire chausser par ce malabar. Une tarderie comme elle, tu parles d'une aubaine ! Elle a eu raison de passer outre le racisme. Certes, il est particulièrement bronzé, le Tunisien, ayant *probably* du raisin *black* dans les pipe-lines ; très café olé ! Une remontée soudanaise dans les oasis de Nefta, probable. Les conquêtes malaxent le cul ! Modifient les pigmentations ! Autrefois, c'étaient les conflits armés qui assuraient les croisements, désormais, ce sont les transports. Les voyages ont tué la guerre.

Il entre, avec le regard en point d'interrogation. Curieux et inquiet, toujours.

— Salut, fiston, familiarisé-je en lui tendant ma main loyale.

La sienne est douce et fraîche comme l'eau d'une noix de coco.

— Asseyez-vous, mon vieux.

Il regarde la chaise avant de s'y déposer, comme s'il redoutait qu'un serpent à sornettes s'y trouvât lové. (Soldat, love-toi ! Sonnerie de clairon matinale !)

— Mon cher Karim, attaqué-je, il faut qu'on bavarde gentiment. Je vais vous poser des questions indiscrètes, mais soyez tranquille, vos réponses, elles, seront tenues secrètes. Le bruit court que vous baisiez la dame Gabot ?

Il reste coi, puis il a un sourire désarmant de candeur.

— Oh ! je la baisais pas : juste un petit coup dans le cul, de temps en temps.

— La moindre des choses, en somme ?

— C'est ça : la moindre des choses.

— Elle aimait la bite ?

Il hausse les épaules.

— Ce qu'elle aimait, c'était un petit coup dans le cul, juste la moindre des choses.

— Souvent ?

— Souvent, non : le soir, comme ça. Je passais lui mettre un petit coup dans le cul, la moindre des choses.

— Elle vous invitait à souper ?

— Souvent, oui, disons tous les jours. A peine ! On mangeait la soupe, l'omelette. Je lui foutais un petit coup dans le cul, la moindre des choses, et je rentrais au foyer maghrébin.

— Elle était gentille, Mme Gabot ?

— Très gentille, elle chantait toujours. Des fois, elle avait ses crises, alors elle mettait du lard dans l'omelette pour me faire chier que je suis musulman et que j'en mange pas. Mais c'était rare. A cause de ses rhumatismes qui la bloquaient de partout et la rendaient gringrin. Quand elle était pas gentille, au lieu de lui foutre un petit coup dans le cul, je lui filais mon zob dans le cul. Ça la faisait gueuler et, le lendemain, elle redevenait gentille.

Il rit, mis en confiance par notre converse à bâtons rompus.

— Tu sais qu'elle est morte ? fais-je, passant au tutoiement pour resserrer nos relations.

Il rit :

— Oui, je sais : elle s'est noyée dans sa bassine ! Elle était con, je te jure ! Dans une bassine !

Ça lui paraît vachetement farce, un trépas pareil. Le bout de la rigolade.

— Ça ne te fait pas de peine qu'elle soit cannée ?

— Si, assure-t-il.

Et instantanément des larmes voilent son regard scintillant. Il murmure :

— C'était une brave femme, elle chantait toujours. Je sais pas ce qui lui prenait de toujours chanter. Des fois, même pendant que je lui mettais un petit coup dans le cul, la moindre des choses, elle chantait encore.

— Hier soir tu es allé la voir ?

— Oui, comme je faisais de temps en temps tous les jours.

— Elle t'a parlé de son travail ?

— Oui, elle parlait tout le temps de son travail quand elle chantait pas : des collègues, des patrons, des clients. Y en a qui la faisaient chier.

— Elle t'a parlé de ce qui lui était arrivé dans la cabine du grand jet ?

Il s'hermétise. Visage neutre. L'ombre de la gravité fonce davantage ses traits.

Silence.

Je lui souris.

— Ça t'ennuie de me répondre ?

— Elle m'a fait jurer sur le Coran de ne pas en parler, j'ai juré, j'en parle pas.

— C'est très bien, Karim, bravo !

Je lui tends la dextre par-dessus le petit burlingue. Il la presse, surpris.

— J'aime les hommes comme toi, fiston, déclaré-je. Des hommes de confiance. Tu jures de ne pas parler et tu ne parles pas, chapeau !

Il a un sourire heureux.

— Seulement, fais-je, il y a un détail que tu oublies, Karim : Mme Gabot est morte. Ton serment, tu l'as fait à une vivante, pas à une morte. Il tient plus.

— Tu crois ? sursaute-t-il.

— Ben, réfléchis ! Elle n'existe plus, donc le serment n'existe plus non plus, tu saisis ?

Il gamberge.

— C'est vrai, finit-il par reconnaître.

— Tu es très intelligent, Karim. Tu as fait de la boxe, n'est-ce pas ?

— Oui.

— Pourquoi as-tu arrêté ?

— Mon père l'a su, au pays, et il m'a interdit de continuer.

— Dommage, tu serais devenu champion du monde.

— Je sais, admet-il modestement.

— Maintenant, répète-moi très exactement ce que Mme Gabot t'a raconté.

— Elle m'a dit tout.

— Quoi encore ?

— Elle giclait le père Moncornard. Et puis c'est de l'acide qui a coulé et le vieux, ça l'a bousillé. Elle a cru devenir folle, Mme Gabot. Tellement secouée elle était qu'a pas eu moyen de lui en foutre un petit coup dans le cul, la moindre des choses. Elle a dit qu'elle savait pourquoi on avait fait ça et qu'il va arriver du mal à quelqu'un d'important, de très important. Le père Moncornard a parlé avant sa douche. Et après, Mme Gabot a dit qu'en réfléchissant par la suite, elle a pigé ce que le vieux voulait dire…

— Qu'a-t-il dit ?

Il hausse ses épaules de champion du monde par contumace.

— Je lui ai demandé, mais elle a répondu que j'étais trop con pour comprendre ; vraiment, ça allait mal dans sa tête, la bourrique ! J'ai pas insisté. Qu'elle se chie, hein ?

— Exactement, conviens-je. Mais toi qui es d'une intelligence de boxeur, tu n'as pas ta petite idée ?

— Grande ou petite, j'ai pas d'idée, déclare franchement Karim Karabi, garçon loyal et objectif. Pas d'idée du tout. J'ai essayé, au début que j'étais en France, mais les idées que j'avais concordaient jamais avec celles des Français et se retournaient contre moi. Alors, j'ai laissé tomber.

— Tu es un sage. Maintenant, il va falloir que tu te trouves une autre copine, mon pauvre vieux ! Ou alors que tu prennes du clignotant avec tes camarades de chambrée.

Il soupire.

— Je vais essayer la mère Fayol qu'est aux cuisines. Elle a un énorme cul qui déborde quand elle s'assoit. Un jour elle m'a touché le pantalon à l'endroit du zob en me disant : « Y a l'air d'en avoir un beau paquet, là-dedans. »

— Effectivement, c'est un signe encourageant, fais-je. Tu connaissais le père Moncornard ?

— Oui, un vieux salaud. Il vient toutes les années.

— Pourquoi prétends-tu que c'était un vieux salaud ?

— Il se pointe chaque fois avec une gonzesse nouvelle, généralement jeune. Il la traite comme du poisson gâté et, au bout de quelques jours, elle fout le camp. Il les faisait pleurer, ce dégueulasse !

Il est rétrospectivement courroucé par les butorderies du père Moncornard ; lui, c'est un tendre dans son genre, Karim Karabi. Sans donner à la femme une place prépondérante dans la société, il ne l'en respecte pas moins.

La porte s'ouvre et un quinquagénaire gris de poils, à l'air chafouin, surgit pour apostropher mon interlocuteur :

— Hé ! dis donc, le raton laveur, y a du boulot ! Laisse pas les autres s'appuyer le gros œuvre.

Et de me défier d'un regard en comparaison duquel

deux glaves de tubar ressemblent aux yeux angéliques de la gentille Bernadette Soubirous.

Je laisse filer Karim.

Au reste, il n'a plus rien de palpitant à m'apprendre.

Quand je quitte le petit burlingue, je tombe sur Alexis, venu surveiller l'aménagement de la salle des conférences.

— Il faut être dément pour organiser un bal avec tout ce qui vient d'arriver, déclare-t-il. J'ai de ces bouffées, si tu savais ! Je voudrais congédier tout ces gens : clients et personnel, et sauter dans le premier avion venu.

— Tiens bon, l'ami ; notre existence est cyclique : après la merde vient le miel !

— Il arrive qu'on s'y enlise, dans la merde, et qu'on y crève !

— Nous touchons au but, menté-je.

— Dans quel état sera mon institut ! lamente Clabote. Franchement, Antoine, en t'appelant à la rescousse, j'espérais autre chose.

— Je ne suis pas le bon Dieu, mais un simple poulet, plaidé-je. Nous sommes aux prises avec une espèce d'organisation qui a bien préparé son affaire. Nous ne connaissons rien de ses desseins. Pourquoi supprime-t-elle tes clients ? Dans quelle perspective ? Te nuire ? Le prétexte est un peu fragile ; il n'est pas besoin d'un massacre pour couler une maison.

— En attendant, c'est tout de même moi qui trinque, grince Alexis. A la fin de cette affaire, je n'aurai plus qu'à fermer boutique et à retourner au pays !

— Chiale pas, merde ! Quand tu jouais au rugby, tu m'as raconté, qu'un jour, les Anglais vous menaient quinze-zéro à la mi-temps et que vous avez tout de même gagné la partie ! Là, nous sommes menés dix à zéro mais nous remporterons le match ! Cela dit, j'ai besoin de ta participation, talonneur !

— Qu'est-ce que je peux faire ? soupire le mari de Lucette.

— Eclairer ma lanterne sourde, mec. Tu m'as dit que le père Moncornard venait ici avec une souris. La dernière en date serait partie depuis peu ; il me faut l'identité et l'adresse de cette donzelle.

— Pour quelle raison ?

— Il ne t'échappe pas que je suis commissaire et que j'ai des raisons d'interroger sans qu'on me réponde par d'autres questions ? le rembarré-je.

Il se ferme comme l'escarguinche en hibernation, quand il construit son petit mur de l'Atlantique pour s'isoler du monde.

D'un pas rageur, il me guide jusqu'à la réception. Répercute ma question à Gaston Lamoul, le chef. Celui-ci, lunettes de notaire et mémoire d'éléphant, récite, tout en farfouillant dans un fichier :

— Gladys Touraine, boulevard de la Gironde, Bordeaux !

Et puis il sort un bristol et nous le tend avec emphase, car la fiche confirme ce qu'il vient d'énoncer. Et alors, bravo ! Est-ce qu'il empoche les mille francs ou s'il revient faire quitte ou double la semaine prochaine ?

— Géant ! approuvé-je. Quel professionnalisme ! J'espère que M. Clabote vous paie selon vos mérites !

Mon pote grince des dents, n'appréciant pas la boutade. C'est vrai qu'il est mauvais coucheur.

— Cher monsieur Gaston, voulez-vous essayer de m'obtenir cette personne au téléphone ?

Le gonzier, très coopératif, passe dans le compartiment de la standardiste.

— Tu n'as plus besoin de moi ? hargnit Alex.

— Plus pour l'instant.

Là-dessus, Lucette, ma fabuleuse, paraît. Elle porte un tailleur Chanel. Tweed marron, chaînettes et boutons d'or, chemisier grège. Elle bandouille un sac, également Chanel, à l'épaule.

— Tu pars ? demande Alex.

— Tu sais bien que j'ai rendez-vous chez mon dentiste, à Vannes.

Il hausse les épaules.

— J'ai d'autres préoccupations, bougonne-t-il.

Le mufle ! Ah ! qu'un homme comme cela mérite bien d'être cornard ! Et comme il est gentil d'alléger mes remords !

M. Gaston réapparaît.

— Cette dame n'est pas chez elle, déclare-t-il. Quelqu'un m'a demandé ce que je lui voulais, j'ai dit qu'elle avait oublié un bijou à l'institut. On m'a répondu de le lui adresser à l'*Hôtel Grand Large* de Port-la-Craquette.

— C'est à trente kilomètres d'ici, m'explique Alex, un établissement qui voudrait nous concurrencer, mais qui végète car il n'a ni notre infrastructure ni notre compétence et encore moins notre confort !

Ça y est, le voilà qui dindonne, pigeonne, paonne, rengorge. Vanité toujours présente. Tu te grattes l'orgueil et tes ongles puent la merde !

— Tu veux rencontrer cette bonne femme ? demande-t-il.

— Le plus vite possible.

— Lucette peut t'y déposer, c'est presque sur sa route !

Décidément, les cocus ne changeront jamais.

— Je ne voudrais pas la déranger, balbutié-je hypocritement.

— Penses-tu, elle s'en fera une joie, n'est-ce pas, Lucette ?

LE CHEMIN DES ÉCOLIERS

Et c'est vrai qu'elle s'en fait une joie, Lucette, de m'emporter à Port-la-Craquette. Surtout lorsqu'au sortir de Riquebon on s'engage dans une petite forêt de pins. La route est sablonneuse, qui la traverse. On emprunte un sentier dans lequel les roues de sa Peugeot 205 patinent. Il y a des touffes de fougères très hautes. Elle stoppe sa guinde dès que nous sommes hors de vue et se jette sur ma partie inférieure avec la voracité des grands fauves. Pas de vraies amours sans passion. Passionnée, elle l'est. Une folie ! Sa fougue ! Je te décris plus. C'est si intense ! Si total ! L'apothéose (j'aime ce mot, il ressemble à un feu d'artifice ; il jaillit, s'épanouit, éclabousse).

La charmante petite voiture qui sert de carapace à nos amours tangue, vibre. On klaxonne fortuitement. On allume les phares avec les pieds, on desserre le frein à main avec les fesses, on fêle le rétroviseur avec la nuque. Je défonce le couvercle de la boîte à gants avec ma queue ! Te dire l'effervescence voyeuse qu'on fait montre ! Son Chanel en prend un coup ! Elle, elle en prend deux ! C'est le sac du printemps (on est le 21 mars). On carnage la voiture abominablement. Y aura des frais de sellerie et de détachage. L'amour explosif à ce point, laisse des traces.

On se bouffe la gueule, le sexe, tout ce qui passe à portée de dents ! L'ivresse nous porte, emporte. L'envolée superbe. Soif inextinguible ! Inrassasiable ! Sitôt fini, on a besoin de recommencer. Faudrait pouvoir aller jusqu'à l'épuisement, l'exténuance totale. Hélas, le temps qui sur chaque ombre en jette une plus noire nous incite aux déculades précoces. On désunit. On sort de la tire pour se rajuster, la réparer aussi un brin, enlever le plus gros.

On se sent hirsutes, mal lavés, abasourdis de pas s'être complètement achevés.

Faut que je pousse pour repartir, because le sable qui est pire que la neige. La neige, tu te dis qu'elle fondra, le sable, fume !

J'ai les guibolles qui flanellent. J'arc-boute pourtant. On s'arrache. Repart. Pendant qu'elle conduit, je garde ma main sous sa jupe. Deux doigts glissés dans sa culotte (toute la pogne, impossible, le slip est trop P 3).

Elle conduit en me chuchotant des mots d'amour, des mots de tous les jours, et ça me fait quelque chose. Elle veut qu'on parte ensemble. Elle a du blé. Nous irons en Laponie, au bord d'un lac, dans une cabane de rondins. On baisera vingt-quatre fois par jour ! On bouffera des conserves et on fera du feu dans la fruste cheminée de pierre. On n'aura pas de radio, pas de journaux. On n'aura que nous deux. Nous deux pour s'en gaver à en crever ! On s'anéantira et ce sera cela notre sommeil : un évanouissement par excès d'amour.

Je la regarde parler, de profil. Elle est plus que belle : sublime. Au diable l'enquête, l'institut de la mort, tout ce bigntz sanglant ! Foutre le camp ! Déserter le quotidien. Se payer un acompte sur le paradis. Oublier Palerme, Paris, les notes de gaz, le tiers provisionnel, les cons, la vie…

C'est presque en état second qu'on déboule à Port-la-Craquette. Un village de jadis, intact, avec juste l'*Hôtel du Grand Large*, vaste, blanc et tout bête sur la colline.

— Tu ne sais pas, murmure-t-elle.

— Si, fais-je, je sais.

— Dis !

— Tu vas décommander ton dentiste et prendre une chambre où je te rejoindrai dès que j'en aurai terminé avec la bonne femme que je viens questionner.

— Tu es d'accord ?

— A genoux !

Bon, on arrive. Je demande au concierge après la dame Touraine Gladys cependant que Lucette va négocier une carrée pour la journée auprès de la réception.

L'homme aux clés d'or me dit que « la personne en question » crèche au 333 (comme chez le docteur).

— Qui dois-je annoncer ?

— Personne, je vais lui faire la surprise ! rigolé-je en allongeant un talbin au gonzier.

Je me rends jusqu'à la caisse où Lucette est en train de se faire décerner la piaule 205 (tiens, comme sa bagnole !). Je lui dis : « A immédiatement et sans doute avant » et je gagne l'ascenseur à la loterie. Ce dernier est entièrement vitré. Il est situé sur la partie noble, côté mer. En m'élevant, j'admire l'océan gris, jaspé de bleu, le ciel bleu, jaspé de gris, le village aux toits d'ardoises fines, le petit port où la marée basse a mis les gros barlus de pêche multicolores sur le flanc. Very Nice (comme dit M. Jacques Médecin).

Au troisième, arrêt-buffet.

Le 333 niche au fond du couloir à droite. Il y a une sonnette qui actionne un timbre mélodieux de trois notes. On ne tarde point à m'ouvrir. Une dame d'une légère quarantaine, disons trente-sept balais pour la faire mouiller et adjugeons le lot ! Il n'est pas de consolation, espère. La vraie luronne. Un peu pétasse d'apparence, faut convenir, mais assez sympa malgré son air coquin. Elle porte un peignoir de bain qui laisse vadrouiller un superbe nichemard hors de la zone protégée. Je lorgne sur le vagabond. Me dis que si je n'étais pas « en main », voilà une gonzesse qui aurait droit à mon bâton de maréchal dans les potelures ! Mais j'ai une autre chatte à fouetter, et quelle !

— Madame Gladys Touraine ?

— C'est elle-même, répond-elle.

Une gauche ! Bêtasse sur les bords. Femme ou maîtresse de boutiquier de province qui doit parler d'elle à la troisième personne. Avec elle, pas de gants à prendre. J'extirpe ma brèmouze.

— Commissaire San-Antonio.

— Ah ! bon. Ah ! vraiment ?

— Tout ce qu'il y a de vraiment. On peut parler ?

Elle me laisse entrer, relourde et me désigne un bout de canapé pelucheux pour maison de rendez-vous. Manque plus que des rideaux rouges aux fenêtres et des miroirs au plafond. Le couvre-lit est en satin jaune et vert. La moquette à fleurs. Bref, un complet !

Elle vient se déposer à mon côté. Bon, comme il fallait s'y attendre, le peignoir fait relâche. Le coup classique. Le nombre de gonzesses en peignoir qui ont pu me recevoir (dix sur dix !) ainsi !

— Vous êtes l'amie d'un certain Aristide Moncornard, n'est-ce pas ?

Elle voyait pas les choses démarrer ainsi.

— Enfin, l'amie… Oui, je le connais.

— Vous le connaissez au point d'avoir passé cinq jours dans sa chambre à l'institut de Riquebon-sur-Mer, non ?

Elle rougit, ce qui sied toujours bien à une femme. La môme est très brune (j'en ai la confirmation grâce aux pans du peignoir qui se sont écartés). Un visage rond, peint façon poupée de jadis. Ses cheveux, à la Mireille Mathieu. Elle fait songer à une Jeanne d'Arc qui aurait gagné au Loto.

— Racontez-moi vos relations avec Moncornard ?

— Pourquoi ?

Je ressors ma carte.

— Commissaire San-Antonio, réitéré-je, en manière de réponse.

Elle ne sait plus très bien où elle en est. Elle murmure :

— M. Moncornard habite Bordeaux, comme nous, et il possède, lui aussi, une maison dans les Landes ; nous sommes voisins. Il est retraité. Mon mari, non. Alors je passe beaucoup de temps dans notre villa et M. Moncornard…

— Vous tient compagnie. Relations de bon voisinage ?

— Voilà.

— Les relations ont dévié ; il a un charme tel que vous n'avez pu y résister…

Elle est nature :

— Oh ! du charme, non : il est moche comme un pou.

— Et vieux comme mes robes ! Il n'empêche que c'est un tendeur, n'est-ce pas ? Et je suis sûr qu'il doit pratiquer des bricoles intéressantes, style minette gargarisée, avec des instruments annexes, des revues édifiantes, voire des aphrodisiaques efficaces ? Je vous donne ma façon de penser, je ne vous demande aucune confirmation. Cela pour vous faire comprendre que je réalise parfaitement la situation. Comment se fait-il que vous n'ayez passé que cinq jours à Riquebon ?

— Il m'y a invitée ; mais je devais venir en cure ici, à Port-la-Craquette. Mon époux voyageait en Afrique, alors…

— Oui, oui, je comprends. Durant son absence, vous pouviez vous laisser payer une escapade par le vieux ?

Elle acquiesce.

Eh bien, voilà, nous sommes à pied d'œuvre après ce rapide préambule. En quelques phrases nettes, la situation est clarifiée, les cartes distribuées, la partie peut commencer.

Je prends ses mains potelées, aux ongles carminés.

— Ecoutez-moi, Gladys, c'est très important.

Elle frémit. Dis, ce flic de charme (merci pour lui) qui la tient par les menines et l'appelle par son prénom, c'est de bon augure, non ? Ça peut aller à l'emplâtrage si les choses évoluent bien.

Elle est partante pour la tringlée princière, Gladys. Rien que sa bouche de pompeuse, ça dénote ! Des lèvres gobeuses commak, quand t'es pas négresse, c'est éloquent.

— J'écoute ? elle râle.

— J'ai des raisons impérieuses pour m'intéresser à Aristide Moncornard. Cet homme est en possession d'un… heu… secret.

— Un secret ?

— J'entends par là qu'il est en mesure de prévoir des choses qui peuvent être dramatiques. C'est un homme qui s'exprime volontiers bien qu'il soit d'un tempérament plutôt bougon !

— Vous parlez qu'il l'est, bougon ! Moi, cinq jours en sa compagnie, merci bien ! Ça m'a suffi. Radin et râleur ! Ça fait beaucoup !

Elle applique son genou contre le mien et, d'un imperceptible mouvement du buste, fait glisser le peignoir de son épaule gauche. Comme j'ai déjà donné et que je vais livrer encore dans pas longtemps, je me jugule les émois naturels. Certes, je peux énormément, mais il y a des limites malgré tout, et j'entends me conserver intact pour Lucette.

— Chère petite Gladys, concentrez-vous, rassemblez vos souvenirs et essayez de vous rappeler les paroles que le vieux a pu proférer concernant un éventuel danger.

— Danger ?

— Ou quelque chose comme ça. A propos de l'institut de Riquebon.

Elle réfléchit en grand. Sa dextre a quitté ma senestre, s'est posée, légère comme une colombe, sur ma cuisse qu'elle entreprend de masser doucement.

Elle finit par causer. Elle dit :

— Il y a eu une électrocution à l'institut, vous le savez ?

— Je le sais. Et c'est à ce propos que j'enquête.

— Ah ! bon, je me disais aussi…

La caresse s'élargit, son auriculaire s'écarte de la main pour effleurer mes chers testicules sagement assis en rond dans ma poche kangourou.

— Alors ? pressé-je tout en réprimant ces frémissements avant-coureurs qui font passer Popaul de l'état pâteux à l'état rigide.

— Un soir, après qu'on eut fait l'amour, Riri a dit en se lavant le panais : « Ils se croient quittes avec leurs cinq macchabées, les gars de l'institut, mais quand qui-je-sais sera arrivé, je parie qu'ils sentiront leur douleur. »

— Intéressant, exulté-je.

Encouragée, elle me saisit le fifrelot et le presse avec une tendresse empreinte d'énergie. L'andouille à col roulé, c'est sa passion, Gladys. Je ne sais pas ce qu'il maquille dans l'existence, son mari, mais ça ne doit pas être une épée de sommier, du moins avec sa bergère. Elle compense à l'extérieur, la mère. Faut être rudement en manque pour filer le parfait amour avec un vieux birbe comme Moncornard Aristide.

— Qu'entendait-il par « qui-je-sais », ma belle âme ?

— Je lui ai demandé, il n'a pas voulu me répondre. Il a seulement murmuré : « Quelqu'un d'important qui va arriver incognito. »

— C'est tout ce que vous lui avez entendu dire sur la question ?

— Oui, c'est tout.

— Il n'a jamais refait d'allusion à ce propos ?

— Non.

— Il faisait quoi, dans la vie, Moncornard ?

— Rentier. Il possédait autrefois une usine de chaussures qu'il a vendue. Je crois savoir qu'il avait été marié, jadis, et qu'il avait divorcé.

— Des enfants ?

— Un fils qu'il voyait très peu.

— Et qui fait quoi dans la vie ?

— Je l'ignore. Je pense qu'il vit à l'étranger.

Un silence. Plus rien à tirer d'elle, sinon un coup, mais je t'ai fait part de mes intentions à cet égard (Saint-Lazare, tiens, tu l'auras voulu !).

Le silence accroît (de bois, croix de fer) son émoi. Il porte à la peau, souvent, comme la pénombre. Elle appuie son front sur le rembourrage de mon veston qui me rend l'air si athlétique et chuchote :

— Vous aimez bouffer une chatte ?

— J'adore.

— Vous voulez en bouffer une tout de suite ?

— C'est une excellente idée, fais-je, j'y vais !

Je lui donne une tape amicale sur la joue, me lève et sors.

Amours, délices. Pas d'orgues, on s'en passe.

Elle a fermé les rideaux et allumé seulement la petite calbombe du miroir grossissant de la salle de bains en laissant la porte d'icelle ouverte. Ça donne une clarté menue, capiteuse. Avec le temps, le regard s'acclimate et on voit mieux ; mais les contours sont ouatés, mystérieux, quoi. C'est surtout de cela que l'individu a besoin : de mystère.

Elle est lovée, nue sur le lit. Vision sublime ! La grâce et la perfection réunies.

Se dresse sur un coude.

— Viens !

Le strip-tease le plus rapide de ma vie. Délestage fulgurant. Veston, bénouze, slip tombent à mes pieds. Je tire sur la cravate, déboutonne la limouille. Mes hardes en tas. Les enjambe ! Le con ! J'allais conserver mes chaussettes. Quoi de plus stupide qu'un homme en chaussettes ? Tchloc, tchloc, d'un double revers de doigt, m'en débarrasse. Je pourrais m'élancer sur le pucier. Mais, ah, que non ! Délicat, sensuel. L'approche savante du mâle. M'agenouille, lèche ses pieds, ses chevilles, ses mollets, ses genoux, ses cuisses. Elle sent le tilleul en fleur. Tu me crois pas ? Viens renifler ! Hein, que c'est ça ? Le tilleul en fleur, pile !

Elle dit rien, j'entends même pas son souffle. Mais ses plus menus muscles tressaillent sous mes lèvres. Vibrato divin !

Je poursuis ma lente ascension. Jusque-là, elle s'opérait en double : je couvrais dix centimètres de jambe gauche, puis dix de jambe droite. A présent leur jonction est opérée.

A toi de jouer, San-Antonio. Laisse parler ton cœur !

NOCTURNE DE CHOPIN

A l'amour succède l'anéantissement.

Puis l'amour revient à la décharge.

Et encore après, c'est un engloutissement merveilleux, une mort douce et lente. La houle de notre tendresse nous berce et nous entraîne : bref, on se met à roupiller comme deux gentilles brutes rassasiées.

Tu vois le topo ?

Les échos d'un piano viennent titiller mon entendement. Un nocturne de Chopin. Je rouvre mes falots. Y a toujours cette modeste lumière en provenance de la salle de bains. D'instinct, j'élève mon avant-bras pour m'informer de l'heure. Le cadran de la tocante me file une décharge d'adrénaline surchoix. Tu sais quoi ? Neuf plombes et dix broquilles ! Alors là, on va à la cata, mon drôle ! C'est Dunkerque ! Waterloo ! Pavie ! Alésia !

Au lieu de secouer Lucette comme un butor, je prends le temps de la réveiller avec une langue fureteuse sur le clito. Elle soupire, renaît.

— Chéri !

Son premier mot !

Elle croit que je veux remettre le couvert une énième fois, mais je l'en détrompe (d'éléphant, naturellement).

— Sais-tu l'heure qu'il est, mon adorée ? Au lieu de demander, elle consulte sa propre horloge.

Tu crois qu'elle soubresaute, exclame, glapit ? Impec !

Elle dit seulement, d'un ton tranquille :

— Ah bon !

C'est tout. Constatation. Il est neuf heures dix. Point à la ligne. La situation est désespérée, mais pas grave.

— C'était prévisible, ajoute-t-elle.

J'aime qu'elle ne saute pas du lit avec affolement, qu'elle ne se reloque pas à toute vibure en mettant sa culotte à l'envers.

— A quelle heure rentres-tu, habituellement ?

— Six heures, sept heures au plus.

— Très bien, alors voilà, tu vas téléphoner à Alexis. Version : tu m'as déposé à cet hôtel avant de te rendre à Vannes. Nous étions convenus que tu me reprendrais en rentrant. Las, la dame que je cherche faisait une excursion et n'a été de retour qu'à huit heures. Je suis en conversation avec elle et tu attends que j'en aie terminé. Ça te paraît correct ?

— Il n'y a pas de meilleur argument, convient Lucette, toutefois, je doute que mon mari s'en contente.

Je me boucIarde dans la salle de bains, pendant qu'elle bigophone. La discrétion avant tout. Un amant doit toujours laisser seule sa maîtresse quand elle vend des salades pas fraîches à son époux !

Elle roule bon train. La petite tuture galope à la poursuite du double faisceau jaune qu'elle projette. Y a des arbres, des panneaux indicateurs. Le ruban d'un noir bleuté se dévide…

— Il t'a crue ? je demande.

— Je l'ignore, il était très pincé.

— Tu penses qu'il te frappera ?

— Ce n'est pas exclu.

— Si c'est le cas, je préfère lui révéler le pot aux roses.

— Tu dois conclure ton enquête auparavant, mon amour ; ne te tourmente pas, j'ai l'habitude de ses brutalités.

Elle parle d'or : oui, aboutir avant de songer à notre vie privée.

Au bout d'un instant de gambergeance, je demande :

— Vous attendez quelqu'un d'important à l'institut ?

— On en accueille beaucoup, des gens importants, remarque Lucette.

— Par important, j'entends TRÈS important. Plus important qu'une vedette de cinéma, par exemple ; quelqu'un comme un homme politique fameux, ou un savant au rayonnement international ?

— A ma connaissance, nous n'attendons personne de ce genre. Il est vrai qu'Alexis ne me dit pas tout. Au début, nous gérions l'institut en étroite collaboration, et puis, peu à peu, il m'a mise sur la touche, au point de me réduire à l'état de spectatrice. Je te l'ai dit – et je suis navrée de dénigrer un ami que tu sembles aimer – : c'est un arriviste sans scrupule et tyrannique.

— Je l'aime beaucoup moins depuis que j'aime sa femme, déclaré-je en me disant que voilà ma foi une fort jolie réplique que M. Depardieu, par exemple, rendrait avec éclat dans un film.

Nous approchons de Riquebon-sur-Mer. Peu de circulation. A cette heure, les gens sont chez eux dans ce coin de Bretagne, à regarder leur bonne télévision ruisselante de lots, de fric et de voyages autour du monde à gagner. De nos jours, c'est ça l'aventure, l'ultime : la téloche. Tu peux y décrocher du flouze, une chambre à coucher, une bagnole, des bijoux certifiés avec des rubis et des émeraudes pur fruit d'une valeur de deux mille balles ! Elle t'envoie en cure aux Antilles, à Dache ! On te fournit des fiancées d'un soir ! Des œuvres d'art galvanisées !

Elle te prend en charge. Si t'es joueur, tu peux ramasser le pactole. Suffit que tu répondes bien à des questions perfides telles que « combien fait dix fois douze » ou « quelle est la capitale du Dannemark » et tu gagnes le canard, décroche la timbale. C'est la fée Marjolaine, la télé ; l'enchanteur Merlin ou Bouygues ; elle relègue loto et tiercé, petit à petit. On vit d'elle, par elle, pour elle. L'ogresse nous a pris possession. Elle nous fait rêver avec ses ricaneries et bander avec ses films X. Nous enniaise, embobeline, bandelette, pétrifie.

Mais un jour viendra où l'homme sortira de l'asservissement. Il brisera les tubes cathodiques à coups de hache ! Il grimpera scier l'antenne de la tour Eiffel ! Les animateurs se laisseront pousser la barbe, pour être reconnus ; on les contraindra à porter une étoile rouge sur la poitrine avec « T.V. » écrit dessus en gothique ! Le sursaut se produira, j'annonce haut et fort. Juste les très vieillards et les grabataires auront encore droit à visionner un peu. On retrouvera la campagne, la pluie, les fleurs, la baise, bref, la liberté !

On aborde une zone de travaux que nous avons franchie en allant. De nuit, des feux clignotent pour les signaler. Une longue tranchée est en cours de creusage le long de la route, à droite, ce qui ramène celle-ci à une seule voie qu'il faut emprunter de façon alternée. On s'y engage mollo. Le sol est gras, visqueux. Lucette roule à vingt à l'heure. Et brusquement, pile devant nous, le faisceau d'un projo portatif nous aveugle. Ma chère amante freine à fond et sa petite chignole embarde un peu du fion, au point que les roues de droite affleurent la tranchée.

— Qu'est-ce que c'est ? demande-t-elle.

— Un contrôle de gendarmerie, je sup…

Pas le temps de finir ma phrase. Notre pare-brise vole en éclats tandis qu'une balle se fiche dans mon appui-tête après m'avoir décoiffé.

D'un geste rapide, j'actionne la manette des grands phares afin que notre éblouissage compense celui de l'agresseur.

Lucette a eu le réflexe de se coucher sur mes genoux. Dans des cas de ce genre, n'importe quel gymnaste, comparé à moi, est un paralytique atteint de la goutte. C'est ma main gauche qui a mis les phares, la droite a déjà dégainé mon pote Tu-tues et je bastosse le projo. La lumière s'éteint illico. Je double le tir. Un cri mâle retentit dans la nuit sereine. Maintenant que nos loupiotes n'ont plus d'adversaire, je distingue clairement un gonzier courbé en deux sur le chemin. Il a lâché son projotorche et replié ses bras sur sa poitrine comme un grand frileux. Il porte une cagoule. J'aperçois d'autres ombres à l'arrière-plan. Des mecs également cagoulés.

Combien sont-ils ? Deux ou trois ? Ils se tiennent accroupis. Ils ont des armes qui scintillent dans la lumière. L'un d'eux vise notre tire.

J'attends plus, je me penche sur Lucette pour être protégé par le pare-brise.

Deux balles miaulent dans l'habitacle et traversent le pavillon de l'auto. Alors, comprenant que notre position va devenir franchement inconfortable, je délourde à tâtons ma portière et me laisse couler à l'extérieur. Je chois dans la tranchée, heureusement peu profonde.

— Viens ! chuchoté-je à Lucette.

Elle se laisse haler par les bras. Je la reçois contre moi. Nous demeurons tapis un instant.

Je perçois un murmure, du côté des assaillants :

— Tu crois que tu l'as eu ?

— Je ne sais pas.

Le moteur de la 205 continue de tourner.

Les attaquants conciliabulent :

— On fonce ?

— Pas tout de suite, il faut faire attention, c'est peut-être une ruse.

Une ruse !

Ça me donne des idées, ce mot.

Protégé momentanément par la tranchée et la voiture, je tends la main vers le bouchon d'essence situé de mon côté, le dévisse. Ensuite j'ôte vivement ma cravate et introduis le petit bout dans le réservoir, le plus profondément possible. Après quoi, j'extirpe mon briquet, l'actionne en protégeant la flamme de ma main et j'approche celle-ci du côté large de ma cravetouze. Une Hermès dernier cri, c'est dommage, non ? En tout cas, la soie crame que c'en est un bonheur.

— Couchons-nous ! chuchoté-je à Lucette.

— Qu'est-ce que tu as fait ?

Je ne réponds pas.

— On y va ? demande l'un des assaillants.

— Attends, te dis-je !

« Te dis-je ! » Ils s'expriment bien pour des malfrats, les gusmen du commando.

Et puis ce que j'escomptais se produit. Ça fait un bruit de lampe à souder qu'on allume. « Chlaouffff ». Presque instantanément (ou instanténémone, si tu es poète), un brasier illumine la nuit.

— Bon Dieu ! Ils brûlent ! crie une voix.

Une autre, moins exaltée, dit :

— Une balle a dû percer le réservoir.

— Il faut faire quelque chose ! lance la première voix, on a un extincteur dans la voiture !

— Il est trop tard. Le temps qu'on aille le chercher, ils seront en cendres !

— Merde ! Merde ! Merde !

Tiens, la politesse capote dans leurs rangs, dirait-on.

— Filons ! crie l'un des types, le feu va attirer du monde.

Au bout d'un temps, je perçois le démarrage d'une voiture qui fonce sur Riquebon. Ouf ! Sacrée alerte, non ?

— Tu es assurée tous risques, j'espère ? demandé-je à Lucette en l'aidant à se relever.

Elle tremble comme la feuille morte descendant devant le gros nez de Cyrano au dernière acte. A la lumière intense de l'incendie, je vois qu'elle a les traits creusés par la peur.

Je me hisse hors de la tranchée et l'aide à s'en extraire.

— Soyons prudents, fais-je ; nous allons rentrer en coupant à travers champs.

Bon, on se met à arquer dans l'herbe médiocre qui pousse sur une terre trop sableuse. Le ciel bas est superbe, parcouru de nuages à la Vlaminck.

Au bout d'un moment, la chère exquise et merveilleuse chérie d'amour fou murmure :

— Qu'est-ce qui s'est passé ?

— Tu as besoin de sous-titres, mon âme ? C'est pourtant très clair : on a cherché à me tuer ! Mais comme j'ai la baraka et des réflexes…

— Mais pourquoi veut-on ta mort ?

— Parce que je risque de compromettre une opération terriblement importante, mon tendre amour.

— Quelle opération ?

— Je ne sais pas : je cherche. Je vais trouver.

Après vingt minutes de marche à travers les pâturages, nous atteignons les premières maisons de Riquebon-sur-Mer. Le clocher de l'église, massif, avec son brave coq qui girouette depuis des siècles sur sa flèche, me réchauffe le cœur.

Je m'engage dans une ruelle silencieuse bordant des maisons aux façades hermétiques et sombres.

— Ce n'est pas par là, me dit Lucette, nous tournons le dos à l'institut.

— Je sais ; aussi bien je n'ai pas envie d'y aller, pour l'instant.

— Tu as peur de tomber sur les tueurs ?

— Plus ou moins. Demain il fera jour.

— Où allons-nous ?

— Chez une brave femme énervée de la culotte : la mère Sogrenut.

— La secrétaire d'Alex ?

— Exact.

— Tu la connais en particulier ?

J'élude l'embarrassante question.

— Elle est sympa, dis-je, je suis certain qu'elle nous donnera asile pour la nuit.

Lucette s'arrête et me défrime plein cadre.

— Mais enfin, chéri, on va nous rechercher ! Que pensera Alex de notre disparition après l'incendie de ma voiture ?

— Ce qu'il voudra.

— Il va croire qu'on nous a enlevés.

— Ce serait une bonne chose qu'il le croie.

— Il va alerter la gendarmerie, si ce n'est pas déjà fait.

— Je l'espère bien.

Elle hausse les épaules.

— J'espère que tu sais ce que tu fais, murmure-t-elle.

— Ne t'inquiète pas, mon ange, je le sais parfaitement.

Cinq minutes plus tard, nous sommes devant le logis de la dame Sogrenut. Je l'ai trouvé d'autant plus aisément que Lucette est déjà venue chez elle et me l'a désigné. Il y a de la lumière au rez-de-chaussée. Je frappe aux volets. Une exclamation qui me paraît être de joie me parvient. L'huis s'écarte et la Marinette qui marinait est là, superbe dans un déshabillé pour comédie américaine des années 30. Son pupitre à la mode de Caen pendouille sur son estomac. A travers le vaporeux, on distingue comme je te vois ses varices et vergetures (*fluctuat nec vergeture*).

Son sourire d'allégresse qui s'épanouissait jusqu'à son entre-deux Olida disparaît quand elle aperçoit Lucette.

Elle ouvre : deux grands yeux, une grande bouche plus tous les pores de sa peau et son anus.

— Mais que… mais quoi…

Je lui épargne le « mais qui… » déjà programmé en intervenant :

— Marinette, mon cœur, nous avons des problèmes, Mme Clabote et moi, pourriez-vous nous héberger pour la nuit ?

Elle referme sa bouche et, je gage, son trou du cul, stoppant ainsi le fâcheux courant d'air qui s'était créé.

— Entrez !

On entre dans un logis mieux que modeste sans être toutefois bourgeois. C'est meublé en style danois, ce qui constitue un moindre mal. C'est clair, avec des conneries sur les murs et un poste de TV japonais écran plat ; des fragrances (odeur suave) de haddock flottent encore dans la maisonnette.

— Seigneur, dans quel état êtes-vous ! exclame Marinette. Que vous est-il arrivé ?

— Un accident de voiture à l'entrée du pays.

— Grave ?

— Nous sommes là !

— Mais vous êtes plein de sang ! couine la dame Sogrenut.

Je m'approche d'un miroir et découvre que la première balle tirée dans le pare-brise m'a entaillé le lobe, et t'as rien qui saigne autant que l'oreille. Mon raisin a dégouliné le long de mon cou, imbibant ma limouille et mon col de veste. C'est pas grave, mais ça fait de l'effet.

La vioque, faut lui bayer quelques explicances, je sens. Un accident, bon d'accord, on est crottés et moi saignant, mais pourquoi lui demandons-nous asile au lieu de regagner nos pénates toutes proches ?

— Chère Marinette, lui dis-je, l'accident en question a été provoqué par une tentative d'assassinat sur nos personnes. Nous en avons réchappé de justesse et nous préférons terminer la nuit ailleurs que dans nos lits.

Elle blêmit.

— Vous assassiner ! Vous ! Et Mme Lucette ! Mais pourquoi ?

— Nous le découvrirons bientôt. Vous disposez d'une chambre d'ami ?

— Il y a celle du fils qui est au régiment.

— Parfait, Mme Clabote va y dormir.

— Et vous ? elle demande, mordue par une brusque jalousance.

Je lui calme les affres :

— Votre beau canapé ici présent fera mon affaire. Votre époux n'est pas là ?

— Pas encore, leurs répétitions ne finissent jamais avant minuit.

On monte au premier. La piaule dévolue à Lucette mesure douze mètres carrés à peine. Il s'agit d'une cellule tapissée de posters représentant des postères, ce qui donne vie à la chambrette. Marinette montre la salle de bains et va chercher une chemise de noye pour son « invitée ».

— Tu ne veux pas rester avec moi ? demande Lucette.

— Tu sais bien que chez cette brave femme, ce n'est pas possible : ta réputation volerait en éclats. D'ailleurs, quand la mère Sogrenut sera couchée, je sortirai.

— Pour faire quoi ?

— Des vérifications discrètes à l'institut.

— Tu as dit que ce pouvait être dangereux d'y retourner de nuit !

— Je prendrai mes précautions, ma chérie, ne te tourmente pas pour moi et dors !

On se quitte.

Je redescends au salon. Marinette m'y rejoint, déjà trémousseuse du fion de se sentir seule avec ma pomme. Elle me noue ses beaux bras de charcutière au cou.

— Oh ! mon beau mâle vigoureux ! déclame-t-elle.

La vache me fait un suçon au cou, moi qui ai horreur d'être ainsi composté par une frangine. Je trouve la chose vulgaire. Je lui filerais une mandale si je laissais aller ma rogne. Mais la pauvre chérie ne mérite pas d'être rebuffée en ce moment d'assistance.

— Tu as le téléphone, ma poule ?

— Qu'est-ce que tu crois !

Elle me montre l'appareil qu'on a judicieusement

placé au bas de l'escadrin, lequel constitue en somme le cœur de la maison.

Je compose le numéro de l'institut et, déguisant ma voix, performance qui m'est aisée, je demande si M. Bérurier est là. On m'affirme que oui et me le passe.

— Ah ! c'est toi, exulte le brave des braves, j'm'd'mandais jusment ce dont t'étais d'venu. Sachant qu' des vilains ont des patins après toi, j'commençais à m'cailler la laitance.

Puis, laissant toute inquiétude :

— On est en train d's' payer une d'ces parties de craquettes, mon pote ! T'sais, av'c la p'tite serveuse d'à midi. Plus salope qu'elle, y a qu'dans l'haute société ! La dévergond'rie, c'te gosse, on s'd'mande, bretonne comme elle est, où elle est été la pêcher. T'sais qu'é m'enfourne le radis noir jusqu'à la garde ! J'y touche la polyglotte du bout d'mon zob ! C'te furie. Violette est en train d'y mordiller la crête d'coq en y enfonçant son intermédius dans l'œil d'bronze. Un vrai travail, les mères ! On est fier d'êt' français à les voir ébattre.

— Béru, soupiré-je, te serait-il possible de t'arracher à ces dégueulasseries pour venir me rejoindre à l'endroit que je vais t'indiquer ?

Et de lui refiler l'adresse de la mère Sogrenut.

— Tu m'attendras dehors, dans ta tire. Avant de venir, passe par ma chambre, dans l'un des soufflets intérieurs de ma valise tu trouveras une petite boîte chromée : apporte-la. O.K. ?

— C'est urgentissime, mec ? Je pourrerais pas terminer ces pécores à la lance d'arrosesage ? Tu me voirais, j'ai un pinoche monumental, incasable dans un bénouze d'honnête homme. M'faudrait des pantalons bouffants pour accueillir une asperge d'c'gabarit !

— Je veux que tu sois à dispose dans trente minutes, Gros ! Négocie avec ton membre.

— Jockey, Monseigneur, on va pousser les feux !

Nous raccrochons.

La Marinette m'espère en prenant des poses lascives sur un fauteuil. Une jambe par-dessus l'accoudoir, l'autre allongée et la limouille relevée, tu vois le genre ? Sympa, quoi ! Elles sont putes, je te jure ! Enfin tant mieux, on perd moins de temps.

— Tu viens ? soupire-t-elle avec la voix de Marlène Dietrich dans *L'Ange Bleu*.

Moi, après une journée de cette envergure, question du mandrin volant, j'ai autant envie de lui engainer le calice que de m'engager dans les « Marines ». Je me vois pâlot entre ses cuissots, la mère ! Déjanteur en diable ! Plus du tout partant pour la tornade blanche, Tonio. Il réclame une nuit sabbatique. Les burnes, ça se recharge moins vite qu'un Waterman à cartouche.

Je lui souris un peu niais.

— Ton mari va rentrer, non ?

— Et alors ?

C'est vrai qu'il est fané de l'os à moelle, le pauvre mec, et complaisant avec les frasques de sa madame, j'avais oublié ce détail.

— Tout de même, argué-je, je n'aimerais pas qu'il nous surprenne en train de bien faire.

— Puisque je te dis…

Et là-dessus, je suis sauvé par le gong grâce à la survenance de l'impétrant que j'étais en train d'évoquer.

Un gros verrat blondasse, rougeoyant des pommettes, avec un bout de nez genre tubercule nouveau. Il tient un étui d'instrument qui doit receler quelque bugle étincelant. Le castrat s'arrête, surpris de ma présence.

— C'est lui ! annonce triomphalement Marinette. Alors le physique porcin s'éclaire.

— Oh ! très bien, enchanté !

Il me tend sa main potelée. On s'en presse un paquet. Il se tourne vers l'épouse et déclare :

— Compliment ! Monsieur est bel homme.

On devine qu'elle vient de grimper dans l'estime de l'époux. Il ne la croyait pas apte à s'embourber du mec aussi fringant.

Elle rosit de vanité. Elle lui explique notre accident, la patronne couchée dans la chambre de Loïc, tout bien.

— Bon, fais-je, vous me pardonnerez, mais je dois partir.

Alors là, c'est la fonte des neiges dans la craquette à Marinette. Tout son soubassement éplore.

— Comment ? Partir ? Mais tu devais dormir au salon, Chouchou.

Moi, d'être appelé Chouchou, c'est pire encore que les suçons dans le cou. La connerie m'asphyxie. Je dis, glacial :

— Je dois absolument vous quitter : le devoir m'appelle. Ravi de vous avoir connu, monsieur Sogrenut, vous êtes un homme infiniment sympathique. A demain, belle Marinette !

Et je sors.

Ne vais pas loin.

M'embusque sous le porche (épique et non gothique) de l'église, en face.

Bientôt, la lumière s'éteint au rez-de-chaussette des Sogrenut et le premier s'éclaire. J'attends une dizaine de minutes et je reviens à leur maisonnette. A moi, sésame ! Un velours ! Je retrouve la paix ronronnante aux relents de haddock du logis. Pose mes tatanes derrière le porte-pébroques de l'entrée et me réfugie dans un renfoncement du hall servant de vestiaire et pourvu d'un charmant rideau cretonnant. Je m'assois entre un vieux pardingue qui pue la naphtaline de bonne qualité et un manteau de cuir fleurant la vieille banquette d'autotus. Peinardos. J'attends. J'ai confiance : *je sais que quelque chose va se produire*.

Inévitablement.

Dans la nuit du vestiaire, je phosphore (si je puis dire). Pour phosphorer, faut être brillant ! Je passe en revue notre journée : ma visite à la dame Touraine Gladys (s'écrit également Glawdys), notre fol après-midi d'amour. Nos ébats étaient fabuleux, tant dans les imposées que dans les figures libres ! Une séance de ce niveau, si j'en ai vécu une douzaine, c'est le bout du monde. La passion la plus ardente, jointe à une sexualité sans limites ! Et, mieux que tout, le formidable unisson.

Je revois notre réveil tardif. Notre retour. La zone des travaux avec des loupiotes clignotant dans la nuit bretonne… Le projo implacable ! La balle qui pulvérise le pare-brise et s'enfonce dans mon appui-tête après m'avoir fendu l'oreille ! Un tireur d'élite, sûrement. Un vrai pro. Si j'ai eu la vie sauve, c'est à cause de la vitre bombée du pare-brise qui a dû faire dévier la balle imperceptiblement. Sinon, ton brave Antonio aurait les pieds en flèche et le regard torve sous ses stores baissés.

Je patiente sans que ma foi n'en soit altérée. Me fredonne in petto du Chopin. Un nocturne. Très chouette qui me vagalâme.

Au bout d'une vingtaine de broquilles (le cadran de ma Pasha est lumineux), j'entends arriver le Gravos. Pourvu qu'il ne fasse pas trop de boucan avec sa tire déglinguée !

Mais non, le moteur de sa moissonneuse-batteuse se tait et le silence revient. Je perçois le tic-tac feutré d'une pendule quelque part dans la crèche des Sogrenut.

Et puis, léger, aérien, un faible glissement. Quelqu'un descend l'escalier.

LE SOMMEIL DES ANGES

T'es romancier (de talent, s'entend !), faut toujours arrêter un chapitre sur un élément de suce pince ou de mystère. Exemple de fins de chapitre classées pro :

« Il poussa la porte et ce qu'il aperçut alors le fit blêmir. »

« C'est au douzième coup de minuit que la chose se produisit. »

« Alors un grand cri déchira le silence de la nuit. » Tu piges ?

Là, mon « quelqu'un descend l'escalier » est pas dégueu non plus.

Tu mords le climat ? Moi, planqué derrière le rideau cretonne de la penderie, aux aguets comme une communauté réduite. Un faible glissement.

Quelqu'un descend l'escalier.

Je mets au défi le lecteur de pas mouiller. Que son guignol enclenche pas le turbo (mayonnaise). Faut laisser le temps à ses pores de se hérisser. Il se doit de gamberger un brin, de faire le tour de la situasse. Il se pose des questions, le lecteur, se demande qui descend doucement l'escalier. L'un des époux Sogrenut ? Lucette ? Quelqu'un d'autre ? Ça lui agace le sensoriel. Il a soif de savoir la suite. Un lecteur qu'a pas soif de la suite est perdu pour l'auteur. Il lui préférera désormais le catalogue de « La Redoute » ou des « Trois Suisses ».

Moi j'attends ; j'ai pris mes disposes. Tu sais quoi ? Un simple cordonnet prélevé aux rideaux de tulle. Je tiens l'une de ses extrémités enroulée autour de ma main. L'autre, tu vas savoir incessamment où je l'ai fixée. Après en avoir longtemps discuté avec ma gentille directrice littéraire, on est convenus que cette information restait comprise dans le prix du *book*. Y a des éditeurs qui majoreraient, j'en sais. Nous autres, on n'est pas comme ça. Au diable la varice : on ne vit qu'une foi[1].

Alors je te reprends au glissement dans l'escadrin. Une silhouette passe devant le rideau, dessinée par le clair de lune inondant l'entrée. Je l'entends errer dans le salon. Ce qu'elle y fait, je crois le piger : elle s'assure que je n'y suis pas. Ensuite elle revient dans le hall, me repasse devant et va au téléphone. C'est là que tu dois mobiliser ton sens auditif et ta putain de mémoire éléphantesque, Tonio ! Entre z'autres trucs, j'ai appris, grâce aux indications de feu le commissaire Bombier, à repérer un numéro composé sur un cadran à trous, au bruit. Hélas, de plus en plus, on pose des bigophones à touches et je suis niqué.

L'esprit complètement mobilisé, j'écoute. « Cli cli cli cli cli cli clittt », « clittt », « cli cli clittt », etc. Je m'imprime chaque chiffre dans le cigare. Impec ! Avec force ! Faut qu'ils soient et restent gravés dans le bon ordre. Pour ça ne pas hésiter. Tant pis si t'as un doute. Le moindre temps de réflexion et tu l'as dans le cul.

1. Prière à mon correcteur de charme de respecter l'orthographe de la phrase, merci.

Bon, elle a fini de composer. J'entends confusément la sonnerie d'appel. Ça ronfle quatre, cinq, six, sept, huit fois. Puis on décroche.

— Allô ! fait la « silhouette » à voix basse, c'est moi.

On lui cause avec intensité. Elle interrompt :

— Vous avez agi comme des cons ! Maintenant, il va falloir…

Elle dit pas davantage parce que je viens de donner une forte secousse au cordonnet. Et comme j'avais fixé l'autre bout à la fourche du bigophone, la communication est coupée ; de plus l'appareil choit de sa console et éclate comme une coucourbe sur le carrelage.

Je sors de derrière mon rideau. J'ai mon feu en pogne, l'air pas gentil, je suppose. Tu verrais Lucette, la tronche qu'elle me fait ! Y a de tout dans son expression : surprise, peur, rage, désespoir. J'actionne le commutateur. Le petit lustre-rouet de l'entrée éclaire l'anéantissement de Mme Clabote.

On se défie d'un double regard noir.

— Fin d'un grand amour, soupiré-je. Bon Dieu, ce que j'y ai cru pourtant !

Il y a comme une grande peine glacée au tréfonds de mon être ; un désespoir polaire, si tu piges ? C'est vrai que j'y ai cru, à nous deux ! J'ai vécu notre coup de foudre, du moins ce que j'ai pensé être un double coup de foudre, avec passion ; comme Roméo a aimé Juliette, comme Barrault aime Renaud et comme Roux aime Combalusier.

Sans cesser de la braquer, je vais à la porte et adresse un signe à l'extérieur afin de requérir Bérurier. Au premier, la voix du castré, alerté par le fracas du téléphone brisé :

— Qu'est-ce que c'est ?

— Mme Clabote a voulu donner un petit coup de fil

et a fait tomber l'appareil téléphonique, cher ami, soyez sans crainte, dès demain on vous le remplacera !

— Je vous croyais parti ! note le cher homme.

— J'avais omis de dire quelque chose d'important à Lucette Clabote.

— Ah ! bon.

— Pardonnez le dérangement, on vous revaudra ça.

— Dites, ce serait malheureux, *après tout ce que vous faites pour Marinette !*

Ah ! le gentil ! Ah ! le saint homme. Ça, oui, c'est un mari modèle. Il regagne sa chambre et Béru entre, kif une pièce de Feydeau réglée quart de tour. Les portes claquent et s'ouvrent. Ballet !

Le Mastar a omis, dans sa précipitation, de renfermer sa braguette, et comme il a oublié aussi d'enfiler son slip, t'as une vue imprenable sur son balancier.

Dans les cas graves, il est comme Elliot Ness, le drôle : présent, efficace, muet.

— Une urgence pour madame, murmuré-je en désignant Lucette. Elle va remonter se coucher.

Il a compris. Il s'approche de ma fabuleuse maîtresse et allonge sa main derrière la nuque de celle-ci.

— Ne me touchez pas ! fait-elle.

En guise de réponse, Béru ôte son chapeau de sa main restée vacante et, assurant bien l'immobilité de la tronche de la patiente, lui file un coup de boule de footballeur au front. Le bruit est faible mais le choc puissant, car elle perd connaissance d'urgence. Mister Béru se recoiffe, se baisse et charge Lucette sur son épaule.

Je le précède dans l'escalier.

On l'étend sur le lit qui lui fut dévolu par notre bonne hôtesse.

— Tu as ma boîte, Gros ?

— Voici-voilà, voilà-voici ! ricane l'Enflure.

Je sors une seringue toute chargée. La boîte chromée en contient trois, douillettement protégées par des lamelles de polyester. Je dégage l'aiguille, retrousse la jupe de la donzelle et lui bricole une rapide injection dans la cuisse.

Ensuite, je mets la seringue utilisée avec les deux autres et glisse la boîte dans ma fouille.

— Elle va en avoir pour une quinzaine d'heures, annoncé-je au Mastar.

Là-dessus, mon cher ami Sogrenut se repointe, balzacien dans sa robe de chambre de laine rouge. Il regarde Lucette.

— Elle est malade ?

— Non, non, le docteur Bérurier vient de lui administrer un calmant car elle a été très choquée par notre accident. Elle va sûrement dormir longtemps. Il faudra que Marinette reste à son chevet et n'aille pas travailler demain.

Le digne homme opine.

Puis, gêné :

— Dites-moi… A propos de Marinette, justement…

— Oui ?

— Elle est très énervée. Ses sens qui l'emparent, de vous sentir là. Vous ne voudriez pas lui faire une bonne manière, qu'elle puisse dormir ? Oh ! la moindre des choses, ne serait-ce qu'une branlette ; c'est une fille pleine de tempérament.

Il est si misérable que la pitié me biche.

— Moi, pendant ce temps, je descendrai regarder un film de nuit à la télé ; je crois même qu'il y a de la boxe sur *Canal Plus*.

— O.K., fais-je, nous allons nous en occuper.

— Vous êtes formidable ! assure l'excellent homme.

On passe dans la chambre matrimoniale. Marinette

est en effervescence. Mais elle réfrène en apercevant Béru.

— Douce amie, lui fais-je, vous est-il arrivé de contempler un outil de ce calibre ?

Je lui désigne le futal écossé du Gros. Elle mate par la lucarne et réprime un haut-le-corps.

— Sapristi ! s'exclame-t-elle.

— N'est-ce pas ?

Béru s'avance vers le lit.

— Et vous pouvez vérifier la fraîcheur, dit-il, c't'un arrivage de la nuit !

Il est allé m'ouvrir en douce une porte de service de l'institut et je suis entré comme un concert (à Pas-de-Loup), sans rencontrer âme qui vive à cette heure de la noye. Nous avons rallié la chambre du Mastar. Une aimable vision nous y attendait : Violette et la serveuse de l'auberge endormies. Tendrement enlacées puisque chacune a noué ses jambes au cou de l'autre.

— C'est pas émotionnant ? fait Alexandre-Benoît. Cet' jeun' fille qui dort av'c innocence, la joue sur la cressonnière de sa potesse ? Tu croiverais des chérubines ! C'est la belle âge ! Quand j'songe à toutes les p'tites salopes qu'on voye dans la rue, chnouffées et cradoches et qui s'placent un'page d'*France-Soir* roulée en guise de tampasc, j'm'dis qu'heureus'ment qu'on a encore des d'moselles d'cett' qualité.

— Certes, conviens-je, c'est réconfortant.

Anéanties qu'elles sont par des étreintes folles, elles reposent sans que notre venue les trouble.

On va s'asseoir près de la baie, avec juste la lumière d'un lampadaire.

— Tu boiererais pas un coup d'champ' ? demande le Gros. Ya des demi-boutanches dans l'petit frigo.

Je trouve l'idée convenable et il va déballer deux quilles de rouille qu'il scalpe avec une aisance stupéfiante.

— On boive au goulot, déclare l'Obscène au grand cœur, c'est comme ça qu'il est le meilleur et qu'il fait l'mieux roter. Maint'nant, si c'serait un effet d'ta bonté, bonnis-moi un peu ce dont y s'est passé ?

Je récapitule d'autant plus volontiers que, tu le sais, j'estime que c'est en ressassant les faits qu'on finit par les comprendre. Je reprends tout avec l'électrocution collective, clé de voûte de l'affaire. C'est le cri dans la presse ! Clabote prend peur, voit son établissement foutu et, en ami désespéré, me lance un S.O.S., à moi, meilleur flic de France (à gauche quand tu sors des chiottes).

A peine suis-je à pied d'œuvre (de chef-d'œuvre si l'on se réfère à cet ouvrage qui en consécute), que la vieille dame italienne est butée. Du coup je m'intéresse à sa dame de compagnie. Cette dernière étant belle et sexy, je m'en empare. Le couple Clabote survient malencontreusement alors que je calce avec véhémence la donzelle sur la couche mortuaire. Confusion de ma part ! Je me crois perdu corps et biens dans l'estime de la somptueuse Lucette. Au contraire, impressionnée par ma prestation, elle me donne anonymement rendez-vous. J'ai le coup de foutre, me montre à la hauteur et démarre séance bandante une histoire d'amour qui me conditionne pour les pires folies.

Là-dessus, le père Moncornard trépasse mochement. Et puis on bombine mon sommier, et puis on trucide la Gabot à laquelle Moncornard aurait fait une confidence concernant le proche assassinat d'un personnage important à l'institut. Et puis on tue Ellena

Mencini, et le fils Morituri se pend près du corps de sa mère au reçu d'un appel téléphonique nocturne. Moi, je me mets en quête d'une maîtresse du vieux Moncornard, qui a quitté l'établissement de Riquebon-sur-Mer pour celui de Port-la-Craquette.

Précisément, Lucette doit se rendre à Vannes chez son dentiste. L'obligeant cocu suggère qu'elle me dépose à Port-la-Craquette. Je saute sur l'occase. Parvenus à l'*Hôtel du Grand Large*, ma maîtresse décommande le raticheur pour prendre une piaule où, l'interrogatoire de la dame Touraine achevé, je vais lui faire plus que l'amour : la félicité !

Là, je m'offre une gorgée de champ'. Contrairement à ce que prétend le Mammouth, il est inconfortable de consommer le brut impérial de cette manière prolo, car le divin breuvage t'asphyxie et ses bulles féeriques te rentrent par les naseaux.

Béru vient de flasher sa quille en quatre glottées gigantesques. Il dégaze longuement. Tu croirais un coyote sous la lune. Il procède par longues salves ponctuées de déglutions.

— Et après, mon enfant ? demande le bon père Borborygme. Une fois seul avec elle, qu'est-ce que tu lui as entrepris, grand vicelard ? Disez-moi tout bien : t'y as manigancé l'ouvre-boîte à manivelle, la toupie ronfleuse, le palanquin mongol, la chanson bulgare, le saut d'la mort, l'pianiss d'Varsovie, l'ciseau d'tailleur, les couillons rabattus, l'coup du plumeau, la danse indienne, la friponnerie grecque, l'salut aux couleurs, la mort du p'tit âne, le cou d'oie farci, la bicyclette volante, le trou de l'enfer, la fontaine lumineuse, la sœur du vicomte, le balai normand, l'harmonica à moustache, l'enculé de sa mère, un bon petit diable, la féerie vénérienne, le col à manger de la tarte, les œufs brouillés, le ticket composté, le pinceau sans poils, la bite infernale, le tapis troué, le guidon de course, les bottes de sept lieues, les cinq dans la moniche, le petit train à vapeur, le four à pine, la valise en carton, la bouteille de Perrier, l'appeau de Job, le crayon à mine douce, Bamboula se renseigne, la gondole vaselinée, le jour de gloire, sabre au clerc, la glace pistache, le trombone à coulisse, la tétine à veau, le soudard amoureux, l'enfilade turque, le chapeau chinois, la nuit sur le Mont Chauve, la bieille coulée, la brasse papillon, le turlu chanté, la braguette magique, l'oiseau des îles, les babines amidonnées, l'appel aux armes, le braquemard à ressort, le boudin d'Auvergne, la chatte belge, le cul rétréci, la bouée de sauvetage, le manche à gigot, joyeux Noël, avance Hercule, papa se dessale, le pied géant, le poisson rouge folâtre, la combe aux fées, la tirelire à deux fentes, le mage polisson, la caméra cachée, le tablier de sapeur, la fille du consul, le bandage herniaire, la vérole dans le chantier, le cosaque à trois pattes, la lampe à souder, le pouce dans l'oignon, la mer de foutre, la bassine à Nika, l'esquimau vergé, l'emplâtrage d'la marquise, l'holdupe à la banque du sperme, la cueillette des asperges, le convoyeur de cons, la pourléchette, le chibre d'Henri IV, la place de la Concorde, l'entonnage polyvalent, le membre actif, l'entre-deux parisien, la séance occulte, le saucisson d'Lyon, le cri du cormoran, la minette jodlée, le Kronprinz en uniforme, le terrassier portugais, la trique du Négus, le béret de Fanfan, l'huître gobée, la feuille de rose, le morpion valseur, chaud-froid d'bouillon, les genoux au menton, le manchon de zobeline, la cuiller à pot, le picotin de cramouille, la branlette d'Attila, le dur à cuir chevelu, le temps du blouse, la figue mi-raisin, Ninon en prend trois, la fuite en Egypte, la poche trouée, passe-moi le beurre, le polochon à raie, la bonniche veut en être, les pompons d'amour, le paf à crampons, la baratte fantôme, le compte-gouttes à haute fréquence, le choix du roi, j'éternue dans mon slip, l'abreuvoir de Vénus, la casemate bombardée, le presse-citron, le mirliton bagué, la poudre d'escampette, la toison dort, la trappe dérapante, la valve du bourreau, le pisse-froid de volaille, le colibri viennois, la clé des champs, le Tzigane amoureux, la saucisse à D.D., le bâton de Barnabé, la bitoune à molusque, la main de masseur, la paire fouettarde, la cigogne déplumée, le panais du marguillier, le petit chose, la grenouille d'Elbeuf, la guiguite mouillée, le chaud lapin, la chopine vaillante, la troussée du cuirassier, le testament de mes fesses, Gribouille se tape sur la colonne, allez les verts, la burette à colle blanche, le battant de cloche, crache-pas-les-pépins, solde après inventaire, la grosse bourrée, le champ du guépard, et des comme ça, le poilu d'Verdun, le mandrin tapageur, plein les miches, la bagouze écarquillée, l'étui à viande, la porte de derrière, l'accordeur d'flûte, le prince des ténèbres, la mise de fonds, le polichinelle en plongée, tâte comme c'est gros, le feu d'archifesse, la bête à veine bleue, l'estafette ébouriffée, la flaque d'crème fraîche et la régalade finale ? Hein, dis : t'y as manigancé le grand jeu, en plein comme t'étais dans les bévures[1] ?

— Je ne lui ai pas fait « la cigogne déplumée », non plus que « le battant à cloche », Gros, penaudé-je.

1. Le mot « bévure » n'existe absolument pas, ni en français, ni en argot. C'est un cadeau que je me fais.

San-A.

— Dommage, soupire-t-il, t'aurais dû lui débiter tout le chèque-liste, parti comme t'étais !

— Par contre, elle a eu droit « au petit caporal », à « l'aumônière trouée » et à « la sarbacane indonésienne » que tu as omis de mentionner.

Il feule.

— Ah ! bon, c'est bien. Aftère ?

— Eh bien, aftère nous nous sommes endormis et il était neuf heures lorsque nous nous sommes éveillés. Elle a téléphoné à son époux un vanne plus ou moins plausible et on a pris le chemin du retour. Peu avant l'arrivée sur Riquebon, il y a des travaux sur la route.

— Je sais, dit le Dodu, j'ai vu.

— Il ne subsiste pour la circulation qu'une voie étroite. Nous avons dû ralentir, rouler au pas. Alors on a morflé un projo en pleine poire et un tireur d'élite m'a défouraillé dessus.

Je montre mon lobe endommagé.

— Il s'en sera fallu d'une virgule, Gros. J'ai arquebusé à mon tour et nazé le projo. L'artilleur m'a virgulé encore deux bastos, mais au jugé. Là-dessus, j'ai discrètement ouvert la portière du côté de la tranchée et nous nous y sommes réfugiés. J'ai débouché le réservoir d'essence et confectionné une mèche avec ma cravate, mèche à laquelle j'ai mis le feu. On a eu droit à un chouette badaboum. C'est alors qu'il s'est passé un truc assez curieux chez les assaillants : ils ont parlé d'aller chercher un extincteur pour éteindre l'incendie ! Des gens qui venaient d'essayer de me trucider !

— Y craignassent p't'être que les flammes attirassent du trèpe ?

Je hoche la tête.

— A mon avis, s'ils voulaient ma mort, ils ne voulaient pas celle de Lucette. D'autre part, pourquoi nous auraient-ils organisé ce guet-apens à cette heure tardive s'ils n'avaient été prévenus du moment approximatif de notre passage ? Tu n'imagines pas qu'ils ont poireauté des heures en guettant notre retour ?

— Ton pote a pu les affranchir quand sa bergère lui a bigophoné ?

— Certes, mais je ne le pense pas. Pourquoi Alexis Clabote m'a-t-il fait venir ici s'il redoutait les conséquences de mon enquête ? Autre chose, Gros. Lorsque le projecteur nous a illuminés, Lucette s'est jetée sous le tableau de bord. Sa promptitude m'a d'ailleurs surpris. Ordinairement, il faut un peu de temps pour réagir devant un attentat de ce genre. *Elle s'est comportée comme si elle savait ce qui allait se passer*. Et puis d'ailleurs, sa complicité ne fait aucun doute puisque je l'ai confondue, tout à l'heure au téléphone : « Vous avez agi comme des cons ! » a-t-elle déclaré à son correspondant ; c'est signé, non ?

— Indubicontestablement, renchérit le Copieux. Tu finis pas ton bib'ron d'roteuse, grand ?

Je fais quelque chose pour lui : je lui tends mon flacon. Il l'écluse cul sec, émettant déjà des borborygmes refoulatoires avant de l'avoir fini. Après quoi, il balance des rots wagnériens aux quatre points cardinaux.

— Tu sais, c'dont j'imagine ? me demande-t-il enfin.

— Vas-y, je suis preneur.

— Y a une organisance dans c'taule qui mijote un coup.

— Merci pour le diagnostic, ricané-je.

— Attends. Un grand coup est préparé, avec l'accord des tauliers ou s'l'ment d'la patronne. Et puis v'là que quéqu'un n'ayant rien à voir av'c l'organisance, liquide les vieux crabes à l'électrac. Pour lors, ça chamboule l'programme d'l'organisance. L'institut est en enfer des sens. C'est pour euss la grosse couill'rie. Ton pote t'd'mande pour déblayer c'turbin d'urgence. Y s'dit qu'un génie d'la poule comme toi va régler l'affaire en deux coups de cuiller à pauvre. Mais fume ! Tu t'pointes et y a un nouveau crime : l'étouffage d'la vieille Ritale. Et c'est l'big bordel qui continue. Du coup, y déplore ta présence. Tu constitues un risque et on décide d't'assaisonner. Qu'en penses-tu ?

— Valable ! approuvé-je. Tu t'es débarrassé de ta passagère clandestine ?

— *No* problème, sœur ! On l'a oubliée dans une usine désinfectée su' la route de March' Houcraive, au milieu d'une grand' touffe d'orties. A présent, qu'est-ce que tu projettes ?

— Je vais rester planqué dans votre chambre jusqu'à l'heure du bal, si toutefois il est maintenu. Notre disparition, à Lucette et à moi, fout la merde dans l'organisation dont tu parles. Les gars doivent se demander où nous sommes et ce que nous fabriquons. Le coup de turlu avorté de la môme, tout à l'heure, aura mis le comble à leur anxiété. Ils auront compris qu'en voulant reprendre contact avec eux, elle s'est fait crever. Nous avons affaire à des loustics déterminés qui tuent sans vergogne. Leur effervescence risquera de les perdre. Toi-même, Gros, dont on sait que tu es mon collaborateur, tu es en danger. Fais gaffe à tes os ! Et maintenant, occupons-nous du téléphone.

— Quel téléphone ?

— Quand Lucette a composé le turlu de son correspondant, j'ai mémorisé l'appel.

Je vais à la table supportant de quoi écrire et transcris le numéro que je me suis gravé dans le cigarillo.

— Réveille ta pétasse, Alexandre-Benoît, nous allons avoir besoin de son précieux concours.

Il considère les deux filles si chastement enlacées.

— Quand je vois roupiller des petits anges comme ça, soupire-t-il, troublé, ça m'fait d'la peine d'leur casser la gonflette.

ESPRIT, ES-TU LÀ ?

De nos jours, les postes ne sont plus ce qu'elles furent. Jadis, t'avais des distributions de courrier le dimanche et tout fonctionnait au rasoir. Les renseignements par exemple restaient à dispose vingt-cinq heures sur vingt-quatre. Pourquoi on ne rétablit pas ces commodités, en nos temps de chômage ? Ça ferait du boulot en plus.

On supprime la main-d'œuvre humaine pour ne pas la remplacer ou pour la remplacer par l'automatisation, la robotisation, le self-service, la distribution automatique. Ils sont cons, je te jure ! Pas logiques, pas pratiques. Se barricadent dans des revendications farfadingues qui, en fin de compte, détruisent au lieu de faire évoluer. Ma devise c'est liberté et travail ! Maintenant ça devient liberté OU travail ! C'est comme si on proclamait qu'il faut aimer ou baiser ! Les deux sont complémentaires !

Mais je suis en train de pisser dans un violon. Ça ne sert à rien, sinon à libérer pour un moment ma vessie que je ne cherche pas du tout à te faire prendre pour une lanterne !

Ce dérapage, biscotte les renseignements téléphoniques ne répondent pas. Alors mon numéro de fil tracé sur une feuille de bloc de l'institut, en définitive, je ne sais pas à quoi il correspond.

La Violette s'approche en bâillant. Sobrement vêtue d'un porte-jarretelles et d'une paire de bas noirs.

Elle crachote et cueille en fin de compte à ses lèvres un joli poil de chatte châtain et frisé.

— Navré de vous avoir réveillée, ma chère collègue, lui dis-je.

— Oh ! pensez-vous, fait-elle en s'asseyant sur le coin de la table, ce qui lui tord la chaglaglatte, laquelle ressemble à une grande bouche marquant le scepticisme.

Maintenant elle me sourit de toute sa face rousse, embrumée.

Je lui explique ce que j'attends d'elle, le fais avec des mots simples que je lui demande d'assimiler.

Mais la petite salope n'est pas conne et paraît comprendre. On se livre à quelques répétitions auxquelles j'apporte des modifications puis, la jugeant opérationnelle, je pousse le téléphone contre sa fesse.

Elle sent un peu le fauve, la mère. Odeur puissante à laquelle je sais Béru sensible. Cézigue, plus ça cocotte, plus il impétueuse du goumi.

— Allez-y ! dis-je, je vais aller suivre la communication sur le poste de la salle de bains.

Assis sur le rebord de la baignoire, j'écoute. Les numéros cliquettent au cadran. La sonnerie d'appel retentit. Au bout de quatre seringuées, je réalise qu'on ne répondra pas. Effectivement, ça continue de carillonner en vain. La rouquine laisse roucouler, sans impatience. A la trente-sixième sonnerie, je remets mon combiné au mur et vais la rejoindre.

— Laissez quimper, môme, on vous a tirée du sommeil pour rien.

Béru, qui a trouvé des petits flacons d'alcool divers dans son réfrigérateur miniature, se confectionne un cocktail... Il mélange avec gravité Cointreau, cognac, gin et chartreuse.

Il dit :

— C'est l'premier coup de tube qui leur aura foutu les flubes, mec, tu penses bien ! La manière qu'y s'est interrerompu, ils ont pigé qu'ça cagatait pour la Lucette et ils ont joué cassos !

— Elémentaire, mon cher Béru.

Va falloir attendre le jour pour y voir plus clair, si je puis dire (et je puis). Moi, entre mes colossales tringlées et mes émotions, je commence à me sentir pâlot de la viande. J'ai faim et sommeil. Trop tard pour espérer de la croque à une plombe et demie du mat'. Je grignote un paquet de biscuits salés dégauchi dans le réfrigérateur et me pieute sur le divan après avoir tombé veste et bénouze.

Comme je vadrouille sur le rivage des Syrtes que cause Julien Gracq, Béru me secoue :

— Hé ! grand, t'sais pas ? La Violette m'charge d'une commission délicate, é d'mande si tu voudrerais bien qu'é t'fasse un' p'tite pipe pour t'endormir ?

— Sans façon, balbutié-je. Dis-lui qu'elle me fasse un bon d'à-valoir.

Je m'engloutis.

Des gloussements, des petits cris m'éveillent. Il fait grand jour et même beau temps. Par la baie, je découvre un ciel nuageux mais que le soleil prend en charge.

M'étant retourné, j'avise les deux pécores, sur le plumard, en train de faire joujou avec Béru endormi. Elles ont fixé un beau ruban rose à son braque qu'elles réaniment en conjuguant leurs efforts. La grosse bébête dodeline déjà, se dresse lentement et fait des révérences de gauche et de droite comme une jolie petite princesse endimanchée.

Il dort profondément, le Monstre. La trique lui est à ce point familière qu'il est chiche de balancer son sirop de betterave sans seulement se réveiller.

Ces dévergondées flattent le plantigrade qui, debout sur ses roustons arrière, continue ses grâces balourdes.

A la longue, la petite serveuse finit par enjamber mon pote et, à califourchon, organise une partie de cache-cache entre sa boîte à ouvrage et la berdouillette du Phénoménal.

Avec ce trio, c'est tous les jours dimanche, décidément ! Ils sont inépuisables, inextinguibles et d'une vaillance en comparaison de laquelle, celle de Duguesclin n'était qu'une mièvrerie d'Incroyable.

Je laisse se développer les délicatesses. Violette y apporte une participation plus réservée, se contentant de stimuler l'invitée de la nuit par de charmantes agaceries mammaires évoquant les libertinages du dix-huitième siècle. Comme je l'avais subodoré, Alexandre-Benoît va à dame sans avoir retenu sa place et Violette lui fait le pare-brise en détail, ce qui est un comble pour une contractuelle, non ?

A présent, ces demoiselles, provisoirement calmées, parlent de prendre leur petit déjeuner. Je les conjure de me commander une omelette au jambon, du fromage et un grand pot de caoua.

Au moment du service, je file me planquer dans la salle de bains. J'ai parfaitement récupéré et me sens dans une forme décisive. Le printemps chante en moi et je sais que c'est aujourd'hui que tout va se dénouer. Ma déconvenue relative à la félonie de Lucette se dissipe déjà, car je suis un homme qui récupère rapidement. J'ai fait preuve, ces jours passés, de longanimité, et j'en suis récompensé par cette vague d'optimisme déferlante qui m'emplit de tonus et d'une impatience de bon augure.

Enfin réveillé, Béru s'assied au bord du lit, son gros ventre plein de cicatrices et de poils sur ses genoux. Sa chopine dévastée à son insu pend (une fois n'est pas coutume) entre ses jambes, toujours ornée du ruban que le gentil dargiflard de la serveuse a refoulé au ras des claouis.

— T'as les pieds sales, remarque Violette en croquant un toast.

— Toujours, admet placidement Bérurier.

— Tu ne te les laves jamais ?

— Rarement les deux à la fois.

— Pourquoi ?

— Parce que j'm'mets à tremper un pinceau s'l'ment quand j'ai un cor.

Violette qui s'enhardit déclare :

— Tu pues !

Nullement outragé, le Mastar hausse les épaules et murmure :

— Faut ! Un homme !

— Tu pues très fort ! déclare la rouquine.

— Parc' qu' j'sus un homme très fort ! Note que toi aussi, tu fouettes, la mère, rouquine à ce point !

— Moi, je me lave ! rebiffe Violette.

— Eh ben t'as tort ! L'fumet, c't'irremplaçab'.

Ils sont interrompus dans leur babillage charmant par la sonnerie du téléphone. Le Mammouth dégoupille.

— Mouais ?

Un temps. Sa hure renfrogne.

— Ah ! c'est toi l'Noirpiot ! Qu'est-ce tu ramènes ? Quoive ? T'arrives pas à joind' Sana ? Il est laguche, mon pote. Tu es où est-ce ? A Milano ? Av'c la Pine ? Ell'va bien, la vieill' fripe ? Gaffe qu'y chope pas l'sida dans ces pays chauds. Attends, l'grand impatiente ! Y veut t' prend'.

Je chope l'écouteur poissé par la sueur béruréenne.

— Salut, le Primate, tu as du nouveau ?

— De toute beauté.

— Vas-y, j'ai les oreilles débouchées.

— La vie d'Aldo Morituri : une vraie cata !

— C'est-à-dire ?

— Pendant des années il a été sous la coupe d'une maîtresse tapageuse, une pseudo-actrice d'origine brésilienne qui l'a épongé jusqu'à la moelle. Ce con s'est endetté dans des proportions inouïes. Leur liaison s'est achevée par un scandale mal étouffé. Son épouse l'a quitté en emportant le restant des écus. Devant cet état de fait, ses partenaires dans l'entreprise ont paniqué et lui ont mis le couteau sous la gorge.

— Bref, il était aux abois ?

— Tout à fait.

Je soupire :

— Sa mère était riche ?

— Bravo ! fait le Négus.

— Pas grand mérite. Je sentais que ce jourd'hui allait nous apporter la lumière. Les choses se précisent. Aldo est au bord du gouffre. Sa vieille bourrée de fric refuse de le renflouer, car elle connaît sa vie licencieuse, forcément. Alors il décide de brusquer le destin et d'hériter au plus tôt. Pour cela, il engage une redoutable aventurière qui a déjà sévi en Italie et aux quatre coins du monde : Ellena Mencini.

— Parricide ! s'exclame mon cher Jérémie avec de l'épouvante plein la voix.

Dans son pays où l'on est totalement soumis à l'autorité parentale, faire tuer père ou mère est un acte qui dépasse l'entendement.

— Je le crains. C'est donc bien la Mencini qui a

étouffé mémère. Mais notre intervention a faussé le jeu. Nous avons, à leur grande stupeur, transformé l'assassinat en mort naturelle. Du coup, la dame de triste compagnie et le fils indigne (ne jamais perdre son sens des qualificatifs) n'ont plus bien pigé ce qui leur arrivait. Trop beau pour être vrai !

« Je sais maintenant pourquoi Morituri s'est suicidé. Il en avait pris déjà un sérieux coup dans la pipe en apprenant le brusque départ d'Ellena. Mais plus tard, quelqu'un lui a téléphoné pour, sans doute, le faire chanter. Il était au bout du rouleau et la présence du cadavre de sa mère aidant, il a craqué. »

— Hypothèse valable, consent M. Blanc. Qu'est-ce qu'on fait ? Tu as encore besoin de nous ici ?

— Non, Votre Altesse, vous pouvez rentrer la tête haute.

— Paris ou Riquebon ?

— J'espère en finir aujourd'hui même avec la Bretagne. Nous nous retrouverons demain à la Grande Volière.

— Tu m'as l'air bien sûr de toi. Ça a évolué, au pays du biniou ?

— Pas mal. *Ciao, bambino*, la bise à cette vieille morille de Pinuche.

La fille de l'auberge sort de la salle de bains, parée pour aller au charbon. Une vaillante ! Elle demande au Mastar s'il compte retourner bouffer à son auberge. Paraît que son singe a été heureux de la prestation du Gros, au déjeuner. Ça carillonne de toutes parts pour réserver des tables depuis qu'on a appris dans le Landerneau qu'un gros mec à la queue géante embroque la serveuse au dessert.

Béru répond que c'est à voir. Elle annonce que c'est jour de la bourride, mais ça ne convainc pas le Grandiose pour qui le poisson se cantonne dans la rubrique des amuse-gueules. Elle lui causerait d'un petit salé aux lentilles ou d'un haricot de mouton, là il opinerait ; mais une tambouillasse de poissecaille, il nous en fait cadeau !

Elle part à regret. Violette lui promet de passer la voir « de toute façon ».

Ma pomme est déjà en train de s'expliquer avec les renseignements pététistes. La préposée qui, curieusement, se paie l'accent du Midi en plein Finistère, prend note de mon numéro ; en moins de jouge elle m'apprend que le turlu composé par Lucette au cours de la nuit est celui de la villa « A tire-d'aile », boulevard du Littoral. Je remercie.

— Tu as école ! annoncé-je à mon indispensable.

— M'en gaffais bien ! Visite de la crèche qu'a demandée ta gisquette d'mes deux, n's'pas ?

— Ben voyons !

— Si c'morninge t'as récupéré et qu' t'ayes envie d't'faire souffler dans le ventre, j'peux t'laisser Violette ?

— Ma parole, t'es un vrai proxénète, Gros !

— Non, riposte-t-il avec aigreur, j'ai soin d'mes aminches, voilà tout ! Alors caisse j'fais d'Violette ?

— Tu te l'emportes avec toi, ça te fera toujours un cadeau à offrir, le cas échéant.

On a mis le fameux et si précieux écriteau « *Do not disturb* » au crochet de la lourde. Allongé sur le lit malodorant des amours crapuleuses, les mains sous la tête, je regarde deux mouches en train de baiser au plafond. Je suis cerné, y a pas ! La fornication est partout. La nature n'est qu'un immense enchevêtrement de sexes, une projection incessante de semences. Dans ce travail à la chaîne des espèces, l'engendrement ne s'arrête jamais.

Ce soir, grand bal.

Mais en attendant ?

Que fait Alexis dont la bergère a disparu ? Que font les gens meurtriers de cette association mystérieuse ?

Je pense, pense… Des idées plus ou moins folles surgissent dans mon caberluche, fulgurent, s'en vont, ou bien se mettent en mémoire. Je reconstitue tant mal que bien l'étrange puzzle. Partant de l'hypothèse qu'un grand coup se préparait ici et qu'il a été « dérangé » par des événements extérieurs. Histoire en double partie. Le hasard a permis que se jouassent deux pièces en même temps, au même endroit. Pièces de grand-guignol, sanglantes… Non, pas sanglantes ! Electrocution, étouffement, aspersion d'acide, noyade, constituent des morts sans effusion de raisin. De vraiment sanglant, en somme, y a juste eu l'assassinat d'Ellena Mencini, abattue d'une praline dans la théière. Et il y aurait eu ma mort à moi si la bombe m'avait tué, ou bien, plus tard, les balles du tireur sur la route.

On toque à ma porte.

Et l'écriteau, bordel !

Qui vient me tartiner la prostate ? Le service ? M'étonnerait. On frappe derechef. Me faut vigiler. Des fois que des gars de la bande voudraient vérifier si je me suis placardé chez mon gros pote !

Je continue de ne pas bouger.

Une petite voix vieillotte appelle, assez bas :

— Ouvrez-moi, commissaire : je sais que vous êtes là.

Tiens, voilà qui est singulier.

Comme je ne bronche toujours pas, la voix chevrotante reprend :

— Je vous vois !

Je soulève ma tronche. Le lit n'est pas dans l'axe du trou de serrure. On me bluffe.

— Vous êtes allongé sur le lit et vous regardez en direction de la porte !

Merde ! Je rêve ou quoi ?

Putain, moi, tu me connais. Curieux comme un morbac ! Je saute du paddock et vais délourder.

Surprise ! Une charmante vieille dame, plâtreuse, ridée, le cheveu blanc-bleu, la bouche mal fardée en violet. Des fanons trembillent sous son menton.

Elle est drapée dans un peignoir de l'établissement. Ses pinceaux d'échassier servent de tuteur à d'énormes veines bleues qui s'entortillent autour d'eux comme un lierre écœurant.

— Madame ?

— Je peux entrer ?

— Je vous en prie.

Elle *come* ; je *shute*.

Et j'attends.

Elle sourit.

— Peut-être avez-vous entendu parler de moi, il y a une dizaine d'années en arrière : Catherine Katarina, voyante ? Je faisais beaucoup de publicité dans les journaux et j'avais une émission hebdomadaire à la télévision.

Je la regarde. Non, franchement, je ne me la rappelle pas. Tant de gens surgissent d'une manière ou d'une autre dans notre horizon, font un petit quelque chose et disparaissent… Tant de gens ! Brouillade de visages ! On les découvre, on les oublie. Notre existence, c'est la salle des pas perdus de la gare Saint-Lazare.

— Ah ! oui, peut-être bien, fais-je poliment.

— J'ai cessé d'exercer, mais mes dons sont intacts, dit-elle.

Bon, la voilà qui vient me taper la bonne ferte, Mamie Nova. Compte-t-elle me bottiner de la fraîche ?

— Je n'en doute pas, réponds-je.

— Je sais qui vous êtes, commissaire. Votre célébrité…

— Merci, dis-je sèchement, ayant horreur qu'on me mouille la compresse.

— Je sais aussi que vous venez éclaircir ce mystère des électrocutions. Il me tient particulièrement à cœur car l'une des victimes, Pétrus Dubois-Douillet, avait été mon fidèle client, jadis, et était devenu mon ami, ajoute l'excellente femme.

J'attends la suite.

Elle vient :

— Je vous propose une petite expérience, commissaire.

— Laquelle ?

— Entrer en communication avec Pétrus Dubois-Douillet afin d'apprendre des choses sur le drame.

Allons bon ! Le guéridon à paroles, maintenant ! Dis, elle dégénère, mon enquête, Huguette ! Tu vois le Sana avec cette vieille sorcière, invoquant les esprits pour faire progresser le schmilblick ?

— Ecoutez, chère madame…

— Oh ! je sais. Cartésien comme vous l'êtes, vous me prenez pour une folle !

— Du tout, mais je suis officier de police et ce serait un grave manquement aux règles de ma profession que d'en appeler à l'au-delà pour obtenir des informations. On nous reproche déjà d'avoir des indicateurs, dans la police, que serait-ce si l'on nous suspectait d'utiliser le surnaturel.

— Ami, fait la vieille momie, seule importe la finalité. Personne ne connaîtra mon intervention, et si elle se montre positive, vous serez le seul à en tirer bénéfice. Vous rêvassiez sur ce lit, ne me dites pas que vous refusez d'accorder cinq minutes à une expérience !

Elle est poilante, la vioque, dans son genre. Extravagante, mais sympa.

— Comment avez-vous su que je me trouvais dans cette chambre ? demandé-je.

— Je n'ai pas grand mérite à cela : je vous ai vu y pénétrer cette nuit en revenant de faire faire pipi à mon yorkshire vieillissant qui a de l'incontinence.

— Vous me voyiez sur ce lit, à travers la porte, tout à l'heure ?

— En fait, je vous « devinais ». Question d'ondes. Vous comprenez ?

— Tout à fait !

— Bon, on s'y met ?

— Je vous en prie.

— Fermez les rideaux.

Je les ferme.

— Asseyons-nous face à face dans ces fauteuils. Vous voulez bien éteindre le lampadaire ?

Je souscris à ses recommandations. Elle a une odeur, Catherine Katarina. Une odeur de vieille un peu rance et sucrée. Prélude olfactif à la mort. Nos odeurs vieillissent avec nous, un peu plus vite que nous, même.

Elle glisse sa main dans la grande poche de son peignoir et en retire un petit casque de walkman avec deux minuscules écouteurs, comme tu vois sur la tronche des gus en train de faire du jogging en écoutant la neuvième symphonie de Fernand Reynaud.

— Que dois-je faire ? demandé-je, très confusément impressionné parce que ça me ferait plutôt pouffer, ce cinoche.

— Simplement vous concentrer et vous mettre à l'unisson de mon O positif.

— Avec plaisir.

Elle met son casque de ses pauvres mains qui sucrent, en prenant garde à ne pas se décoiffer.

Ensuite elle ferme les yeux, se penche en avant et place ses deux pattounes en conques sur ses orbites (n'ajoute pas « de cheval », ça romprait le charme !).

— Pétrus, appelle-t-elle doucement. O cher Pétrus, m'entendez-vous ?

Elle attend et se met à siffler entre son dentier, ou plutôt à zonzonner. Ça fait comme quand t'obtiens pas la communication, biscotte l'encombrement des lignes : « bzzzzz… bzzzzz… bzzzzz… » Elle cesse pour héler de nouveau :

— Pétrus ! Pétruuuuuus ! C'est Catherine Katarina qui vous appelle. Répondez, Pétrus !

« Bzzzzz… bzzzzz… » fait le silence.

Bon, ça commence à bien faire, tu crois pas ?

Un moment, je veux bien, deux moments, bonjour la merderie.

— Ah ! ah ! fait soudain Mémère en réagissant. C'est vous, Pétrus ! Comment ? Vous n'êtes pas Pétrus Dubois-Douillet ? Qui êtes-vous, alors ? Le quoi ?… Le général Junot, duc d'Abrantès ? Je vous prie de m'excuser, mon général… Connaissez-vous Pétrus Dubois-Douillet ?… C'est cela : un nouveau, grand, un peu voûté, avec le nez plutôt fort… Je peux vous demander de le prévenir ?… C'est très gentil à vous. Mes respects, mon général…

Pétrus ne devait pas être loin car il entre en ligne dans les vingt secondes qui suivent.

— Pétrus ?… Bonjour, c'est Catherine Katarina, vous vous souvenez ?… Eh oui, je vous avais prédit que vous péririez de mort violente, mon pauvre ami… Ben vous voyez… Ça été dur ?… Pas trop ?… Tant mieux. Dites-moi, Pétrus, vous pourriez me dire à quoi ressemblait le sale bonhomme qui vous a électrocuté ?... Comment ?... Ce n'était pas un homme mais une femme déguisée ?... Vous êtes sûr ?... La garce !... Et elle ressemblait à quoi, cette gueuse, Pétrus ?... Plutôt grande, oui... Très brune ?... Avec une petite tache café au lait sur le cou, au niveau de l'oreille gauche... Autre chose ?... C'est tout ce que vous pouvez me dire ?... Eh bien, je vous remercie... Ça se passe bien, « là-bas » ?... Pardon ?... Je n'ai pas compris, Pétrus... Vous, quoi ?... Ah ! vous vous faites chier... Bien sûr, que voulez-vous... L'au-delà, hein ?... C'est pas le Club Med !... Je suis de tout cœur avec vous, Pétrus. Si vous avez l'occasion de rencontrer Wladimir Katerini, mon défunt, passez-lui le bonjour de ma part.

Il y a une période d'inertie. On sent que la « voyante » passe par une sorte de sas avant de reprendre pied dans le réel. Elle ôte son casque, exhale un soupir prolongé, puis me regarde.

— Ça été, commissaire ? J'ai obtenu quelque chose ?

— L'auriez-vous oublié ?

— Lors de mes « contacts », je suis en état second et il ne m'en reste aucun souvenir par la suite.

— C'était intéressant, avoué-je.

Sais-tu ce qui me chicane, Ariane ?

Ellena Mencini portait une petite tache en étoile au cou.

Mais ne te fais pas de souci pour moi : je ne vais pas sombrer dans l'occultisme pour autant !

A TABLE !

— Nous fûmes été suivis, affirme Béru. Hein, Violette, qu'un gonzier en moto nous a collé au prose ?

— Textuel, commissaire.

— Et alors ?

— Alors rien. La villa « A tire-d'aile » est une bicoque quéconque. A colombins, si tu voyes ? Plutôt délabrerée, hein Viovio ?

— Absolument, commissaire !

— J'ai sonné, personne n'est viendu. J'ai entré, la lourde était pas fermaga à clé. Vide ! Rien trouvé d'insolide à l'intérieur, juste deux plumards défaits. Elle a dû servir à deux gens pour leur coucher.

— Il fallait te renseigner pour savoir à qui elle appartenait ?

Le Surgonflé me file un regard plus dégueu qu'un glave d'ivrogne catarrheux.

— Non, mais caisse tu croives, Antoine ? Qu' j'marne dans les douanes ou qu'j'fais garçon boucher ? J'connais l'boulot, y avait un panneau à la grille : « A louer. Agence de l'Océan. » On y ait été, hein, Violette ?

— Tout à fait, commissaire.

— Le mec d'l'agence est à Quimper pour un château à vendre. Sa s'crétaire nous a dit que personne habitait la villa « A tire-d'aile » d'cette saison ! Ça s'loue s'l'ment l'été, ces masures.

— Et pourtant on y dort et on y téléphone ! ricané-je.

— Faudra r'tourner voir l'agenceur d'main.

— Demain, soupiré-je, c'est loin.

Il hausse les épaules.

— Et votre ange gardien, qu'est-il devenu ? reprends-je.

— Y nous a suivive jusqu'à la villa. Quant t'est-ce on en est r'partis, y était plus, hein Violette ?

— Affirmatif, commissaire !

— Il va bientôt êt' l'heur' de la jaffe, Antoine. Je pense qu'on d'vrait retourner à l'auberge, moi et Violette, on t'ramènererait un indien.

— Un indien ?!?!

— J'veux dire un inca : sandouiche viande froide et un pilon de poultock, t'aimes assez, y m'semb' ? Plus un' part d'tarte et une boutanche d'bordeaux supérerieur.

Je l'écoute d'un estomac distrait, Alexandre-Benoît.

— Alors ? T'es d'ac, mec ? il insiste, les babines coulantes comme chaque fois qu'il évoque des nourritures terrestres.

— Tu m'emmerdes avec ta bouffe ! Tu n'es qu'un tube digestif branché sur une fosse d'aisance ! Le temps urge désormais, manger, ce sera pour une autre fois !

— Ah ! Bon, bon ; tu veux que j'fasse quoi-ce ?

— Tu vas appeler le directeur.

— Ton pote Clabote ?

— Oui. Dis-lui de monter.

— J'croyais qu'tu voulais pas t'montrer ?

— Je me planquerai dans la salle de bains.

— Et qu'est-ce j'lu dis, céziguemuche ?

— Ceci…

Tu mords l'art consommé de l'écrivain ?

Rien divulguer par avance. Dire seulement en situation ! Quand j'étais mouflingue, Félicie me recommandait toujours de ménager mes effets. Elle a gagné !

J'ai rabattu le couvercle des gogues, placé dessus une serviette de toilette pliée en quatre (ne jamais négliger le confort, il nous aide à penser) et déposé mon prosaïque sur le tout.

Je n'ai pas fermé complètement la porte de la salle d'eau, histoire de bien entendre ce qui se dira dans la chambre.

On a sonné. La môme Violetta a ouvert.

BERU (off) : Salut, m'sieur Clabote. Assistez-vous, faites comme chez vous !

(Rire.)[1]

CLABOTE (voix sombre) : Auriez-vous des nouvelles de ma femme ?

BÉRU : En auriez-vous-t-il, vous, d'Sana ?

CLABOTE : Comment voulez-vous ?

BERU : (mystérieux) : On n'sait jamais.

(Un silence. Pet étouffé de Béru.)

CLABOTE : Que pensez-vous de cette double et singulière disparition ?

BÉRU : La même chose qu'vous, m'sieur Clabote.

CLABOTE : C'est-à-dire ?

BÉRU : Des mecs ont r'froidi vot' bergère et mon pote. Y n' d'vaient zinguer qu'Antoine, mais y a eu un coup fourré et y z'ont piqué légal'ment la Lucette. Ça leur a filé les flubes, biscotte ça n'figurait pas à leur programme. Alors ils ont embarqué les cadavres et brûlé la chignole. Et v'là l'topo, m'sieur Clabote.

1. Préciser que ce rire est gras relèverait du pléonasme.

Sûr'ment qu'ces foies-blancs font croire à leurs chefs ou complices qu'les deux tourt'raux s'est enfuis. Y veulent cacher la merde de chat, comprenez-vous-t-il ? Comment voulez-vous-t-il qu'un coup l'assailli en pleine noye dans un' chignole s'enfuyasse quand on leur défouraille d'sus avec des bastos qui foudroireraient un éléphant !

(Un second silence, à peine troublé par un rot bref et autoritaire du Gros.)

CLABOTE : Non !

BÉRU : Pourquoi, non ?

CLABOTE : Quelque chose me dit que vous vous trompez !

(Alors, Bérurier, dans ses hautes œuvres et avec une autorité féroce, implacable, contreplacable et tout :)

BÉRU : C'est pas « quéque chose » qui vous le dit, mais les gars d'la bande, Clabote ! Et savez-vous-t-il ce qu'y vous ont dit ? Qu'vot' bonne femme avait téléphoné à la villa « A tire-d'aile » dans la noye. V'voiliez si j'en sais, des choses ? N'en réalité, v'v'lez que j'vais vous apprende qui est-ce qu'a appelé ? Ma'me Violette, ici présente. Fais pas voir ta chatte à m'sieur, Viovio, je croive pas qu'il eusse envie d'tirer en c'moment ! La vérité textuelle, Clabote, c'est qu'j'ai voulu désorerienter ces fumiers et, fectiv'ment, après l'coup d'turlu, y z'ont mis les adjas, comprenant qu'on avait dégauchi leur planque à Riquebon. Un gusman à moi s'tenait à promiscuité d'leur bicoque, et les a filochés. Pas la peine qu'j'vous apprisse où y s'sont réfugiés, hein ?

« Bon. Maint'nant on étale les brèmes su' l'tapis, mon pote ! L'futur, j'vas vous l'cracher. V's'êtes un homme mort ! Mon idée c'est qu'aftère l'opération prévue, ils vous auraient liquidé. Y n'plaisantent pas. Moncornard, la mère Gabot, c'est révélatrice, non ?

L'équarrissent en grand, les mecs ! Maint'nant qu'y z'ont assaisonné vot' rombière, y peuv' plus vous laisser su' vos pattes d'derrière, leur sécurité en dépend. »

(Troisième silence que Sa Majesté met à profit pour dégazer du haut et du bas.)

CLABOTE (avec une voix qui fait un bruit d'albuplast qu'on décolle) : Je... ne comprends rien du tout à ce que vous racontez là.

(Rire sardonique du Mastar.)

BÉRU : C'qu' tu vas comprende, c'est ta douleur, mon drôlet. Profite bien d'cett' journée, ça m'étonnerait qu't'en ayes beaucoup d'aut' à viv' derrière ! Et j'vas t'confidencer un' dernière chose, Clabote : compte pas su' la Rousse pour assurerer ta protection. Notre pote Sana a laissé sa peau dans c't'aventure et la vie d'un poulet comm' lui, ça s'paye très cher ! Si t'reste un peu d'religegion, va t'confesser ; un' bonne absolution aux enzymes ammoniaqués, ça lave plus blanc.

(Rires copieux du mastodonte.)

CLABOTE : Je vous assure que...

BERU : C'est toi qui d'vrais t'faire assurer ! Et sur la vie ! Violette, ma poule, arrête d'montrer ton cul ! Tu n'vas pas m'dire qu'c'mec t'excite ! D'accord, il est baraqué, mais merde, t'as mieux dans ton plumard tous les soirs, non ? Au lieu d'trémousser d'la saintebarbe, t'f'rais mieux d'y faire entend' la voix d'l'oraison, p't'êt' qu'une gonzesse l'convictionnerait plus !

Moi, assis sur mes chiches, je me dis qu'il se comporte en seigneur, Alexandre-Benoît Bérurier. T'a conduit cette scène avec un brio impeccable, une habileté d'usurier florentin. Tu vois qu'il n'est pas seulement un chourineur, mon pote, et que la psychologie n'a pas de secret pour lui.

Violette entre en scène. Simple et calme.

VIOLETTE : Puisque je suis invitée à vous donner mon avis, monsieur le directeur, je voudrais avant toute chose vous faire part de ma profonde surprise. Comment ne comprenez-vous pas que la partie est perdue pour vous ? Voyons, Bérurier est officier de police, je suis également fonctionnaire de police ; d'autres flics sont sur l'affaire. Nous connaissons, Béru vous l'a démontré, l'essentiel de l'histoire. Nier et continuer de foncer tête baissée est suicidaire de votre part. Le scandale, la ruine, peut-être la mort, voilà ce qui vous attend inéluctablement. Votre épouse a été tuée, votre vie s'écroule. Le seul espoir qui vous reste, c'est de tout nous dire. Réfléchissez, vous n'avez pas le droit de passer à côté de cette ultime chance.

Depuis la salle de bains, je perçois le souffle précipité d'Alexis. Tu croirais qu'il est occupé à poser un rail de chemin de fer au Zaïre.

Elle n'est pas mal non plus, la môme Violette, dans son genre. Un peu exacerbée de la gaufrette, mais elle a du chou ! Elle ne devrait pas rester longtemps contractuelle, cette greluse ; elle a mieux à faire que de distribuer des contrebûches aux tomobilistes parigots.

Je l'entends chuchoter au Dodu :

— Laisse-nous, Chouchou, il sera plus à son aise pour causer.

— Et toi tu vas n'enfoncer ! grommelle mon Valeureux. T'as vraiment la moule énervée, ma gosse !

Il sort en faisant claquer la lourde pour marquer son humeur puis un énorme vent retentit dans le couloir. Une vieille Anglaise sort de sa chambre, croyant à une nouvelle explosion.

C'est triste, un ancien talonneur de rugby, trente et quelques fois sélectionné en équipe de France, qui chiale à gros bouillons. Il a craqué d'un coup, d'un seul, comme se rompt un barrage. Les nerfs.

— Ce n'est pas ma faute, bégaie-t-il. J'ai été faible, voilà tout ; je me suis laissé entraîner par les sens. Au début, je ne prévoyais pas les conséquences…

Elle est fine mouche, la contractuelle. La manière qu'elle l'accouche au petit fer, Miss Sherlock, chapeau ! Du grand, du très grand art ! Elle procède par questions innocentes, ensuite console, glisse la main dans la braguette d'Alexis pour lui tripoter le massepain. Il bandoche pas glorieusement, mon camarade. C'est de la petite triquette machinale. De la chopine routinière qu'il propose. Elle lui bisouille le casque suisse, la chérie. Dit qu'elle comprend. Que l'être est démuni devant l'amour, que tout ça… Un brin de pipe, la moindre des choses, pas menée à terme, juste pour lui turgescer la trompette, lui amollir la volonté en lui affermissant le gugus.

Il flotte dans les chagrins turpides, les bouffées, les ardeurs souterraines. Les rideaux sont encore fermés depuis la séance de communication avec l'au-delà de la mère Katarina. C'est vachement propice aux abandons. Peu à peu, elle l'emmène par les chemins de traverse jusqu'à la vérité. Il continue de parler, de gémir, de triquer. Oublie sa position critique, son pseudo-veuvage, les dangers qui le menacent.

Moi, une comme la rouquine du Gros, parole de drauper, j'en fais une inspectrice d'élite. Elle est psychologue et sensuelle. Fait flèche de tout bois et de sa chatte.

A un moment donné, Alex balbutie :

— C'est formidable comme vous me comprenez bien, je vous plais, n'est-ce pas ?

Toujours la fatuité du mâle qui est là, endémique.

— Infiniment, assure la gueuse.

— Je raffole des rousses, avoue Clabote.

— Tiens, goûte ! l'invite-t-elle avec une touchante simplicité.

Il stoppe ses confidences pour lui pratiquer ce qu'on appelle en argot de salon « faire la vaisselle ». Elle en conçoit un vif plaisir dont les retombées doivent faire l'agrément des fossiles d'alentour.

Très honnêtement, au cours de ma carrière très riche, je n'ai encore jamais assisté à un interrogatoire conduit de cette manière. L'inspecteur qui pompe le prévenu et se fait bouffer le cul par lui, c'est plutôt rare dans les annales ; et même dans les anus comme dit Béru.

Mais, comme je le répète volontiers avec cet esprit cartésien qui est l'apanade (toujours Béru dixit) de notre race française, en toute chose, c'est la finalité qui importe.

Lorsqu'ils ont bien parlé et bien joui ensemble, Alexis et Violette se prennent mutuellement congé. Elle dit à mon pote de faire gaffe à sa santé et d'attendre des instructions concernant le grand bal de ce soir.

Chère Violette ! Si elle n'avait la bouche amidonnée au sirop de burettes, je l'embrasserais !

LE BAL

Des guirlandes, des plantes vertes…

L'orchestre rupine. Loqués mexicanos, les musicos : velours noir, dorures, la classe. A l'accordéon, Milou Ganache fait un malheur ! Il porte une limouille à plastron de dentelle, une fausse cravate de cuir, un dentier neuf un tout petit peu trop pointu, qui aurait besoin d'un coup de lime pour s'emboîter correct. Il a un instrument qui éclabousse, tant il est pailleté de partout. A lui tout seul, il mobilise la *luce* des quatre projos à caches multicolores qui, selon qu'on les passe du bleu au rouge, transforment Loulou Ganache en ange ou en démon. Le virtuose est en train de suer *Le Dénicheur*, qui est, au piano à bretelle, ce que le *Gode Save the Queen* est à la famille Windsor. Riri Folichont à la batterie, René Poitringue à la contre-basse et Lucchino Martin à la guitare électrique composent la célèbre formation des « Dupanloup's Brothers », dont la réputation n'est plus à faire dans les départements du Morbihan et du Finistère.

Les clients de l'institut valsent sur le parquet briqué. Les rombières enfanfreluchées rivalisent d'élégance, que tu croirais une soirée de gala sous le Premier Empire (mais là, c'est seulement le troisième en pire). Les kroumes, eux, ont dénaphtaliné leurs blazers au revers gauche desquels s'étagent des décorations pas toujours identifiables.

— Y a des jambes d'bois qu'est en train d's'dévisser ! rigole Béru.

Ils sont grotesques et touchants, ces podagres tourbillonnants, raidis par l'arthrose, et que l'âge fait chanceler. En y regardant de près, tu parviens à redéfinir ce qu'ils furent en leur jeunesse ; pour cela, il convient de faire un effort d'imagination. Il s'agit de noircir les poils, d'effacer les rides, d'emplir des décharnances. D'une façon générale, les dames se sont empâtées et les messieurs recroquevillés. Le dénominateur commun, c'est les regards gélatineux et les bouches défoncées par l'édentement qu'aucun râtelier n'arrive à compenser vraiment. Ça tourne, ça se heurte. Les pépères font des effets de bras, les mémères trottinent menu dans leurs robes longues.

Le Dénicheur…

Tali lalali la lala…

Tourne la vie, sonne l'heure. Valse sur des pierres tombales ! Mon cœur se serre. Ils ont vécu, baisé, valsé. Ils valsent encore. Bientôt ce sera enfin fini. Ils rentreront chez eux, sous terre. Remplacés par les vieux suivants. L'existence est une immense fabrique de vieillards.

Le Dénicheur.

Ils ont l'air content au milieu de leurs rhumatismes. Ils puent de la gueule, probablement. Du fétide incamouflable. Cachous parfumés à la noix d'arec. Lajaunie : fume ! Y en a qui lâchent des petites louisettes, because leurs anus mal étanches. Leur partenaire fait comme si pas entendu. D'ailleurs c'est constipé des feuilles tout ça, madame.

Le Dénicheur !Tali lalali la lala…

Ç'aura été ça, leur destin : *Le Dénicheur*, un air de

valse. Ils en sont au dernier mouvement. Ça ralentit. Se fige. Le silence va se faire ; tout s'immobilisera, s'éteindra, se glacera.

— T'sais qu'tu m'fais tout drôle, déguisé comm' t' v'là, me dit Bérurier. Habituellement d'habitude, c'est pas ton louque, l'travesti, tézigue. T'as pas l'style brésilien, ta pomme. Et pis en rabbin, ça t'change diamétral'ment, grand. Ces favoris qui t'dégueulent dans la barbe, on s'croive au Mur des Augmentations ! Y a qu'ton pif qui dénote : t'as pas l'tarin simiesque. Tu t'fusses transformé en cureton, tu fusses été plus rapprochant ; il est vrai qu'un curé n'porte pas d'piège à macaronis.

— Fais-moi plaisir, Gros : oublie-moi, soupiré-je. Tu vas me faire retapisser !

— J'ai l'droit de causer av'c un rabbin, non ?

J'assure mes lunettes aux verres légèrement teintés. Du bout des doigts, je vérifie discrètement que ma barbe et mes longs favoris tiennent parfaitement. Tout me semble O.K.

— Ton pote a pas l'air bouc-en-train, reprend le disert ; vise la frime qu'il trimbale ! Ça s'voye qu'y s'croive veuf et qu'il a la chiasse.

Effectivement, sanglé dans son bleu croisé en soie sauvage, il n'a pas très bonne mine, Alexis. Blafard, le regard brillant de détresse, il regarde autour de lui comme s'il se trouvait enfermé dans une cage de verre avec plein de serpents venimeux.

— Dommage qu'il n'eusse pas connu les gonziers d'la bande, ramène le Plantureux ; à moins qu'il n'eusse pas voulu s'affaler en plein d'vant Violette ?

— Non, il ne les connaît pas, dis-je. Ces gens ne sont pas si fous ! Il y a lurette qu'ils ont infiltré la clientèle d'ici. Ce sont des curistes comme les autres.

— Donc, y s'trouvent à pied d'oeuv' ?

— Pas le moindre doute là-dessus ! Pour en revenir à Alex, dans ce micmac, il n'est que la quatorzième roue du carosse. C'est sa gerce qui drive l'attelage.

— Pourquoi tu l'as soporifiée au lieu d'l'obliger à causer ?

— Parce qu'elle n'aurait pas parlé, Gros.

— Mon zob ! Quand on veut faire causer quéqu'un, on l' fait causer !

— Tu crois ça parce que tu as su faire se mettre à table quelques malfrats de seconde zone. Lucette, c'est de la cliente spéciale, Alexandre-Benoît. Quelqu'un qui a subi un entraînement poussé et que ni les tartes dans la gueule ni même certaines piqûres ne parviennent à réduire.

Fin du *Dénicheur*.

Ovations à l'adresse de Milou Ganache qui salue bas en exhibant les touches de son dentier. Magnanime, il désigne ses partenaires pour leur laisser les miettes de son succès.

Là-dessus, Cloclo Macheru se pointe sur le podium, légère comme une gazelle en verre filé. C'est l'animatrice de la soirée. Elle a montré son minois à Télé Vannes, il y a quelques années, au temps des cerises. Maintenant, elle assure des promotions dans les grandes surfaces et présente les soirées huppées. Un peu fanée, la mère. Un maquillage intense lui conserve des apparences, mais si tu la mates à moins de vingt mètres, tu t'aperçois qu'elle a la vitrine plissée soleil, de la peau en rab au cou, les loloches en bavette de bébé, et plus de carats qu'il y en a chez Cartier.

Pour essayer de réparer des ans l'irréparable outrage, elle porte une jupette ras-de-moule noire, avec un bustier rouge sur lequel est épinglée une énorme rose noire en plastique. Te dire qu'elle met des bas résille serait te faire injure, car avec ta brillante intelligence, tu l'avais déjà subodoré.

Cloclo Macheru a un rire immense, accentué au rouge Stendhal B38 dans des proportions telles qu'entre elle et Zavatta, il n'y a qu'une grosse bite et une forte paire de couilles de différence.

Elle donne à mort dans la gentillesse. Il y a chez cette fille un côté bénévole pour convoyer les malades à Lourdes.

Elle brinde à la foule, envoie des baisers, remue son vieux cul en goutte d'huile et lance :

— Très chers curistes et amis, je constate que l'ambiance est au rendez-vous de notre belle soirée, et que les danseurs de qualité sont en grand nombre. On les applaudit !

La salope !

Les vieux cons mouillent d'abondance. S'auto-acclament. Leurs prouesses, tu parles ! Prothèses sur la piste blanche ! La Cloclo faisandée arrête d'applaudir et reprend son micro qu'elle s'était placardé sous le bras, mais qu'elle aurait mieux fait de se carrer dans la moniche car ç'aurait été plus joyce.

— Et maintenant, très chers amis curistes, j'ai une grande, une immense nouvelle à vous annoncer. Notre cher institut compte un hôte de marque, une personnalité dont il serait vain de dire qu'elle est de premier plan. Arrivée discrètement ce matin pour une petite remise en condition de quelques jours, elle a bien voulu honorer de sa présence notre gala, et nous allons l'en remercier en lui faisant un accueil chaleureux. Mesdames, messieurs, c'est avec émotion que je vous annonce M. Richard Nixon, ancien Président des Etats-Unis.

Là, ils sont un peu sciés, les curistes. Et moi plus qu'eux. Ce matin, Alexis a bien avoué à Violette qu'il attendait un hôte de marque, étranger, précisait-il, mais il ignorait son identité. Top secret. On avait depuis lulure retenu la suite du Prince Barnabé de Vérolerie, à un nom bidon : John Smith. Et bon, voilà que c'est Richard Nixon qui déboule dans cet institut-abattoir. Tu parles d'un cadeau ! Bonne fête, papa ! Qu'on seringue l'ancien monarque en France et ça va déclencher un fameux circus !

Je n'ai pas le temps de méditer : le Richard se pointe avec sa frime de caoutchouc, son gros tarbouif, son sourire en coin de forban d'opérette. Costar sombre, chemise blanche, cravate discrète pour un Ricain.

Ainsi c'est lui qu'on doit liquider ? Moi je le croyais inoffensif depuis le temps qu'il est à la retraite ! Au rancart de l'oubli, à remâcher sa gloire passée et les coups tordus qui l'ont mis sur la touche avant l'heure. Oui, je croyais. Jamais l'idée me serait venue que la célébrité à effacer pouvait être cette vieille bouille du passé. Le *Watergate*, c'est si loin ! Tout va si vite ! Ils sont déjà nombreux, les gugus qui lui ont succédé à la Maison-Blanche.

Il a conservé son dynamisme de fripon sympa. Camelot enrichi. Bouille promise dès l'aube aux caricaturistes. Il saute sur le podium. Ses ratiches étincellent pis que les touches de l'accordéon. Il lève les bras. Il en abaisse un pour saisir Clodo par la taille. Il fait « Hello ! hello ! », nasille quelques mots incompréhensibles, saute de l'estrade en entraînant la présentatrice. Adresse un signe à l'orchestre de son menton galochard. Milou Ganache chuchote un titre à ses compagnons et messieurs les artistes attaquent aussi sec *La Valse à Dédé de Montmartre*. L'ex-président se met à valser. Les chers curistes et amis applaudissent à tout, tu sais quoi ? Rompre ! Ils sont aux anges. Tu te rends compte, vicomte, quand ils vont raconter à leurs relations qu'ils ont passé une soirée avec Richard Nixon ! Dansé avec lui ! Je parie que quelques vieilles peaux en décatissure laisseront entendre à leurs bonnes copines viceloques qu'elles lui auront taillé une pipe, au Richard, et qu'il a un paf gros comme son bras (avec le nez qu'il pousse devant lui, toutes les hypothèses sont permises). Y a des crabes arthritiques qui foncent à leur chambre chercher leur appareil photo ; d'autres qui s'étaient déjà kodakés et nikonés en vue du bal, crépitent du flash en faisant pipi dans leurs braies.

Béru qui s'est remis de sa stupeur me chuchote à l'oreille :

— J'pense qu'c'est ici qu'les Perses percèrent, mec, et qu'les croisés sautèrent par la f'nêtre ! J'ai idée qu'y va chier des bulles carrées et qu'faut qu'on s'tiende prêts. T'as ton Tue-tues ?

— Evidemment !

— Moi, j'ai mon para de bel homme ; on s'entend comme lardons en foire. Le p'mier gusman qu'essaie quéqu'chose contre le Nikon, j'y fais éternenuer sa cervelle !

— Hé ! mollo, Gros : pas de bavures !

Il chante en musiquant, Milou Ganache :

C'est la valse à Dédé de Montmartre.
Au son d' l'accordéon
Elle donne le grand frisson...

Ricardo, il gambille pas mal pour un croquant de soixante-seize bougies. Il sclérose pas trop, je trouve. D'autant que la valse musette, malgré son côté canaille, c'est pas son verre de bourbon.

Moi, je suis pris de vertige. Je hume l'imminence d'une action. Y a comme les prémices d'une tuerie dans l'air. Et tous ces vieux cons qui se trémoussent les ans autour du Président. Je me mets à scruter *ceux qui ne font rien* ; car c'est eux qu'il faut redouter. Je m'exhorte. M'amadoue.

« Tonio, mon gros lapin, repère les hommes jeunes, ou du moins qui ne sont pas tout à fait des vieillards. Ils sont là, ils observent, ils attendent, ils vont agir. Tu DOIS les détecter, intervenir avant qu'ils bronchent. »

Mais j'ai beau passer en revue l'assistance, je n'aperçois que des curistes enfanfreluchés dont les plus jeunes ont cinquante carats. Personne qui soit aux aguets ou qui ait l'air tendu. De jeune, ici, en dehors de ton Sana, il n'y a que les serveurs que je connais de vue maintenant. S'agirait-il d'hommes de main, engagés depuis un certain temps pour être en place le moment venu ? Je les passe rapidos dans mon collimateur : bonnes bouilles d'Arabes ou de Bretons.

Par mesure de sécurité, je me rends de l'autre côté du buffet afin de procéder à une rapide inspection. Tout est conforme. Mon angoisse monte, j'ai une grosse boule de coton pétri dans le gosier. Mon cœur cigogne comme s'il cherchait la sortie.

J'aperçois Alex, avec sa gueule de déterré, près de l'entrée. Je n'y tiens plus, en quatre enjambées et quatre bousculades malotruses (des vieux, tu penses !) je l'ai rejoint.

Je me place derrière lui.

— Alex ! fais-je doucement, ne bronche pas et dis-moi ce qui va se passer !

Il bondit, et malgré mon injonction, me fait face. Un temps infime, il achève de m'identifier.

— Toi ! murmure-t-il. Et Lucette ? Hein ? Où est Lucette ?

— Dis-moi ce qui va se passer, bordel !

— Je n'en sais rien !

— Mais tu sais qu'il va y avoir du grabuge ? N'essaie

pas de me chambrer, j'étais dans la salle de bains quand tu as fait des confidences à la rouquine ce matin !

— Oui, il va y en avoir.

— Quel genre ?

— Ben : le Président !

Naturellement ! Que pourrait-il se produire d'autre ?

— On va le liquider ?

— Je le crains.

— De quelle façon ?

— Je n'en sais rien.

— Où sont les tueurs ?

— Je n'en sais rien !

— Espèce de fumier ! Cet attentat s'organise dans ta taule et tu prétends ne rien savoir !

— Je te le jure ! Dis, Lucette ?

— Va te faire foutre avec ta pétasse !

C'est l'instant ou une main se fourvoie dans ma poche droite pour y cueillir mon soufflant. Je la saisis à travers l'étoffe, me retourne. Stupeur : il s'agit de Félicien Jaume, l'ancien préfet de police en cure avec sa dadame à Riquebon.

Il bat des paupières.

— Laissez, San-Antonio, je vous le rendrai plus tard.

Là, les testicules m'en tombent, de même que leur balancier de sustentation. Cet aimable vieux monsieur, archidécoré, grand bourgeois jusqu'au slip, tremperait dans l'affaire ?

Malgré ma surprise et l'autorité dont il fait pendule[1], je ne lâche pas sa main ; au contraire, ma pression se raffermit.

1. Distraction de l'auteur qui a voulu écrire : « l'autorité dont il fait montre. »

La Directrice Littéraire.

A cet instant pilpatant, je fais un léger break dans le développement de l'action pour te dépeindre le topo. La salle de conférences, convertie en salle de bal, est utilisée parfois pour des projections cinématographiques. Il existe, en surplomb, une cabine percée de lucarnes pour les objectifs.

J'avais omis de te signaler cette particularité, laquelle va, très rapidos, revêtir une importance exceptionnelle.

Donc, les choses sont ainsi : le podium et les musicos déguisés en Mexicains d'opérette, à leur pied, la salle de gambille où les couples valsent avec, comme pivot, le ci-devant Président Nixon et la môme Clodo. Autour de la piste : des tables pour les tarderies les plus podagres, puis le buffet, assiégé par une horde de crabes qui, n'importe leur condition sociale et le délabrement de leur estomac, s'empiffrent toujours lorsque c'est gratuit.

Et puis, à proximité de la porte, une aire dégagée où les curistes encore ingambes palabrent en grignotant des petits-fours et en buvant du champagne. C'est dans cette partie que nous nous tenons, Alexis, Jaume et moi. A gauche de la cabine de projection.

Je me permets de te rat pelé que M. Félicien Jaume a sa main dans ma poche et qu'elle y tient la crosse de mon composteur. Par contre, je bloque ladite paluche de la mienne. Il tente de se dégager, mais deux éléments majeurs l'en empêchent : le piège que constitue ma fouille, et ma force.

Une tentation m'empare : pivoter sec afin de le déséquilibrer et, en même temps, lui praliner le menton d'un crochet du gauche. Sa dignité, ses anciennes fonctions, son grand âge me retiennent. Il y a en moi un côté bien élevé qui finira par me perdre. Je sais qu'un jour ou l'autre je serai victime de ma parfaite éducation. Aussi, m'abstiens-je de toute violence. Je cherche Béru dans la foule. L'avise en bordure de piste, surveillant Richard comme une maman suit les premiers pas chancelants de son *baby*. Inutile de le héler, dans ce tohu-bohu il ne m'entendrait pas.

Perplexité.

— Vous devriez lâcher ce pistolet, monsieur Jaume ! fais-je d'un ton adapté aux circonstances.

Il murmure :

— Ne commettez pas de violence, commissaire.

— Je n'en commettrai que s'il s'en commet, réponds-je.

Et poum ! Tu sais quoi ? Toutes les lumières s'éteignent d'un coup. Obscurité totale. Dès lors les musiciens s'arrêtent de musiquer, les danseurs de danser, les buffetteurs de buffetter. Rumeur protestatrice. Glapissements de quelques vieilles perruches effrayées par la ténèbre. C'est alors que ma pomme, mû par un instinct étrange, venu d'ailleurs, j'exécute la pirouette dont je rêvais, mais sans l'accompagner d'un taquet. C'est fulgurant.

Au même instant, une détonation claque. Jaume pousse un cri très bref et s'écroule. Ma poche se déchire. Sa paluche crispée sur mon arme en presse la détente dans un ultime spasme. Je ressens une brûlure à la cuisse. A tâtons, je récupère mon feu. C'est un instant d'une folle intensité. Quelque chose qui nous dépasse. Comme si la vie s'emballait. Comme si la réalité criait « pouce » ! Tout se désorganise, devient fou.

Depuis la cabine de projection, ça tire à boulets rouges ! C'est rapide et précis. Dans ce noir complet, on se demande sur quoi ou sur qui les mecs embusqués là-haut défouraillent. Ma pensée qui va plus vite qu'une éjaculation de taureau me propose « viseurs à infrarouge ». Ils doivent être deux dans cette putain de cabine, à mitrailler par les deux lucarnes. Tu parles qu'ils l'ont eue belle pour le rectifier, le Président ! Du gâteau ! Avec sa tête de pipe, cézigus, ça doit être un régal.

Je me sens inondé d'un truc chaud qui pue le fade, le salé. S'agit-il du sang de Félicien Jaume ou du mien ? Voire des deux mêlés ? J'ai été touché par la balle de mon soufflant. Si l'ami Tu-Tues me crache contre, maintenant, c'est la fin des haricots ! Je me mets à ramper à reculons, ce qui n'est pas commode, parmi ces gens qui se sont allongés sur le parquet en entendant miauler les bastos.

Je passe par-dessus un tas de dentelle fleurant la naphtaline. Dessous, y a une vioque qui couinasse : c'est *probably* la dernière fois de sa vie qu'un homme lui passe dessus. Je recule doucement. Voilà la grande porte ouverte à double battant. Elle donne sur un hall carrelé, éteint lui aussi, mais le clair de lune nous apporte par les baies vitrées une clarté blanche et froide.

J'avise un petit escalier de fer, assez raide, qui mène à la cabine de projection.

Ils vont bien être obligés de le descendre, les assassins !

Un léger coup de sifflet me fait tressaillir. Puis une voix :

— Commissaire !

Une silhouette féminine sort de derrière un grand canapé d'osier. Je reconnais Violette. Elle tient un flingue, cadeau sans doute de l'officier de police Alexandre-Benoît Bérurier qui n'hésite jamais à faire aux élues de son cœur de ces menus présents qui plaisent aux dames.

Elle me fait signe de la rejoindre, puis chuchote :

— Quand ils vont sortir, on les laissera s'engager

dans l'escalier ; moi je prends le premier, vous vous occupez du reste.

Ma parole, elle me commande, cette péteuse ! Dis, on croit rêver ! Une contractuelle potelée, un peu gouine sur les bords, QUI EN REMONTRE A L'AS DES AS ? Y a de quoi se poignarder le cul avec une rosette de Lyon ! Pourtant, comme ce qu'elle propose c'est le bon sens même, j'obtempère.

Qu'à peine on s'est accroupis à l'abri du siège, voilà la porte qui s'ouvre sur la petite plate-forme où aboutit l'escadrin. Un type habillé d'une combinaison de mécanicien bleue et coiffé d'une casquette à longue visière se met à dévaler.

Un second surgit derrière lui. Nous nous soulevons, Violette et moi. Nous sommes dans une zone d'ombre, et les fuyards ne nous aperçoivent pas tout de suite.

Selon le plan ourdi par elle, la rouquine défourraille la première. La vache ! Les leçons de tir, elle les prend pas par correspondance, cette sauteuse ! Mouche ! Le gars est quetsché plein cadre ! Ne profère par un mot. Il plonge en avant et s'écrase sur le carrelage.

Au moment où je vais pour fourrer le mien : la tuile ! Les gens, fous de panique, débottent en trombe de la salle, s'interposant entre moi et ma cible. J'ai le temps de réaliser qu'ils étaient trois dans la cabine. Les deux autres rebroussent chemin et retournent s'y enfermer. Je me console en me disant qu'ils sont pris au piège, la cabine ne comportant pas d'autre issue.

Les braves curistes piétinent le zig que Violetta vient de cartonner. Il accroît leur trouillance. Les vieux braves de jadis quittent Pont-aux-Dames pour retrouver le Chemin des Dames. Y a du Verdun dans l'air, de l'apocalypse ! Ils fuient éperdument, bousculant les douairières. Finito les ronds de jambes, baisepaluches et *tutti frutti*. On joue cours-moi-après-que-je-t'attrape. Ils sauvent leurs os, les décorés !

Lorsque la horde a déferlé, je gravis courageusement l'escadrin quatre à quatre. La porte est en fer également ; elle ne comporte pas de loquet, mais une serrure de sûreté. Impossible de l'ouvrir car elle est bouclarès de l'intérieur.

Je me retourne, perplexe, sur le hall où sévit la dévastation. Des vieillardes gisent sur le carreau avec plein de cols du fémur émiettés. Je reconnais la mère Katarina presque à poil et la gueule en sang. Un endurant du passé, boitant bas, dégaine la lame de sa canne-épée et menace de pourfendre qui l'approche et, comme tout le monde l'approche, il ferraille en folie, gueulant des « Sus ! Sus ! Par là morbleu ! » qui dominent le tumulte. Une névrosée entre deux âges (mais plus proche du second que du premier) se trousse haut et conjure qu'on la viole mais qu'on épargne sa vie. Tout ça est indescriptible, bien que je le décrive admirablement. Je te passe ceux qui défèquent en s'enfuyant, ceux qui lacèrent la gueule des autres, ceux qui font des crocs-en-jambe, des crocs-en-bouche ! Tous les croquants verts de trouille. La cohorte éperdue s'égaye dans toutes les directions, leurs cris et cavalcades réverbérés par l'immensité des locaux, composent une rumeur océane, un grondement de tempête.

Violette me regarde, d'en bas.

— Apportez-moi une chaise ! lui crié-je.

Elle se hâte. Je place le siège entre la porte et la rambarde de manière à bloquer l'issue. Les deux tireurs pris au piège peuvent toujours cigogner : ils n'ouvriront pas ! Maintenant, je dois aller constater les dégâts. Comme un dingue, je me précipite à la porte de la salle de bal.

Spectacle hallucinant. Au centre de la piste j'avise trois personnes alignées : Béru, Nixon, plus un autre vieux kroum. Le Mastar est inerte, couché sur l'ex-Président, couvert de sang. Hormis ces trois personnes touchées, il y a quatre mirontons scrafés de première dans la salle. La plupart ont la tronche éclatée. Les tireurs d'élite ont su utiliser leur putain de viseur à infrarouge, espère ! Pour quelle raison, cette hécatombe, je me le demande ? Puisqu'ils ont eu le Richard, avaient-ils besoin de zinguer les vieux curistes chenus ? Balles perdues ? Pourquoi, en ce cas, n'auraient-elles atteint que des hommes ? Et si proprement, si « infailliblement » ? Tout cela me tournique dans l'entendement.

Bon, voilà que je bute sur le corps de Félicien Jaume, il a pris une bastos dans la cage à serin et comme il s'agissait d'une balle explosive, son guignol a été déchiqueté. Le plastron de sa belle limouille amidonnée est complètement rouge.

Je m'élance vers Béru. Ce faisant, une douleur fulgurante me déchire la jambe comme si je venais de m'embrocher sur la pique acérée d'une grille. Pourtant, aucune détonation n'a retenti ; je me souviens alors qu'au moment où Jaume a dérouillé, j'ai ressenti un impact à ma guibolle en provenance de mon propre feu. Dans celui de l'action, je suis passé outre. Porté par l'énergie, dopé par le danger, *j'ai oublié ma blessure*, aussi incroyable que la chose puisse paraître. Mais maintenant elle se rappelle à mon bon souvenir et je craque.

J'essaie de me relever. Impossible ! Il est *out*, ton Sana. La jambe gauche de mon pantalon est plaquée à ma viande par le sang ! Quel carnage ! Il me vient des éblouissements.

Violette va pour s'élancer.

— Reste à l'abri, môme ! lui conseillé-je. Tu vas te faire seringuer !

Consciente du danger, elle se place hors de portée des tireurs.

Alors, l'un d'eux jacte depuis une lucarne de la cabine. Voix métallique. Un homme de commando ! Il sait appréhender une situation et prendre des décisions rapides.

— Quelqu'un m'entend ? s'informe-t-il.

— Oui ! répond Violette.

— Parfait. Voilà comment nous allons procéder. Pour l'instant nous tenons le commissaire en joue. Si quelqu'un s'approche de lui, nous faisons éclater la tête du quelqu'un. Si on tente de forcer la porte de la cabine, c'est celle de San-Antonio qui explose. Ça, c'est le premier point. Deuxième point : vous, la fille qui venez de me répondre, vous allez monter jusqu'à la cabine et vous nous servirez d'otage pendant qu'on filera d'ici. Exécution rapide, nous sommes pressés !

J'ai l'impression qu'un gigantesque métronome vient de se déclencher dans ma tronche. Les images se brouillent puis redeviennent nettes pour, aussitôt se gondoler comme une découverte de théâtre mal tendue. Je vois Violette se retirer de la salle. Elle court, mais une fois dans le hall, elle prend la direction opposée à l'escalier conduisant à la cabine. Aurait-elle les foies ? Ça m'étonnerait après la manière dont elle vient de se comporter… Sans doute va-t-elle chercher des renforts !

Je pense que j'ai toujours l'ami Tu-Tues en pogne. Je suis capable de tirer dans l'une des lucarnes et d'assaisonner l'un des mecs. Seulement il faut viser, pour ça, et eux qui ont le doigt sur la détente de leur arquebuse devanceraient mon geste. Ce serait suicidaire de ma part. Cela dit, ça leur ôterait leur seul argument de chantage ! Moi mort, ils ne pourraient plus exercer de pression ; l'emmerde c'est que je ne serais plus là pour assister à leur reddition ; or je n'abandonne jamais un film avant de voir la façon dont il finit.

— Eh bien ! lance le tueur, au bout d'un moment d'attente, pourquoi la femme ne vient-elle pas nous rejoindre ? Inutile d'essayer de nous berner ! Vous m'entendez, commissaire ?

— J'entends.

— Que fait-elle ?

— Je l'ignore.

— Si on ne nous donne pas satisfaction dans les trois minutes, je vous tue.

— Et après ? questionné-je placidement.

Là, je marque un point. Il a un temps de silence, dérouté.

— Après vous serez mort ! fait-il.

— Et vous prisonniers de votre nasse comme deux langoustes. Les forces spéciales d'intervention arriveront et vous mettront en charpie !

Pendant qu'on cause chiffons, tu sais ce que je vois radiner ? La Violette impériale portant un escabeau. Elle a posé ses chaussures et avance à pas de louve en rasant le mur sous la cabine de projection. Avec d'infinies précautions, elle dispose son escabeau au niveau des lucarnes.

Je m'efforce de ne plus la regarder afin de ne pas alerter les deux tueurs enfermés.

Je poursuis, la voix faiblissante :

— Vous l'avez dans le cul, les gars. Je suis touché et je sens que je me vide de mon sang. Vous pensez bien que le branle-bas de combat a commencé chez les perdreaux. Quand ils vont arriver et constater ce gâchis, ils n'auront plus une minute de répit avant de vous réduire en bouillie. Vous allez prendre tellement de balles dans le corps qu'ils devront se mettre à douze pour évacuer vos carcasses. La viande de flic, ça n'a pas de prix pour les flics. Nixon, ils en ont rien à branler, mais mon pote et moi, c'est plus cher que le caviar !

D'un regard en chanfrein, je suis l'opération « Violetta ». Cette môme, franchement, c'est la grande révélation de l'année. Ça vient de sortir ! Si je m'en tire, je la prends dans mon équipe ! Promis, juré !

Elle escalade les degrés de l'escabeau. Et sais-tu ce qu'elle tient à la main ? Non, je crois rêver, parole ! Une grenade, mon pote ! Une vraie, style ananas. Où l'a-t-elle pêchée ? Mystère. S'en sert-elle comme poudrier dans le civil ? Elle saisit la boucle avec ses dents, tire un coup sec.

Le sang-froid de ma pétroleuse ! Oh ! Seigneur, elle a plus de couilles que toute une escouade de gendarmes, cette fille ! Au lieu de virguler illico sa grenade par la lucarne, elle la garde dans la main, attendant l'ultime moment de la balancer pour que les deux fumeraux n'aient pas le temps de s'en saisir et de la rejeter. Mon âme s'élève en une intense imploration. « Mon Dieu, faites que ça ne lui pète pas à la gueule, Violetta ! Faites qu'elle ne se goure pas dans son décompte des secondes. »

Ouf ! Le geste auguste du semeur, enfin. Elle vient de lancer sa mandarine par la lucarne la plus basse. Qu'à peine elle l'a larguée, l'engin explose. Il n'a pas dû toucher le sol. C'est le badaboum inouï, surtout dans un local exigu, tu parles ! Une partie de la cloison séparant la cabine de la salle de bal est anéantie. Ça fait une énorme brèche. On aperçoit l'appareil de projection disloqué avec un type incrusté dedans. Ça compose une sculpture drôlement surréaliste : chair et acier ! Y aurait que César ou bien Tapiès pour créer une œuvre de ce tonneau. Quant au second tueur, lui, il est couché au sol, un de ses bras sort, déchiqueté, par la brèche, et on l'entend geindre.

Le souffle de la grenade a renversé l'escabeau sur lequel s'était juchée Violette. La môme, contusionnée, se dépêtre de l'ustensile en jurant comme cent charretiers dont les bourrins se sont emballés. Elle masse son bon gros cul où l'hématome (de Savoie) doit s'épanouir.

Alors une voix retentit :

— Bravo, ma Viovio ! T'es une vraie guerrière. La Jeanne d'Arc, à t' comparerer, était jus' bonne à faire des frites aux troupiers ! Vous pouvez vous mett' *stand upe*, Mystère *the* Président, et émergencer. J'vous ai remparté d'mon corps, *bute céréal not danger now* maint'nant. Les grands vilains l'ont *in the* baba, Mystère Président ; *very profondly. In the backside* la balayette, comme on dit chez vous ! Faut qu'on va aller s'changer, moi et vous, biscotte l'vieux qu'a gobé des bastos, ici présent, nous a salement aspergés. V'savez, à son âge, la pisse, la merde ou l' sang, on s'relâche.

Béru se dresse et tend la main à Nixon pour l'aider à en faire autant.

J'éprouve un soulagement infini, un lumineux sentiment de gratitude. Et puis une faiblesse capiteuse m'aspire et je vais me perdre dans des nuages roses.

LE VOILE SE DÉCHIRE

Ils sont venus, ils sont tous là ; comme dans la *Mamma* d'Aznavour[1], sauf que c'est ma *mamma* qui est penchée sur moi : le beau visage dévasté par l'inquiétude de ma Félicie, photo ancienne d'elle-même, photo future plutôt, tant il est ridé et gris. Ses yeux doux sont pleins d'une volonté farouche. Elle a eu peur pour ma vie, alors tout son être s'est rebellé, des décharges d'ondes salvatrices m'ont emmitouflé, son âme a pactisé avec Dieu, et si cela n'avait pas suffi, elle se serait adressée à Belzébuth.

— Ça va, ma poule ? je lui chuchote.

Elle pleure silencieusement ; incapable de répondre autrement que par des larmes.

Derrière elle, en un demi-cercle hétéroclite, se tiennent : le Vieux, Pinaud, Jérémie Blanc, Violette, Béru et une infirmière blonde. J'enregistre que la blouse blanche de cette dernière décrit des 8 au boutonnage et qu'on est en prise directe avec le plus minuscule slip blanc jamais sorti d'une manufacture de sous-vête-

1. Charles, quand tu auras lu cette connerie, appelle-moi, j'ai quelque chose d'important à te dire.

San-A.

ments féminins. Bon, je risque d'avoir une convalescence convenable.

Mon regard harassé panoramique légèrement, me permettant de découvrir une potence, sur ma droite, avec une grosse poche transparente de sérum physiologique suspendue à sa branche. Un tuyau en descend, qui s'achève dans la grosse veine de mon poignet. J'avise également un bocal, à terre, où goutte un liquide dégueulasse provenant de ma personne via un drain. Dis donc, on dirait que j'ai morflé salement. Je me sens vasouillard comme une Spontex gorgée d'eau de vaisselle ; la blonde infirmière me taillerait une pipe, je me demande si je réagirais de la membrane !

— C'est grave ? demandé-je.

Ma voix est mourante. Si les canaris parlaient au lieu des perroquets, ça donnerait peut-être ce registre vocal.

— On t'a opéré, balbutie m'man.

— De la jambe ?

Achille intervient, doctoral :

— Du condyle fémoral. La balle vous a déchiqueté toute la cuisse avant de vous faire sauter le condyle, mon cher petit.

— Mais c'est pas certain qu'tu boites, ajoute Alexandre-Benoît.

— Gros con ! lui chuchote M. Blanc.

— Ben quoi ! rebiffe l'Empaqueté, si y d'vra boiter, c'est bien qu'il le sussasse d'orge et d'orgeat, d'autant qu'y font maint'nant des talonnettes à air comprimé qu'tu peux arquer sans qu'l'monde s'aperçusse d'rien. Y a qu'au lit, sans tes pompes, qu'on voye qu'tu boites !

La petite infirmière déclare, catégorique :

— Il ne boitera pas car c'est un garçon énergique qui fera toute la rééducation nécessaire.

Et poum ! Ticket ! Ça me paraît bien parti pour des lendemains printaniers. Elle me veut des bonnes choses, Chantal (c'est écrit sur son badge).

Un gai soleil emplit ma chambre. Je souris à l'assistance.

— Ne vous écrémez pas le mental à mon sujet, je m'en tirerai.

Cette promesse l'angélise, m'man. Elle dépose une bisette sur le bout de mon pif, comme lorsque nous faisions *nez-nez-nez-nez* quand j'étais chiareux. On se frottait le pif en disant « nez-nez » jusqu'à ce que l'un des deux rigole. Alors il était déclaré perdant et devait donner un nombre de baisers à fixer par le vainqueur sur le bout de son blair. Et puis voilà, le chiare est « à plat de lit » comme on dit dans notre Dauphiné natal (où, lorsqu'il pleut à verse, on déclare « qu'il en tombe comme qui la jette »). Des souvenirs qui restent collés à ta mémoire comme un chewing-gum craché à ton talon.

Me voilà, *out* dans un lit d'hosto, saigné goret, avec je ne sais plus quel os nazé complètement. Je boiterai ! T'imagines l'Antonio claudiquant ? Pourquoi pas une canne anglaise ? Bon, je repousse la perspective, nous aviserons en temps voulu.

— Comment ça s'est conclu, la fiesta de l'institut ? je demande.

Les voilà qui jactent tous en même temps, à l'exception de maman.

Achille calme la cacophonie d'un :

— Eh bien ! Eh bien ! messieurs ! Vous permettez ?

Je le trouve vieilli, le *Big* Dabe, jaunasse, un peu ratatiné et bien moins superbe qu'avant. Il nous couverait pas une saloperie quelconque ? Il a l'âge du crabe, Chilou, l'âge où le sort aveugle se met à distribuer des cartons jaunes. Mon cœur se serre. C'est moi qui suis à gésir dans un pucier barbare avec des drains et des perfuses, tout l'horrible bataclan hospitalier, et c'est lui qui me fait de la peine, lui qui m'inquiète !

Je le préfère pavaneur, le dirluche. Frimant des quatre fers. Là, il a un côté éteint. Il ne plastronne plus. Il fait vénérable administrateur de sociétés sur la touche. Le vieux gland qui préside mais qui a cessé d'être un oracle. La ganache à qui on fait signer le compte rendu de séance et qu'on raccompagne jusqu'à sa Mercedes noire en réglant son pas sur ses rhumatismes.

— Nous avons mis la main sur une bien étrange organisation, mon cher garçon.

Ah ! bon : il dit « nous », tout de même, bien qu'il eût été tenu totalement à l'écart de l'affaire. Il se permet d'ajouter : « Depuis le début, je pressentais la chose… »

O.K., ça revient. Tel qu'en lui-même.

Tu parles qu'il se doutait « de la chose », il était au courant de RIEN !

— Une association internationale, mon petit, chargée de mettre à mort certaines personnes jugées indésirables. Cela allait des moyens les plus… calmes, comme un traitement fatal, jusqu'aux tueries les plus violentes, du style de celle dont vous avez eu à pâtir.

Je lui répondrais bien que, moi aussi, sur la fin, j'entrevoyais un galoup de ce tonneau, mais je crains qu'il ne croie à de la vantardise ; aussi je m'abstiens, et ce d'autant plus volontiers que les moindres mots que je profère me coûtent un effort démesuré. Alors j'opine faiblement.

— La partie française de cette immonde organisation était dirigée par…

— Félicien Jaume, parviens-je à placer.

Achille sourcille.

— Ah ! vous ?…

— Oui.

— Bon.

Il déconvient léger, n'aimant pas qu'on raconte la chute des histoires qu'il se complaît à narrer.

— Dure réalité pour moi, continue-t-il, car j'ai bien connu Jaume qui fut...

— Préfet de police..., incorrigiblé-je.

— Exact.

Là, c'est la renfrognance pure et simple. Il est sur le point de m'envoyer aux pelotes, le Chauve plastifié. Malgré mon délabrement physique, il me fustige de son regard polaire assombri par le courroux.

Ça m'amuse, son agacement. Je me gondole pis qu'à Venise. Et puis un autre truc encore qui me fait marrer, c'est le délicat manège de la môme Violette avec l'infirmière blonde. Elle s'est débrouillée pour passer, mine de rien, auprès d'elle, et je vois sa main de luronne caresser à travers la blouse blanche, la cuisse longue et fine de Chantal. Celle-ci, après un petit regard en biais, a pris son parti de la chose, et paraît même s'en amuser (en attendant mieux).

Elle est assez incroyable, Viovio ! Comme gonzesse tout-terrain, tu ne trouveras jamais plus performant ! Dévorante à ce point, c'est de la boulimie amoureuse. Elle passe d'une craquette à un manche à couilles sans barguigner, la mère.

Ardente du cul, vaillante dans l'action. Je la reverrai toujours tenant sa grenade dégoupillée sur son escabeau, ne la lançant qu'à l'instant suprême et irrévocable. Ça, c'est quelqu'un !

Je lui souris. Sa main vient de trouver l'ouverture de la blouse, deux doigts se faufilent jusqu'à l'élastique de l'imperceptible culotte et s'y suspendent pour la faire glisser. Elle commence à s'énerver du fouinouzet, Chantal. Etre chargée par une gonzesse, commak en pleine discussion, devant tout le monde, avec ma pomme matant très fort, au premier plan, ça la perturbe, la trouble, l'enchante.

Le Daron poursuit :

— Ça a été pourtant un excellent préfet de police, ce Jaume. Un homme énergique, intransigeant. Comment s'est-il fourvoyé dans un pareille aventure ? Je suppose que cette démarche correspond à une philosophie plus ou moins politique. Peut-être aussi s'est-il laissé convaincre par sa fille, une sorte d'aventurière moderne du nom de…

— Lucette Clabote ! banderillé-je en souriant.

Là, il explose :

— Ah ! bien, parfait ! Ça aussi ? Vous savez tout alors ?

— Je pense beaucoup, monsieur le directeur, y compris quand je me trouve dans le coma.

— Si vous savez tout, mon vieux, il est superflu que je m'esquinte le tempérament !

— Je devine plus ou moins, ajouté-je, mais de là à *savoir*…

— Eh bien, que l'inspecteur Blanc vous mette au courant, moi je m'assieds !

— Pourquoi Blanc ? s'indigne Bérurier. J'sus t'aussi bien capab' d'espliquer à Sana l'pourquoi du comment du bidule, patron.

Achille, furax, lance avec véhémence :

— Pourquoi Blanc ? Mais mon pauvre Bérurier, parce que Blanc a beau être noir, il possède dix fois plus de vocabulaire que vous qui aurez fait votre carrière avec deux cents mots (et pas des plus riches), deux poings d'assommeur et un sexe de cheval !

Le Gros regarde en direction de Violette, humilié de cette cruelle sortie. Mais la rousse contractuelle n'y a pas pris garde, car elle a enfin glissé ses deux doigts dans la fente de Chantal, en sifflet de voyou, tu sais ? Et la jolie infirmière dodeline des meules, et se met à dire « oui » du bas-ventre. Le Mastar constate la chose et sourit.

— Elle est incorrigeable, me dit-il avec un clin d'œil polisson.

Jérémie, désigné pour être le barde de l'affaire Riquebon, s'avance et s'accoude au montant sud de mon lit de douleurs.

— Cet institut a été fondé par la femme de ton copain avec des fonds occultes. Il fonctionnait parfaitement, l'ancien rugbyman ayant de réelles qualités d'administrateur. C'est une maison dite sérieuse, mais qui offre la particularité de traiter parfois certaines personnes de telle manière que celles-ci décèdent peu de temps après leur cure. La chose est très habilement conduite et, depuis plusieurs années, tout était pour le mieux dans le meilleur des mondes. Cette fois-ci, l'opération a été importante. Elle pouvait compromettre la réputation, que dis-je, l'existence de l'institut. Mais la somme versée pour son accomplissement était si forte que le jeu en valait la chandelle.

— L'assassinat de Richard Nixon ? soupiré-je.

Jérémie secoue la tête.

— Que nenni, mon ami. *Nixon n'était pas en cause et personne ne lui a tiré dessus.* On s'est seulement servi de sa venue à Riquebon pour *camoufler* l'opération. Il s'agissait de donner à croire qu'on en voulait à sa personne, pour abattre d'autres gens. En somme, la version officielle qu'ils escomptaient, c'était : « Un commando terroriste a voulu supprimer Nixon. Il l'a raté, mais hélas cinq autres personnes ont péri. » Génial, non ?

— Génial ! articulé-je. Et qui sont ces « infortunés » morts accidentellement ?

Jérémie hausse les épaules. Achille se dresse. Reprend la barre :

— Des hommes qui ont joué un rôle important pendant l'Occupation, mon cher. Nous vivons les ultimes soubresauts de la dernière guerre, les extrêmes manifestations de la vengeance. On tue in extremis ceux que la mort va prendre du fait de l'âge. Ce sont les châtiés du dernier instant. Liquidation avant fermeture. Nous aurons vécu une drôle d'époque !

— L'homme est un loup-garou pour l'homme, récite Bérurier pour prouver au Dabuche qu'il possède davantage de culture qu'il ne lui en accorde.

— Comment l'Organisation est-elle parvenue a regrouper à une même période ces curistes promis à l'équarrissage ? reprend le Vieux. Le juge d'instruction qui entendra les époux Clabote et le tueur encore en vie, s'il s'en tire, apportera sans doute la réponse à la question.

— Ce n'est pas très difficile à imaginer, assure Pinaud qui est resté silencieux jusqu'alors. Les gens à abattre ont dû être invités, purement et simplement.

— Probablement, cher Pinaud, admet le dirlo, lequel marque de la considération à César depuis que ce dernier jouit d'une confortable fortune.

— Hhhrrrr, whouaaaa, émet la jolie Chantal que notre dévorante Violette visite à présent d'un troisième doigt admirablement distribué.

Elle gigote contre la contractuelle d'élite et, tout de go, lui roule une pelle ; qu'heureusement ma Félicie n'a d'yeux que pour son grand, sinon je me sentirais gêné.

Jérémie déclare :

— Si l'on y songe bien, l'Organisation a été mise en échec, bien qu'elle ait rempli son « contrat ». Et tu sais à cause de qui, Antoine ?

— Oui, dis-je, à cause d'Ellena Mencini.

— Bravo !

— Oh ! ça, je l'ai compris depuis longtemps.

Bouf ! je me sens mieux, tout à coup. Dopé ! A mon tour, j'ai besoin de jacter. Ordinairement, c'est le gars bibi qui fournit les explications finales, aussi ça me désobligeait de me laisser conter Peau d'Ane par le Vénérable et M. Blanc.

— Une affaire marginale est venue interférer sur l'opération, dis-je. Le fameux constructeur Aldo Morituri est en grosses difficultés et va sauter. Les banques ne le soutiennent plus, on court au dépôt de bilan. Ultime recours : la *mamma*. Celle-ci est bourrée de fric, mais elle ne veut rien entendre pour casquer. Acculé, Aldo tourne matricide. Il engage, comme dame de compagnie, une dangereuse pétroleuse des Brigades Rouges qui s'est totalement investie dans le crime. Cette fille a pour mission de rendre Morituri orphelin. Mais pour éviter toute équivoque, la chose aura lieu loin de l'Italie : en Bretagne, dans un institut réputé. La Mencini n'a pas plus froid aux yeux qu'elle ne possède de scrupules. Après un rapide examen des lieux, elle ourdit le plan machiavélique suivant...

Je me tais, à bout de forces. De la sueur glacée perle à mon front et j'étouffe.

— Ne parle plus, mon chéri, implore Félicie. Monsieur le directeur, je vous en conjure, dites-lui de ne pas se fatiguer.

Et la perfide d'ajouter :

— Racontez, vous, c'est tellement mieux !

Tu parles qu'il explose du rectum, Chilou ! Rengorge du goitre et de l'anus ! Seulement y a comme un défaut : cette partie drolatique de la fable, il ne la connaît pas.

Il saisit la main de maman, la porte à ses lèvres.

— Mille grâces, chère madame, roucoule le bellâtre, mais je vais laisser dire ce brave Africain ; vous savez, il est peut-être nègre dans son genre, mais il trousse un rapport mieux que quiconque ! Allez-y, mon Blanc !

Heureux de ce jeu de mots imprémédité, il le répète :

— Mont Blanc ! subtil, non ?

Pinuche lui bêle un rire complimenteur qui suffit au bonheur du Vieux.

Jérémie va pour l'ouvrir, mais c'est moi qui parle :

— Je disais que la Mencini fomente une louche mais subtile combinaison. Pour perpétrer son assassinat sans risque, elle va accréditer le fait qu'il y a un tueur dans l'institut, du moins un fou meurtrier. Alors, s'étant travestie en homme, elle électrocute les cinq personnes que nous savons ; ainsi, lorsqu'elle va bousiller sa vieille patronne, il ne s'agira que d'un meurtre de plus du fou.

« Mais ce drame perturbe les projets de l'Organisation, en amenant la police et les médias sur place.

Ça risque de compromettre l'opération prévue. Une tuile, car les conditions qu'on est parvenu à réunir ne seront plus pensables plus tard, en cas d'annulation. C'est alors qu'Alexis Clabote pense à moi. Il est mon copain ; il sait que j'obtiens généralement des résultats positifs au cours de mes enquêtes et ce dans un temps record. Il me fait venir. Comme quoi il est vain de ne prêter qu'aux riches car, pour une fois, je piétine et, très vite, deviens une gêne supplémentaire, d'autant que je fais venir mes collaborateurs les plus éminents. »

Courbettes des *éminents* évoqués.

— Mon seul côté positif, reprends-je péniblement, c'est d'avoir camouflé le meurtre de la *signora* Morituri en crise cardiaque de bon aloi. Outre ma personne, ils ont un autre motif d'inquiétude dans le réseau : Moncornard Aristide. Pour une raison que je ne connais pas mais que j'entrevois, le vieux est au courant de ce qui se prépare et se met à avoir la langue trop longue. J'ignore si le juge d'instruction sera à même d'éclaircir ce point, mais je pense que Moncornard faisait partie des commanditaires de l'opération. Il conviendra d'enquêter sur son passé à l'époque de l'Occupation, pour préciser mon hypothèse.

« Maintenant, nos gens sont aux abois. Jaume, qui sur place dirige le commando, décide de faire trucider Moncornard d'abord, et moi tout de suite après, car nous sommes dangereux pour eux. Le décès du vieux par projection d'acide rentre bien dans le schéma d'un fou assassin ; il fait le pendant avec l'électrocution collective. Là, encore, j'ai la complaisance impensable d'écraser le coup pour eux. Seconde aubaine. Ils nous observent à la loupe.

« Lorsque nous enlevons Ellena Mencini, ils comprennent que je me doute de sa culpabilité concernant le meurtre de la vieille *signora* et décident de mettre le holà. Mes hommes et moi ne devons rien découvrir de positif avant le surlendemain où va avoir lieu le bal. Car tout est paré : Nixon vient faire sa cure, la cabine de projection a été aménagée ; il ne faut plus toucher à rien. Ce salaud de Clabote sait où nous avons conduit la dame de compagnie, et pour cause : il nous a prêté sa villa encore en chantier. Les sbires de Jaume vont la récupérer, la tuent, puis la mettent dans l'auto de Béru, pensant qu'il aura quelque mal à expliquer la présence dans son coffre d'une femme qu'il a kidnappée.

« Maintenant, reste à m'éliminer. Jaume, auquel j'ai fait des confidences à titre professionnel, ne veut pas de ma présence pendant l'exécution générale. Alors les époux Clabote "s'occupent" de ma personne. Le mari complaisant me propose de me faire conduire par sa femme dans un village peu éloigné où je compte interroger la maîtresse de Moncornard. Bien entendu, j'accepte. Un guet-apens est concocté, auquel j'échappe. Le reste… »

— Nous le savons, affirme le *Big Boss*, sentencieux.

— J'ai oublié de vous dire qu'après le meurtre d'Ellena, ils ont téléphoné à Morituri pour l'avertir que tout était découvert. Le bagnoleur a su que sa ruine et son déshonneur étaient consommés ; il s'est pendu.

Un léger clapotis retentit dans le silence qui suit. C'est Violette qui retire sa main des profondeurs qu'elle explorait. Chantal retrouve progressivement son assiette.

— Je vais lui faire une piqûre, annonce-t-elle en me montrant, mais vous devriez le laisser maintenant, il est exténué.

Moins qu'elle !

Bérurier saisit la dextre de la contractuelle et la porte à ses narines. Il hume voluptueusement.

— Du surfin, apprécie-t-il.

Achille donne le signal de la retraite.

J'interviens pendant que Chantal prépare sa seringue (qu'à charge de revanche un de ces quatre, môme !).

— Monsieur le directeur, dis-je, avant que vous ne vous retiriez, je voudrais vous présenter une requête.

— Je vous suis tout acquis, mon petit ; dites !

— Elle concerne Mlle Violette ici présente. Elle est actuellement contractuelle dans la police parisienne, mais son comportement au cours du coup de main, son courage exemplaire, ses initiatives hardies, ont forcé mon admiration, et je vous demanderais de bien vouloir l'incorporer dans mon équipe. J'ai rarement vu une fille aussi téméraire.

Le Vieux se tourne vers Violette.

— Ah ! vraiment, San-Antonio ?

Violette est rougissante, ce qui aggrave sa rouquinerie.

Béru, ravi, murmure :

— Et puis comme pineuse, monsieur l'direqueur, j'vous la r'commande : un volcan en irruption ! Avec elle, la pipe, feuille de rose, le grelot indonésien, la savonnette mousseuse, c'est de la broutille. Et ell' vous broute une chatte de copine comme de rien, ce qu'agrémente !

Intéressé, Chilou s'approche et, d'un revers de main caressant, effleure les doudounes paqueteuses de la mère.

— Voyez-vous ça, murmure-t-il, voyez-vous ça, la cachottière ! Bon, eh bien, je vais faire droit à votre requête, mon petit Antoine. Seulement, auparavant vous permettrez que je joue les Pygmalion. On est encore un peu fruste, tout en étant déjà mignonne. Elle va me faire un petit régime, cette exquise. Oh ! rien de grave, ma mignonne, vous allez me perdre dix-huit kilos à tout casser. Et puis on va me teindre ces cheveux, pas vrai ? Carotte, ça se repère de trop loin. Qu'est-ce qu'on peut foutre comme couleur sur cet incendie ? J'y suis : auburn ! Ça fait un peu pute mais c'est préférable à ce Van Gogh, et avec un beau maquillage on enverra la farce ; je la conduirai moi-même chez Carita. Quant aux vêtements, on va faire cadeau de votre garde-robe au Secours National et nous irons vous habiller dans quelques boutiques à la mode : Sakoun, Escada et consorts.

« Vous savez que je vais jouer à la poupée, avec cette gamine ! Elle sait tirer au pistolet, mais sait-elle se servir d'un couvert à poisson ? Hein ? Allez, venez, mon cœur, nous allons commencer une nouvelle vie, vous et moi. Ah ! vous êtes héroïque ! C'est bon, cela, c'est magnifique. Et vous bouffez des chattes pendant qu'on vous… Superbe ! Dites, c'est de la cellulite que j'aperçois au-dessus des mollets ? On va la faire inscrire dans un fitness. Ces petits travers se gomment sans problème. Je ferai de vous une femme-flic pin-up, je vous le garantis. Laissez-vous bien soigner, San-Antonio. Et n'ayez pas peur des séquelles. S'il devait subsister une claudication, eh bien on vous enverrait faire de la rééducation dans un institut qualifié ! A Riquebon, par exemple ! »

Il sort, rajeuni, tenant Violette par la taille.

— J'sais pas si c's'rait un effet d'mon idée, mais j'croive bien qu'j'l'ai dans l'cul ! soupire tristement Bérurier.

FIN

Un guide de lecture inédit élaboré
par Raymond Milési

REMONTEZ LE FLEUVE AVEC LE COMMISSAIRE SAN-ANTONIO

La première aventure du commissaire San-Antonio est parue en 1949. Peu à peu, ce personnage au punch et à la sincérité extraordinaires a pris dans le cœur des lecteurs de tous âges une place si importante qu'on peut parler à son sujet de véritable *phénomène*. Qu'il s'agisse de son exceptionnel succès dans l'édition ou de l'enthousiasme qu'il provoque, on est en droit de le situer — et de loin — au premier rang des « héros littéraires » de notre pays.

1. Bibliographie des aventures de San-Antonio

A) La série

Jusqu'en 2002, la série était disponible dans une collection appelée « *San-Antonio* », abrégée en « **S-A** », **avec une numérotation qui ne tenait pas compte – pour une bonne partie – de l'ordre originel des parutions.**

La collection garde le même nom mais, à partir de 2003, **sa numérotation va respecter l'ordre chronologique.**

Dès lors, la bibliographie ci-après se consulte de la façon suivante :

- En tête apparaît le numéro « chronologique », celui qui figure sur chaque roman réimprimé *à partir de 2003.*
- Après le titre vient, entre parenthèses, la date de première publication.
- Puis est indiquée la collection d'origine (Spécial Police de 1950 à 1972 et **S-A avec l'ancienne numérotation** : reprises et originaux de 1973 à 2002).
- O.C. signale que le titre a été réédité dans les Œuvres Complètes, le numéro du tome étant précisé en chiffres romains.

■■■■■■■■■■■■■■■

1. **RÉGLEZ-LUI SON COMPTE** (1949)
(S-A 107) – O.C. XXIV

2. **LAISSEZ TOMBER LA FILLE** (1950)
Spécial-Police 11 – **(S-A 43)** – O.C. III

3. **LES SOURIS ONT LA PEAU TENDRE** (1951)
Spécial-Police 19 – **(S-A 44)** – O.C. II

4. **MES HOMMAGES À LA DONZELLE** (1952)
Spécial-Police 30 – **(S-A 45)** – O.C. X

5. **DU PLOMB DANS LES TRIPES** (1953)
Spécial-Police 35 – **(S-A 47)** – O.C. XII

6. **DES DRAGÉES SANS BAPTÊME** (1953)
Spécial-Police 38 – **(S-A 48)** – O.C. IV

7. **DES CLIENTES POUR LA MORGUE** (1953)
Spécial-Police 40 – **(S-A 49)** – O.C. VI

8. **DESCENDEZ-LE À LA PROCHAINE** (1953)
Spécial-Police 43 – **(S-A 50)** – O.C. VII

9. **PASSEZ-MOI LA JOCONDE** (1954)
Spécial-Police 48 – **(S-A 2)** – O.C. I

10. **SÉRÉNADE POUR UNE SOURIS DÉFUNTE** (1954)
Spécial-Police 52 – **(S-A 3)** – O.C. VIII

11. **RUE DES MACCHABÉES** (1954)
Spécial-Police 57 – **(S-A 4)** – O.C. VIII

12. **BAS LES PATTES !** (1954)
Spécial-Police 59 – **(S-A 51)** – O.C. XI

13. **DEUIL EXPRESS** (1954)
Spécial-Police 63 – **(S-A 53)** – O.C. IV

14. **J'AI BIEN L'HONNEUR DE VOUS BUTER** (1955)
Spécial-Police 67 – **(S-A 54)** – O.C. VIII

15. **C'EST MORT ET ÇA NE SAIT PAS** (1955)
Spécial-Police 71 – **(S-A 55)** – O.C. XIII

16. **MESSIEURS LES HOMMES** (1955)
Spécial-Police 76 – **(S-A 56)** – O.C. II

17. **DU MOURON À SE FAIRE** (1955)
Spécial-Police 81 – **(S-A 57)** – O.C. XV

18. **LE FIL À COUPER LE BEURRE** (1955)
Spécial-Police 85 – **(S-A 58)** – O.C. XI

19. **FAIS GAFFE À TES OS** (1956)
Spécial-Police 90 – **(S-A 59)** – O.C. III

20. **À TUE… ET À TOI** (1956)
Spécial-Police 93 – **(S-A 61)** – O.C. VI

21. **ÇA TOURNE AU VINAIGRE** (1956)
Spécial-Police 101 – **(S-A 62)** – O.C. IV

22. **LES DOIGTS DANS LE NEZ** (1956)
Spécial-Police 108 – **(S-A 63)** – O.C. VII

23. **AU SUIVANT DE CES MESSIEURS** (1957)
Spécial-Police 111 – **(S-A 65)** – O.C. IX

24. **DES GUEULES D'ENTERREMENT** (1957)
Spécial-Police 117 – **(S-A 66)** – O.C. IX

25. **LES ANGES SE FONT PLUMER** (1957)
Spécial-Police 123 – **(S-A 67)** – O.C. XII

26. **LA TOMBOLA DES VOYOUS** (1957)
Spécial-Police 129 – **(S-A 68)** – O.C. IV

27. **J'AI PEUR DES MOUCHES** (1957)
Spécial-Police 141 – **(S-A 70)** – O.C. I

28. **LE SECRET DE POLICHINELLE** (1958)
Spécial-Police 145 – **(S-A 71)** – O.C. III

29. **DU POULET AU MENU** (1958)
Spécial-Police 151 – **(S-A 72)** – O.C. V

30. **TU VAS TRINQUER, SAN-ANTONIO** (1958)
Spécial-Police 157 – **(S-A 40)** – O.C. V
(tout en pouvant se lire séparément, ces deux derniers romans constituent une même histoire en deux parties)

31. **EN LONG, EN LARGE ET EN TRAVERS** (1958)
Spécial-Police 163 – **(S-A 7)** – O.C. XIII

32. **LA VÉRITÉ EN SALADE** (1958)
Spécial-Police 173 – **(S-A 8)** – O.C. VI

33. **PRENEZ-EN DE LA GRAINE** (1959)
Spécial-Police 179 – **(S-A 73)** – O.C. II

34. **ON T'ENVERRA DU MONDE** (1959)
Spécial-Police 188 – **(S-A 74)** – O.C. VII

35. **SAN-ANTONIO MET LE PAQUET** (1959)
Spécial-Police 194 – **(S-A 76)** – O.C. IX

36. **ENTRE LA VIE ET LA MORGUE** (1959)
Spécial-Police 201 – **(S-A 77)** – O.C. IX

37. **TOUT LE PLAISIR EST POUR MOI** (1959)
Spécial-Police 207 – **(S-A 9)** – O.C. XIII

38. **DU SIROP POUR LES GUÊPES** (1960)
Spécial-Police 216 – **(S-A 5)** – O.C. II

39. **DU BRUT POUR LES BRUTES** (1960)
Spécial-Police 225 – **(S-A 15)** – O.C. IX

40. **J'SUIS COMME ÇA** (1960)
Spécial-Police 233 – **(S-A 16)** – O.C. VI

41. **SAN-ANTONIO RENVOIE LA BALLE** (1960)
Spécial-Police 238 – **(S-A 78)** – O.C. VII

42. **BERCEUSE POUR BÉRURIER** (1960)
Spécial-Police 244 – **(S-A 80)** – O.C. IV

43. **NE MANGEZ PAS LA CONSIGNE** (1961)
Spécial-Police 250 – **(S-A 81)** – O.C. XI

44. **LA FIN DES HARICOTS** (1961)
Spécial-Police 259 – **(S-A 83)** – O.C. X

45. **Y A BON, SAN-ANTONIO** (1961)
Spécial-Police 265 – **(S-A 84)** – O.C. VIII

46. **DE « A » JUSQU'À « Z »** (1961)
Spécial-Police 273 – **(S-A 86)** – O.C. XII

47. **SAN-ANTONIO CHEZ LES MAC** (1961)
Spécial-Police 281 – **(S-A 18)** – O.C. VII

48. **FLEUR DE NAVE VINAIGRETTE** (1962)
Spécial-Police 293 – **(S-A 10)** – O.C. I

49. **MÉNAGE TES MÉNINGES** (1962)
Spécial-Police 305 – **(S-A 11)** – O.C. IX

50. **LE LOUP HABILLÉ EN GRAND-MÈRE** (1962)
Spécial-Police 317 – **(S-A 12)** – O.C. X

51. **SAN-ANTONIO CHEZ LES « GONES »** (1962)
Spécial-Police 321 – **(S-A 13)** – O.C. V

52. **SAN-ANTONIO POLKA** (1963)
Spécial-Police 333 – **(S-A 19)** – O.C. V

53. **EN PEIGNANT LA GIRAFE** (1963)
Spécial-Police 343 – **(S-A 14)** – O.C. II

54. **LE COUP DU PÈRE FRANÇOIS** (1963)
Spécial-Police 358 – **(S-A 21)** – O.C. XI

55. **LE GALA DES EMPLUMÉS** (1963)
Spécial-Police 385 – **(S-A 41)** – O.C. V

56. **VOTEZ BÉRURIER** (1964)
Spécial-Police 391 – **(S-A 22)** – O.C. I

57. **BÉRURIER AU SÉRAIL** (1964)
Spécial-Police 427 – **(S-A 87)** – O.C. III

58. **LA RATE AU COURT-BOUILLON** (1965)
Spécial-Police 443 – **(S-A 88)** – O.C. I

59. **VAS-Y BÉRU** (1965)
Spécial-Police 485 – **(S-A 23)** – O.C. VIII

60. **TANGO CHINETOQUE** (1966)
Spécial-Police 511 – **(S-A 24)** – O.C. VI

61. **SALUT, MON POPE !** (1966)
Spécial-Police 523 – **(S-A 25)** – O.C. X

62. **MANGE, ET TAIS-TOI !** (1966)
Spécial-Police 565 – **(S-A 27)** – O.C. XII

63. **FAUT ÊTRE LOGIQUE** (1967)
Spécial-Police 577 – **(S-A 28)** – O.C. X

64. **Y'A DE L'ACTION !** (1967)
Spécial-Police 589 – **(S-A 29)** – O.C. XIII

65. **BÉRU CONTRE SAN-ANTONIO** (1967)
Spécial-Police 613 – **(S-A 31)** – O.C. XII

66. **L'ARCHIPEL DES MALOTRUS** (1967)
Spécial-Police 631 – **(S-A 32)** – O.C. XI

67. **ZÉRO POUR LA QUESTION** (1968)
Spécial-Police 643 – **(S-A 34)** – O.C. XIII

68. **BRAVO, DOCTEUR BÉRU** (1968)
Spécial-Police 661 – **(S-A 35)** – O.C. XIV

69. **VIVA BERTAGA** (1968)
Spécial-Police 679 – **(S-A 37)** – O.C. XIV

70. **UN ÉLÉPHANT, ÇA TROMPE** (1968)
Spécial-Police 697 – **(S-A 38)** – O.C. XIV

71. **FAUT-IL VOUS L'ENVELOPPER ?** (1969)
Spécial-Police 709 – **(S-A 39)** – O.C. XIV

72. **EN AVANT LA MOUJIK** (1969)
Spécial-Police 766 – **(S-A 89)** – O.C. XIV

73. **MA LANGUE AU CHAH** (1970)
Spécial-Police 780 – **(S-A 90)** – O.C. XV

74. **ÇA MANGE PAS DE PAIN** (1970)
Spécial-Police 829 – **(S-A 92)** – O.C. XV

75. **N'EN JETEZ PLUS !** (1971)
Spécial-Police 864 – **(S-A 93)** – O.C. XV

76. **MOI, VOUS ME CONNAISSEZ ?** (1971)
Spécial-Police 893 – **(S-A 94)** – O.C. XV

77. **EMBALLAGE CADEAU** (1972)
Spécial-Police 936 – **(S-A 96)** – O.C. XVI

78. **APPELEZ-MOI CHÉRIE** (1972)
Spécial-Police 965 – **(S-A 97)** – O.C. XVI

79. **T'ES BEAU, TU SAIS !** (1972)
Spécial-Police 980 – **(S-A 99)** – O.C. XVI

80. **ÇA NE S'INVENTE PAS** (1973)
(S-A 1) – O.C. XVI

81. **J'AI ESSAYÉ, ON PEUT** (1973)
(S-A 6) – O.C. XVII

82. **UN OS DANS LA NOCE** (1974)
(S-A 17) – O.C. XVII

83. **LES PRÉDICTIONS DE NOSTRABÉRUS** (1874)
(S-A 20) – O.C. XVII

84. **METS TON DOIGT OÙ J'AI MON DOIGT** (1974)
(S-A 26) – O.C. XVII

85. **SI, SIGNORE** (1974)
(S-A 30) – O.C. XVIII

86. **MAMAN, LES PETITS BATEAUX** (1975)
(S-A 33) – O.C. XVIII

87. **LA VIE PRIVÉE DE WALTER KLOZETT** (1975)
(S-A 36) – O.C. XVIII

88. **DIS BONJOUR À LA DAME** (1975)
(S-A 42) – O.C. XVIII

89. **CERTAINES L'AIMENT CHAUVE** (1975)
(S-A 46) – O.C. XIX

90. **CONCERTO POUR PORTE-JARRETELLES** (1976)
(S-A 52) – O.C. XIX

91. **SUCETTE BOULEVARD** (1976)
(S-A 60) – O.C. XIX

92. **REMETS TON SLIP, GONDOLIER** (1977)
(S-A 64) – O.C. XIX

93. **CHÉRIE, PASSE-MOI TES MICROBES !** (1977)
(S-A 69) – O.C. XX

94. **UNE BANANE DANS L'OREILLE** (1977)
(S-A 75) – O.C. XX

95. **HUE, DADA !** (1977)
(S-A 79) – O.C. XX

96. **VOL AU-DESSUS D'UN LIT DE COCU** (1978)
(S-A 82) – O.C. XX

97. **SI MA TANTE EN AVAIT** (1978)
(S-A 85) – O.C. XXI

98. **FAIS-MOI DES CHOSES** (1978)
(S-A 91) – O.C. XXI

99. **VIENS AVEC TON CIERGE** (1978)
(S-A 95) – O.C. XXI

100. **MON CULTE SUR LA COMMODE** (1979)
(S-A 98) – O.C. XXI

101. **TIRE-M'EN DEUX, C'EST POUR OFFRIR** (1979)
(S-A 100) – O.C. XXII

102. **À PRENDRE OU À LÉCHER** (1980)
(S-A 101) – O.C. XXII

103. **BAISE-BALL À LA BAULE** (1980)
(S-A 102) – O.C. XXII

104. **MEURS PAS, ON A DU MONDE** (1980)
(S-A 103) – O.C. XXII

105. **TARTE À LA CRÈME STORY** (1980)
(S-A 104) – O.C. XXIII

106. **ON LIQUIDE ET ON S'EN VA** (1981)
(S-A 105) – O.C. XXIII

107. **CHAMPAGNE POUR TOUT LE MONDE !** (1981)
(S-A 106) – O.C. XXIII

→ À partir du 108e roman ci-dessous, la numérotation affichée auparavant sur les ouvrages de la collection « *San-Antonio* » correspond à l'ordre chronologique. Le numéro actuel et le précédent sont donc identiques. Mais, pour éviter toute équivoque, nous continuons tout de même à les mentionner l'un et l'autre jusqu'au bout.

108. **LA PUTE ENCHANTÉE** (1982)
(S-A 108) – O.C. XXIII

109. **BOUGE TON PIED QUE JE VOIE LA MER** (1982)
(S-A 109) – O.C. XXIV

110. **L'ANNÉE DE LA MOULE** (1982)
(S-A 110) – O.C. XXIV

111. **DU BOIS DONT ON FAIT LES PIPES** (1982)
(S-A 111) – O.C. XXIV

112. **VA DONC M'ATTENDRE CHEZ PLUMEAU** (1983)
(S-A 112) – O.C. XXV

113. **MORPION CIRCUS** (1983)
(S-A 113) – O.C. XXV

114. **REMOUILLE-MOI LA COMPRESSE** (1983)
(S-A 114) – O.C. XXV

115. **SI MAMAN ME VOYAIT !** (1983)
(S-A 115) – O.C. XXV

116. **DES GONZESSES COMME S'IL EN PLEUVAIT** (1984)
(S-A 116) – O.C. XXVI

117. **LES DEUX OREILLES ET LA QUEUE** (1984)
(S-A 117) – O.C. XXVI

118. **PLEINS FEUX SUR LE TUTU** (1984)
(S-A 118) – O.C. XXVI

119. **LAISSEZ POUSSER LES ASPERGES** (1984)
(S-A 119) – O.C. XXVI

120. **POISON D'AVRIL ou la vie sexuelle de Lili Pute** (1985)
(S-A 120) – O.C. XXVII

121. **BACCHANALE CHEZ LA MÈRE TATZI** (1985)
(S-A 121) – O.C. XXVII

122. **DÉGUSTEZ, GOURMANDES !** (1985)
(S-A 122) – O.C. XXVII

123. **PLEIN LES MOUSTACHES** (1985)
(S-A 123) – O.C. XXVII

124. **APRÈS VOUS S'IL EN RESTE, MONSIEUR LE PRÉSIDENT** (1986)
(S-A 124) – O.C. XXVIII

125. **CHAUDS, LES LAPINS !** (1986)
(S-A 125) – O.C. XXVIII

126. **ALICE AU PAYS DES MERGUEZ** (1986)
(S-A 126) – O.C. XXVIII

127. **FAIS PAS DANS LE PORNO...** (1986)
(S-A 127) – O.C. XXVIII

128. **LA FÊTE DES PAIRES** (1986)
(S-A 128) – O.C. XXIX

129. **LE CASSE DE L'ONCLE TOM** (1987)
(S-A 129) – O.C. XXIX

130. **BONS BAISERS OÙ TU SAIS** (1987)
(S-A 130) – O.C. XXIX

131. **LE TROUILLOMÈTRE À ZÉRO** (1987)
(S-A 131) – O.C. XXIX

132. **CIRCULEZ ! Y A RIEN À VOIR** (1987)
(S-A 132)

133. **GALANTINE DE VOLAILLE POUR DAMES FRIVOLES** (1987)
(S-A 133)

134. **LES MORUES SE DESSALENT** (1988)
(S-A 134)

135. **ÇA BAIGNE DANS LE BÉTON** (1988)
(S-A 135)

136. **BAISSE LA PRESSION, TU ME LES GONFLES !** (1988)
(S-A 136)

137. **RENIFLE, C'EST DE LA VRAIE** (1988)
(S-A 137)

138. **LE CRI DU MORPION** (1989)
(S-A 138)

139. **PAPA, ACHÈTE-MOI UNE PUTE** (1989)
(S-A 139)

140. **MA CAVALE AU CANADA** (1989)
(S-A 140)

141. **VALSEZ, POUFFIASSES** (1989)
(S-A 141)

142. **TARTE AUX POILS SUR COMMANDE** (1989)
(S-A 142)

143. **COCOTTES-MINUTE** (1990)
(S-A 143)

144. **PRINCESSE PATTE-EN-L'AIR** (1990)
(S-A 144)

145. **AU BAL DES ROMBIÈRES** (1990)
(S-A 145)

146. **BUFFALO BIDE** (1991)
(S-A 146)

147. **BOSPHORE ET FAIS RELUIRE** (1991)
(S-A 147)

148. **LES COCHONS SONT LÂCHÉS** (1991)
(S-A 148)

149. **LE HARENG PERD SES PLUMES** (1991)
(S-A 149)

150. **TÊTES ET SACS DE NŒUDS** (1991)
(S-A 150)

151. **LE SILENCE DES HOMARDS** (1992)
(S-A 151)

152. **Y EN AVAIT DANS LES PÂTES** (1992)
(S-A 152)

153. **AL CAPOTE** (1992)
(S-A 153)

154. **FAITES CHAUFFER LA COLLE** (1993)
(S-A 154)

155. **LA MATRONE DES SLEEPINGES** (1993)
(S-A 155)

156. **FOIRIDON À MORBAC CITY** (1993)
(S-A 156)

157. **ALLEZ DONC FAIRE ÇA PLUS LOIN** (1993)
(S-A 157)

158. **AUX FRAIS DE LA PRINCESSE** (1993)
(S-A 158)

159. **SAUCE TOMATE SUR CANAPÉ** (1994)
(S-A 159)

160. **MESDAMES VOUS AIMEZ « ÇA »** (1994)
(S-A 160)

161. **MAMAN, LA DAME FAIT RIEN QU'À ME FAIRE DES CHOSES** (1994)
(S-A 161)

162. **LES HUÎTRES ME FONT BÂILLER** (1995)
(S-A 162)

163. **TURLUTE GRATOS LES JOURS FÉRIÉS** (1995)
(S-A 163)

164. **LES EUNUQUES NE SONT JAMAIS CHAUVES** (1996)
(S-A 164)

165. **LE PÉTOMANE NE RÉPOND PLUS** (1995)
(S-A 165)

166. **T'ASSIEDS PAS SUR LE COMPTE-GOUTTES** (1996)
(S-A 166)

167. **DE L'ANTIGEL DANS LE CALBUTE** (1996)
(S-A 167)

168. **LA QUEUE EN TROMPETTE** (1997)
(S-A 168)

169. **GRIMPE-LA EN DANSEUSE** (1997)
(S-A 169)

170. **NE SOLDEZ PAS GRAND-MÈRE, ELLE BROSSE ENCORE** (1997)
(S-A 170)

171. **DU SABLE DANS LA VASELINE** (1998)
(S-A 171)

172. **CECI EST BIEN UNE PIPE** (1999)
(S-A 172)

173. **TREMPE TON PAIN DANS LA SOUPE** (1999)
(S-A 173)

174. **LÂCHE-LE, IL TIENDRA TOUT SEUL** (1999)
(S-A 174)
(ces deux derniers romans sont à lire à la suite car ils constituent une seule histoire répartie en deux tomes)

175. **CÉRÉALES KILLER** (2001) – parution posthume
(original non numéroté : v. ci-dessous)

B) Les Hors-Collection

Neuf romans, de format plus imposant que ceux de la « série », sont parus depuis 1964. Tous les originaux aux éditions FLEUVE NOIR, forts volumes cartonnés jusqu'en 1971, puis brochés. Ces ouvrages sont de véritables feux d'artifice allumés par la verve de leur auteur. L'humour atteint souvent ici son paroxysme. Bérurier y tient une place « énorme », au point d'en être parfois la vedette !

Remarque importante : outre ces neuf volumes, de nombreux autres « Hors-Collection » – originaux ou rééditions de *Frédéric Dard* – signés **San-Antonio** ont été publiés depuis 1979. Ces livres remarquables, souvent bouleversants *(Faut-il tuer les petits garçons qui ont les mains sur les hanches ?, La vieille qui marchait dans la mer, Le dragon de Cracovie...)* ne concernent pas notre policier de choc et de charme. Sont mentionnés dans les « Hors-Collection » ci-dessous uniquement les romans dans lesquels figure le *Commissaire San-Antonio !*

- **L'HISTOIRE DE FRANCE VUE PAR SAN-ANTONIO**, 1964 – réédité en 1997 sous le titre **HISTOIRE DE FRANCE**
- **LE STANDINGE SELON BÉRURIER**, 1965 – réédité en 1999 sous le titre **LE STANDINGE**
- **BÉRU ET CES DAMES**, 1967 – réédité en 2000
- **LES VACANCES DE BÉRURIER**, 1969 – réédité en 2001
- **BÉRU-BÉRU**, 1970 – réédité en 2002
- **LA SEXUALITÉ**, 1971 – réédité en 2003
- **LES CON**, 1973 – réédité en 2004
- **SI QUEUE-D'ÂNE M'ÉTAIT CONTÉ**, 1976 (aventure entièrement vécue et racontée par Bérurier) – réédité en 1998 sous le titre ***QUEUE D'ÂNE***
- **NAPOLÉON POMMIER**, 2000

→ Paru en 2001 dans un format « moyen » non numéroté, **CÉRÉALES KILLER** est bien le 175e roman de la série *San-Antonio.* Réédité en poche en 2003.

2. Guide thématique de la série « San-Antonio »

Les aventures de San-Antonio sont d'une telle richesse que toute tentative pour les classifier ne prêterait – au mieux – qu'à sourire si l'on devait s'en tenir là. Une mise en schéma d'une telle œuvre n'a d'intérêt que comme jalon, à dépasser d'urgence pour aller voir « sur place ». Comment rendre compte d'une explosion permanente ? Ce petit guide thématique n'est donc qu'une « approche », partielle, réductrice, observation d'une constellation par le tout petit bout de la lorgnette. San-Antonio, on ne peut le connaître qu'en le lisant, tout entier, en allant se regarder soi-même dans le miroir que nous tend cet auteur de génie, le cœur et les yeux grands ouverts.

Dans les 175 romans numérotés parus au Fleuve Noir, on peut dénombrer, en simplifiant à l'extrême, 10 types de récits différents. Bien entendu, les sujets annexes abondent ! C'est pourquoi seul a été relevé ce qu'on peut estimer comme le thème « principal » de chaque livre.

Le procédé vaut ce qu'il vaut, n'oublions pas que « simplifier c'est fausser ». Mais il permet – en gros, en très gros ! – de savoir de quoi parlent les *San-Antonio,* sur le plan « polar ». J'insiste : gardons à l'esprit que là n'est pas le plus important. *Le plus important, c'est ce qui se passe entre le lecteur et l'auteur, et qu'on ne pourra jamais classer dans telle ou telle catégorie.*

Avertissement

Comme il serait beaucoup trop long de reprendre tous les titres, seuls leurs *numéros* sont indiqués sous chaque rubrique. ATTENTION : ce sont les numéros de la collection *« San-Antonio »* référencée **S-A** dans la bibliographie ! En effet, les ouvrages de cette collection sont et seront encore disponibles pendant longtemps.

Néanmoins, ces numéros sont chaque fois rangés dans l'ordre chronologique des parutions, du plus ancien roman au plus récent.

A. Aventures de Guerre, ou faisant suite à la Guerre.

Pendant le conflit 39-45, San-Antonio est l'as des *Services Secrets.* Résistance, sabotages, chasse aux espions avec actions d'éclat. On plonge ici dans la « guerre secrète ».

→ S-A **107** (reprise du tout premier roman de 1949) • S-A **43** • S-A **44** • S-A **47**

Dans les années d'après-guerre, le commissaire poursuit un temps son activité au parfum de contre-espionnage (espions à identifier, anciens collabos, règlements de comptes, criminels de guerre, trésors de guerre). Ce thème connaît certains prolongements, bien des années plus tard.

→ S-A **45** • S-A **50** • S-A **63** • S-A **68** • S-A **78**

B. Lutte acharnée contre anciens (ou néo-)nazis

La Guerre n'est plus du tout le « motif » de ces aventures, même si l'enquête oppose en général San-

Antonio à d'anciens nazis, avec un fréquent *mystère à élucider*. C'est pourquoi il était plus clair d'ouvrir une nouvelle rubrique. Les ennemis ont changé d'identité et refont surface, animés de noires intentions ; à moins qu'il s'agisse de néo-nazis, tout aussi malfaisants.

→ S-A **54** • S-A **58** • S-A **59** • S-A **38** • S-A **92** • S-A **93** • S-A **42** • S-A **123** • S-A **151**

C. San-Antonio opposé à de dangereux trafiquants

Le plus souvent en mission à l'étranger, San-Antonio risque sa vie pour venir à bout d'individus ou réseaux qui s'enrichissent dans le trafic de la drogue, des armes, des diamants… Les aventures démarrent pour une autre raison puis le trafic est découvert et San-Antonio se lance dans la bagarre.

→ S-A **3** • S-A **65** • S-A **67** • S-A **18** • S-A **14** • S-A **110** • S-A **159**

D. San-Antonio contre Sociétés Secrètes : un homme traqué !

De puissantes organisations ne reculent devant rien pour conquérir pouvoir et richesse : *Mafia* (affrontée par ailleurs de manière « secondaire ») ou *sociétés secrètes* asiatiques. Elles feront de notre héros un homme traqué, seul contre tous. Il ne s'en sortira qu'en déployant des trésors d'ingéniosité et de courage.

→ S-A **51** • S-A **138** • S-A **144** • S-A **160** • S-A **170** • S-A **171** • S-A **172** • S-A **173**

Certains réseaux internationaux visent moins le profit que le chaos universel. San-Antonio doit alors défier lors d'aventures échevelées des groupes *terroristes* qui cherchent à dominer le monde. Frissons garantis !

→ S-A **34** • S-A **85** • S-A **103** • S-A **108**

E. Aventures *personnelles* : épreuves physiques et morales

Meurtri dans sa chair et ses sentiments, San-Antonio doit *s'arracher à des pièges mortels.* Sa « personne » – sa famille, ses amis – est ici directement visée par des individus pervers et obstinés. Jeté aux enfers, il remonte la pente et nous partageons ses tourments. C'est sans doute la raison pour laquelle plusieurs de ces romans prennent rang de *chefs-d'œuvre.* Bien souvent, le lecteur en sort laminé par les émotions éprouvées, ayant tout vécu de l'intérieur !

→ S-A **61** • S-A **70** • S-A **86** • S-A **27** • S-A **97** • S-A **36** • S-A **111** • S-A **122** • S-A **131** • S-A **132** • S-A **139** • S-A **140** • S-A **174** • **175**

F. À la poursuite de voleurs ou de meurtriers

Pour autant, on peut rarement parler de polars « classiques ». Ce sont clairement des *enquêtes,* mais à la manière (forte) de San-Antonio !

• Enquêtes « centrées » sur le vol ou l'escroquerie

Les meurtres n'y manquent pas, mais l'affaire tourne toujours autour d'un vol (parfois chantage, ou fausse monnaie…). Peu à peu, l'étau se resserre autour des malfaiteurs, que San-Antonio, aux méthodes « risquées », finit par ramener dans ses filets grâce à son cerveau, ses poings et ses adjoints.

→ S-A **2** • S-A **62** • S-A **73** • S-A **80** • S-A **10** • S-A **25** • S-A **90** • S-A **113** • S-A **149**

• **Enquêtes « centrées » sur le meurtre**

À l'inverse, ces aventures ont le meurtre pour fil conducteur. San-Antonio doit démêler l'écheveau et mettre la main sur le coupable, en échappant bien des fois à la mort. Vol et chantage sont encore d'actualité, mais au second plan.

→ S-A **55** • S-A **8** • S-A **76** • S-A **9** • S-A **5** • S-A **81** • S-A **83** • S-A **84** • S-A **41** • S-A **22** • S-A **23** • S-A **28** • S-A **35** • S-A **94** • S-A **17** • S-A **26** • S-A **60** • S-A **100** • S-A **116** • S-A **127** • S-A **128** • S-A **129** • S-A **133** • S-A **135** • S-A **137** • S-A **143** • S-A **145** • S-A **152** • S-A **161** • S-A **163**

• (Variante) **Vols ou meurtres *dans le cadre d'une même famille***

→ S-A **4** • S-A **7** • S-A **74** • S-A **46** • S-A **91** • S-A **114** • S-A **141** • S-A **148** • S-A **154** • S-A **165**

G. Affaires d'enlèvements

Double but à cette *poursuite impitoyable* : retrouver les ravisseurs et préserver les victimes !

→ S-A **56** (porté à l'écran sous le titre *Sale temps pour les mouches*) • S-A **16** • S-A **13** • S-A **19** • S-A **39** • S-A **52** • S-A **118** • S-A **125** • S-A **126** • S-A **136** • S-A **158**

H. Attentats ou complots contre hauts personnages

Chaque récit tourne autour d'un attentat – visant souvent la sécurité d'un état – que San-Antonio doit à tout prix empêcher, à moins qu'il n'ait pour mission de… l'organiser au service de la France !

→ • S-A **48** • S-A **77** • S-A **11** • S-A **21** • S-A **88** • S-A **96** • S-A **33** • S-A **95** • S-A **98** • S-A **102** • S-A **106** • S-A **109** • S-A **120** • S-A **124** • S-A **130**

I. Une aiguille dans une botte de foin !

À partir d'indices minuscules, San-Antonio doit *mettre la main sur un individu, une invention, un document* d'un intérêt capital. Chien de chasse infatigable, héroïque, il ira parfois au bout du monde pour dénicher sa proie.

→ S-A **49** • S-A **53** • S-A **57** • S-A **66** • S-A **71** • S-A **72** • S-A **40** • S-A **15** • S-A **12** • S-A **87** • S-A **24** • S-A **29** • S-A **31** • S-A **37** • S-A **89** • S-A **20** • S-A **30** • S-A **69** • S-A **75** • S-A **79** • S-A **82** • S-A **101** • S-A **104** • S-A **105** • S-A **112** • S-A **115** • S-A **117** • S-A **119** • S-A **121** • S-A **134** • S-A **142** • S-A **146** • S-A **147** • S-A **150** • S-A **153** • S-A **156** • S-A **157** • S-A **164** • S-A **166** • S-A **167**

J. Aventures aux thèmes entremêlés

Quelques récits n'ont pris place – en priorité du moins – dans aucune des rubriques précédentes. Pour ceux-là, le choix aurait été artificiel car aucun des motifs ne se détache du lot : ils s'ajoutent ou s'insèrent l'un dans l'autre. La caractéristique est donc ici *l'accumulation des thèmes.*

→ S-A **32** • S-A **99** • S-A **1** • S-A **6** • S-A **64** • S-A **155** • S-A **162** • S-A **168** • S-A **169**

SANS OUBLIER...

Voilà donc répartis en thèmes simplistes *tous* les ouvrages de la série. Mais les préférences de chacun sont multiples. Plus d'un lecteur choisira de s'embarquer dans un « San-Antonio » pour des raisons fort éloignées de la thématique du polar. Encore heureux ! On dépassera alors le point de vue du spécialiste, pour ranger de nombreux titres sous des bannières différentes. Avec un regard de plus en plus coloré par l'affection.

Note

Contrairement à ce qui précède, certains numéros vont apparaître ici à plusieurs reprises. C'est normal : on peut tout à la fois éclater de rire, pleurer, s'émerveiller, frissonner, s'émouvoir... dans un même *San-Antonio !*

• ***Incursions soudaines dans le fantastique***

Au cours de certaines affaires, on bascule tout à coup dans une ambiance mystérieuse, avec irruption du « fantastique ». San-Antonio se heurte à des faits *étranges :* sorcellerie, paranormal, envoûtement…

→ S-A **28** • S-A **20** • S-A **129** • S-A **135** • S-A **139** • S-A **140** • S-A **152** • S-A **172** • S-A **174**

• ***Inventions redoutables et matériaux extraordinaires***

Dans plusieurs romans, le recours à un attirail futuriste entraîne une irruption soudaine de la *science-fiction.* Il arrive même qu'il serve de motif au récit. Voici un échantillon de ces découvertes fabuleuses pour lesquelles on s'entretue :

Objectif fractal (un grain de beauté photographié par satellite !), réduction d'un homme à 25 cm, armée tenue en réserve par cryogénisation, échangeur de personnalité, modificateur de climats, neutraliseur de volonté, lunettes de télépathie, forteresse scientifique édifiée sous la Méditerranée, fragment d'une météorite transformant la matière en glace, appareil à ôter la mémoire, microprocesseur réactivant des cerveaux morts, et j'en passe… !

→ S-A **57** • S-A **12** • S-A **41** • S-A **23** • S-A **34** • S-A **35** • S-A **37** • S-A **89** • S-A **17** • S-A **20** • S-A **30** • S-A **64** • S-A **69** • S-A **75** • S-A **105** • S-A **123** • S-A **129** • S-A **146**

• ***Savants fous et terrifiantes expériences humaines***

→ S-A **30** • S-A **52** • S-A **116** • S-A **127** • S-A **163**

• ***Romans « charnière »***

Sont ainsi désignés les romans où apparaît pour la première fois un nouveau personnage, qui prend définitivement place aux côtés de San-Antonio.

S-A **43** : Félicie (sa mère), *en 1950.*
S-A **45** : Le Vieux (Achille), *en 1952.*
S-A **49** : Bérurier, *en 1953.*
S-A **53** : Pinaud, *en 1954.*
S-A **66** : Berthe (première apparition physique), *en 1957.*
S-A **37** : Marie-Marie, *en 1968.*
S-A **94** : Toinet (ou Antoine, le fils adoptif de San-Antonio), *en 1971.*
S-A **128** : Jérémie Blanc, *en 1986.*
S-A **168** : Salami, en *1997.*
S-A **173** : Antoinette (fille de San-Antonio et Marie-Marie), en *1999.*

Mathias, le technicien rouquin, est apparu peu à peu, sous d'autres noms.

• ***Bérurier et Pinaud superstars !***

Le Gros, l'Inénarrable, Béru ! est sans conteste le plus brillant « second » du commissaire San-Antonio. Présent dans la majorité des romans, il y déploie souvent une activité débordante. Sans se hisser au même niveau, le doux et subtil Pinaud tient aussi une place de choix…

· *participation* importante *de Bérurier*
→ S-A **18** • S-A **10** • S-A **11** • S-A **14** • S-A **22** • S-A **88** • S-A **23** • S-A **24** • S-A **27** • S-A **28** • S-A **32** • S-A **34** • S-A **37** • S-A **89** • S-A **90** • S-A **93** • S-A

97 • S-A **1** • S-A **20** • S-A **30** • S-A **33** • S-A **46** • S-A **52** • S-A **75** • S-A **101** • S-A **104** • S-A **109** • S-A **116** • S-A **126** • S-A **145** • S-A **163** • S-A **166**

N'oublions pas les « Hors-Collection », avec notamment *Queue d'âne* où Bérurier est seul présent de bout en bout !

· *participation* importante *de Bérurier* et *Pinaud* → S-A **12** • S-A **87** • S-A **25** • S-A **35** • S-A **96** • S-A **105** • S-A **111** • S-A **148** (fait exceptionnel : San-Antonio ne figure pas dans ce roman !) • S-A **156**

• ***Marie-Marie, de l'enfant espiègle à la femme mûre***

Dès son apparition, Marie-Marie a conquis les lecteurs. La fillette malicieuse, la « Musaraigne » éblouissante de *Viva Bertaga* qui devient femme au fil des romans est intervenue dans plusieurs aventures de San-Antonio.

· *Fillette espiègle et débrouillarde :*
→ S-A **37** • S-A **38** • S-A **39** • S-A **92** • S-A **99**

· *Adolescente indépendante et pleine de charme :*
→ S-A **60** • S-A **69** • S-A **85**

· *Belle jeune femme, intelligente et profonde :*
Il ne s'agit parfois que d'apparitions intermittentes.
→ S-A **103** • S-A **111** • S-A **119** • S-A **120** • S-A **131** (où Marie-Marie devient veuve !) • S-A **139** • S-A **140** • S-A **152**

· *Femme mûre, mère d'Antoinette (fille de San-Antonio) :*
→ S-A **173** • S-A **174** • **175**

• ***Le rire***

Passé la première trentaine de romans (et encore !), le *rire* a sa place dans toutes les aventures de San-Antonio, si l'humour, lui, est *partout,* y compris au cœur de la colère, de l'amour et de la dérision. Mais plusieurs aventures atteignent au délire et nous transportent vraiment d'hilarité par endroits. Dans cette catégorie décapante, on conseillera vivement :

→ S-A **10** • S-A **14** • S-A **87** • S-A **88** • S-A **23** • S-A **25** • S-A **2** • S-A **35**

Y ajouter, là encore, tous les « Hors-Collection ». Qui n'a pas lu *Le Standinge, Béru-Béru* ou *Les vacances de Bérurier* n'a pas encore exploité son capital rire. Des romans souverains contre la morosité, qui devraient être remboursés par la Sécurité Sociale !

• ***Grandes épopées planétaires***

San-Antonio – le plus souvent accompagné de Bérurier – nous entraîne aux quatre coins de la planète dans des aventures épiques et « colossales ». Humour, périls mortels, action, rebondissements.

→ S-A **10** • S-A **87** • S-A **88** • S-A **24** • S-A **37** • S-A **89**

• ***Les « inoubliables »***

Je rangerais sous ce titre quelques romans-choc (dont certains ont déjà été cités plusieurs fois, notamment dans les épopées ci-dessus). On tient là des *chefs-d'œuvre,* où l'émotion du lecteur est à son comble. Bien sûr, c'est subjectif, mais quel autre critère adopter pour ce qui relève du coup de cœur ? Lisez-les : vous serez vite convaincus !

→ S-A **61** • S-A **70** • S-A **83** • S-A **10** • S-A **87** • S-A **88** • S-A **24** • S-A **25** • S-A **37** • S-A **111** • S-A **132** • S-A **140**

POUR FINIR...

Il ne me reste plus qu'à souhaiter à tous ceux qui découvrent les aventures de San-Antonio (comme je les envie !) des voyages colorés, passionnants, émouvants, trépidants, surprenants, pathétiques, burlesques, magiques, étranges, inattendus ; des séjours enfiévrés ; des rencontres mémorables ; des confidences où l'intime se mêle à l'épopée.

Quant aux autres, ils savent déjà tout ça, n'est-ce pas ?

Ce qui ne les empêche pas de revisiter à tout instant la série *San-Antonio,* monument de la littérature d'évasion, pour toujours inscrit à notre patrimoine.

Raymond Milési

Correspondance entre l'ancienne numérotation de la collection « San-Antonio » et la nouvelle numérotation chronologique *portée sur chaque roman réimprimé à partir de 2003.*

S-A → ***chrono***

S-A 1	→ ***80***	**S-A 29**	→ ***64***
S-A 2	→ ***9***	**S-A 30**	→ ***85***
S-A 3	→ ***10***	**S-A 31**	→ ***65***
S-A 4	→ ***11***	**S-A 32**	→ ***66***
S-A 5	→ ***38***	**S-A 33**	→ ***86***
S-A 6	→ ***81***	**S-A 34**	→ ***67***
S-A 7	→ ***31***	**S-A 35**	→ ***68***
S-A 8	→ ***32***	**S-A 36**	→ ***87***
S-A 9	→ ***37***	**S-A 37**	→ ***69***
S-A 10	→ ***48***	**S-A 38**	→ ***70***
S-A 11	→ ***49***	**S-A 39**	→ ***71***
S-A 12	→ ***50***	**S-A 40**	→ ***30***
S-A 13	→ ***51***	**S-A 41**	→ ***55***
S-A 14	→ ***53***	**S-A 42**	→ ***88***
S-A 15	→ ***39***	**S-A 43**	→ ***2***
S-A 16	→ ***40***	**S-A 44**	→ ***3***
S-A 17	→ ***82***	**S-A 45**	→ ***4***
S-A 18	→ ***47***	**S-A 46**	→ ***89***
S-A 19	→ ***52***	**S-A 47**	→ ***5***
S-A 20	→ ***83***	**S-A 48**	→ ***6***
S-A 21	→ ***54***	**S-A 49**	→ ***7***
S-A 22	→ ***56***	**S-A 50**	→ ***8***
S-A 23	→ ***59***	**S-A 51**	→ ***12***
S-A 24	→ ***60***	**S-A 52**	→ ***90***
S-A 25	→ ***61***	**S-A 53**	→ ***13***
S-A 26	→ ***84***	**S-A 54**	→ ***14***
S-A 27	→ ***62***	**S-A 55**	→ ***15***
S-A 28	→ ***63***	**S-A 56**	→ ***16***

S-A 57	→	***17***	**S-A 83**	→	***44***
S-A 58	→	***18***	**S-A 84**	→	***45***
S-A 59	→	***19***	**S-A 85**	→	***97***
S-A 60	→	***91***	**S-A 86**	→	***46***
S-A 61	→	***20***	**S-A 87**	→	***57***
S-A 62	→	***21***	**S-A 88**	→	***58***
S-A 63	→	***22***	**S-A 89**	→	***72***
S-A 64	→	***92***	**S-A 90**	→	***73***
S-A 65	→	***23***	**S-A 91**	→	***98***
S-A 66	→	***24***	**S-A 92**	→	***74***
S-A 67	→	***25***	**S-A 93**	→	***75***
S-A 68	→	***26***	**S-A 94**	→	***76***
S-A 69	→	***93***	**S-A 95**	→	***99***
S-A 70	→	***27***	**S-A 96**	→	***77***
S-A 71	→	***28***	**S-A 97**	→	***78***
S-A 72	→	***29***	**S-A 98**	→	***100***
S-A 73	→	***33***	**S-A 99**	→	***79***
S-A 74	→	***34***	**S-A 100**	→	***101***
S-A 75	→	***94***	**S-A 101**	→	***102***
S-A 76	→	***35***	**S-A 102**	→	***103***
S-A 77	→	***36***	**S-A 103**	→	***104***
S-A 78	→	***41***	**S-A 104**	→	***105***
S-A 79	→	***95***	**S-A 105**	→	***106***
S-A 80	→	***42***	**S-A 106**	→	***107***
S-A 81	→	***43***	**S-A 107**	→	***1***
S-A 82	→	***96***			

À partir du n° **108**, les numéros de la collection « **S-A** » coïncident exactement avec les numéros ***chronologiques***.

R. Milési

Achevé d'imprimer sur les presses de

BUSSIÈRE

GROUPE CPI

à Saint-Amand-Montrond (Cher)
en octobre 2004

FLEUVE NOIR
12, avenue d'Italie
75627 Paris Cedex 13
Tél. : 01-44-16-05-00

— N° d'imp. : 45064. —
Dépôt légal : novembre 2004.

Imprimé en France